Scritto

To Nico

READ IT ALL
AND ENJOY IT

Olly

DECEMBER 2004

Ernest Hemingway

Addio alle armi

Traduzione e introduzione
di Fernanda Pivano

OSCAR MONDADORI

© 1956 Arnoldo Mondadori Editore S.p.A., Milano
Titolo originale dell'opera: *A Farewell to Arms*

I edizione Oscar Mondadori aprile 1965

ISBN 88-04-45105-X

Questo volume è stato stampato
presso Mondadori Printing S.p.A.
Stabilimento NSM - Cles (TN)
Stampato in Italia - Printed in Italy

Ristampe:

39   40   41   42   43   44   45

2004   2005   2006   2007

La prima edizione Oscar Scrittori del Novecento
è stata pubblicata in concomitanza
con la venticinquesima ristampa
di questo volume

www.librimondadori.it

INTRODUZIONE

Addio alle armi è la storia di amore e di guerra che
Ernest Hemingway aveva sempre sognato di scrivere
ispirandosi alle sue esperienze del 1918 sul fronte italiano. Nel marzo 1928 a Parigi, quando cominciò a scri-
verla, si trovava al punto morto del 22° capitolo di un
romanzo che, secondo una sua lettera, doveva essere
« una specie di Tom Jones moderno » e che si era are-
nato.

Hemingway lo abbandonò senza rimpianti e si gettò
nella nuova storia. Quando la cominciò era appena uscito da una delle sue disavventure: poco dopo essere arrivato a Parigi, gli era caduto sulla testa il lucernario della
stanza da bagno, squarciandogli la fronte con una ferita
che venne suturata con nove punti: lo scrittore incolpò
il disastro di avergli interrotto l'ispirazione per il romanzo e affrontando la nuova storia riprese l'inizio del
racconto *In un altro paese* che era tanto piaciuto a
Francis Scott Fitzgerald e lo sviluppò in quello che diventò l'inizio di *Addio alle armi*.

Il nuovo racconto era appena cominciato quando Hemingway e la moglie Pauline Pfeiffer si imbarcarono per
l'Havana affrontando la traversata che allora durava
diciotto giorni; e nell'aprile dall'Havana di spostarono
a Key West in Florida per una permanenza di sei settimane, in attesa di andare a far visita alla famiglia di
Pauline a Piggott nell'Arkansas.

L'orario di lavoro di Hemingway era il suo consueto:
si alzava all'alba, scriveva fino a mezzogiorno, andava a
pescare nel pomeriggio e a dormire prestissimo la sera.
In quelle settimane fece amicizia coi personaggi che en-

trarono nella sua saga dei Tropici e restarono suoi amici tutta la vita, il pescatore-guida professionista Bra Saunders, il barman Josie Russell proprietario del bar Sloppy Joe's col suo cameriere di colore Skinner, il commerciante di masserizie navali Charles Thompson.

In questo ambiente, che era dunque lontanissimo dai tragici paesaggi della guerra italiana, presero forma le prime cento pagine del romanzo famoso ed Hemingway invitò gli amici a venire a vederle, tra gli altri John Dos Passos e il compagno d'infanzia Bill Smith. Vennero anche, inaspettati, la madre Grace e il padre dottore, già visibilmente malato e già coinvolto nel pessimo investimento terriero in Florida il cui disastro provocò il suo suicidio.

Pauline aspettava il momento del parto e il marito la condusse a Kansas City dove continuò a scrivere il libro, che alla metà di giugno aveva compiuto più di trecento pagine; dopo il parto del 27 giugno (durato diciotto ore e concluso da un taglio cesareo, ispiratore dell'ultimo capitolo della storia) e le due settimane di convalescenza di Pauline, il libro era arrivato alla pagina 478. Poi Hemingway accompagnò la moglie nella casa di famiglia e lì la lasciò per andare nello Wyoming dove riprese a lavorare con furia, scrivendo anche diciassette pagine al giorno: quando Pauline lo raggiunse il 18 agosto mancavano due giorni alla fine della prima stesura che venne conclusa alla fine di agosto con un manoscritto di seicento pagine.

Ora Hemingway doveva lasciar sedimentare il libro prima di riscriverlo nella stesura definitiva (che lo condusse a diciassette rifacimenti). Pauline e il bambino ritornarono a Key West, Hemingway andò a New York a incontrare il primogenito per condurlo a Key West e sul treno lo raggiunse un telegramma della sorella che gli annunciava il suicidio del padre. I tempi del benessere erano ancora lontani ed Hemingway mandò telegrammi al suo editore e agli amici chiedendo un prestito: l'unico che rispose fu Fitzgerald che gli mandò un vaglia telegrafico. Hemingway affidò il bambino al controllore del treno e deviò il viaggio verso Oak Park dove affrontò la precaria condizione economica della madre e delle sorelle. Il romanzo in corso gli apparve come lo strumento per risolvere quei problemi e cominciò a chiamarlo col suo titolo definitivo scelto tra trentaquattro proposte ricavate dalla Bibbia e dallo *Oxford Book of English Verse*, (che fu sempre suo fedele compagno) e ispirato da una poesia del poeta rinascimentale George Peele.

Ritornato a Key West iniziò subito la revisione scrivendo a matita sei ore al giorno e consegnando ogni giorno alla sorella Sunny un fascicolo perché lo copiasse a macchina. Continuò con questo ritmo cinque settimane; la revisione fu compiuta il 22 gennaio 1929. Hemingway fece venire Max Perkins, il suo revisore presso l'editore Scribner, a leggere il manoscritto, e Perkins ne fu entusiasta ma preoccupato per il linguaggio « audace ». Quando Hemingway accettò di mettere dei puntini alle parole troppo spinte lo *Scribner's Magazine* gli firmò un contratto per la pubblicazione a puntate con un compenso di 16.000 dollari, la somma più alta mai pagata dalla rivista per queste anteprime: le puntate cominciarono a uscire nel maggio e si conclusero nell'ottobre 1929.

Il 27 settembre 1929 il romanzo uscì in forma di libro, un mese prima dunque e non lo stesso giorno del crollo della borsa di New York: Hemingway si è preso una licenza poetica nella prefazione che ha scritto a Cuba il 30 giugno 1948 per l'edizione illustrata del libro. Le recensioni furono subito splendide; un mese dopo, il romanzo aveva venduto 28.000 copie e nel novembre era in testa a tutte le classifiche dei best-sellers in competizione con il libro di Eric Maria Remarque *All'Ovest niente di nuovo*. Il successo di critiche e di vendita non diminuì mai.

Il libro fu dedicato allo zio Gus, il celebre Gustavus Adolphus Pfeiffer che nel 1926 aveva convinto la famiglia di Pauline a dare il consenso al matrimonio e aveva sempre aiutato Hemingway economicamente, fino a prestargli una parte del denaro necessario per fondare un vitalizio per la madre. Lo zio Gus fu molto orgoglioso di questa dedica e lo divenne sempre di più via via che recensioni e critiche acclamavano Hemingway come la più grande rivelazione d'America. Il *New York Times* disse che la storia d'amore del libro era come quella di Romeo e Giulietta « in una realizzazione che si può definire un nuovo romanticismo », altri parlarono di una « apoteosi di un certo tipo di modernismo », Malcolm Cowley suggerì che il titolo simboleggiasse « l'addio a un periodo, un atteggiamento e un metodo».

Questo non impedì al libro di venire proibito a Boston e alle puntate di giugno e luglio dello *Scribner's Magazine* di venire ritirate; quanto all'Italia, si sa, il governo di Mussolini vietò in assoluto la pubblicazione del libro che metteva in cattiva luce il valore militare italiano e che diventò uno degli idoli dell'americanismo antifascista italiano degli Anni Quaranta.

Ad accrescere la popolarità del romanzo furono la riduzione teatrale di Lawrence Stallings rappresentata al National Theatre di New York il 22 settembre 1930, la riduzione cinematografica proiettata nel dicembre 1932 di Frank Borzage con la sceneggiatura di Benjamin Glazer e l'interpretazione di Gary Cooper, Helen Hayes e Adolphe Menjou e quella del 1957 di Charles Vidor con la sceneggiatura di Ben Hecht e l'interpretazione di Rock Hudson, Jennifer Jones, Vittorio De Sica e Alberto Sordi.

Nonostante le proteste di Hemingway presto cominciarono le indiscrezioni sugli aspetti autobiografici del libro. Si sapeva che nel romanzo Hemingway aveva raccontato una storia vera, quella della sua ferita a Fossalta, e un'altra storia vera, quella dei suoi amori con l'infermiera Agnes von Kurowsky. Il groviglio di dati autobiografici e di invenzioni in realtà è inestricabile e ne fece le spese il lettore italiano al quale il libro fu vietato dal governo fascista col pretesto di una descrizione della ritirata di Caporetto (alla quale in realtà Hemingway non prese parte e che ricalcò la ritirata greca in Tracia alla quale aveva assistito come giornalista nel 1922) ma in realtà per un inequivocabile, ed entusiasmante per alcuni di noi, atteggiamento antimilitarista e antiguerrafondaio, in netto contrasto con le predilezioni ufficiali del tempo.

Nel groviglio di autobiografia e invenzione è chiaro soltanto che il protagonista americano è ispirato da Hemingway e dalle sue avventure di guerra; ma la figura dell'infermiera è composita di almeno tre delle donne amate dallo scrittore; è la donna idealizzata, onesta e molto erotica, indipendente e insieme dipendente dall'uomo amato, docile e coraggiosa, perpetuamente sottomessa e dolcissima, insomma la solita donna ideale del *machismo* di Hemingway. È la donna quale lo scrittore aveva trovato nella prima moglie Hadley e nella seconda moglie Pauline forse più che nell'infermiera Agnes.

Di Agnes in realtà la protagonista Catherine Barkley ha più che altro l'uniforme: l'abnegazione viene tutta da Hadley e infatti per tutto il periodo in cui Hemingway scrisse il libro mandava a Hadley lettere intitolate « Cara Catherine » e Hadley gli rispondeva firmandosi Catherine. Quel tanto di irrequietezza che serpeggia nel personaggio dell'infermiera viene dalla Lady Duff Twysden ispiratrice di *Il sole sorge ancora* e, a detta di Agnes in un'intervista, dall'infermiera reale Elsie Jessup. Hadley ritorna nell'immaginazione del villaggio svizzero col ricordo di una vacanza passata col marito a Chamby, e il taglio cesareo del finale è quello che mise in pericolo la vita di Pauline durante la composizione del libro.

La prima a essere sorpresa della trasformazione subita nel personaggio che la rappresentava fu Agnes. Racconta la biografa Bernice Kert in *Le donne di Hemingway* che Agnes dopo aver respinto Hemingway per seguire a Napoli il tenente duca Domenico Caracciolo (col quale però ebbe soltanto una breve esperienza) era ritornata nel 1919 in America e sette anni dopo si era di nuovo arruolata nella Croce Rossa per poi andare a lavorare a Port-au-Prince nell'isola di Haiti, dove nel 1928 si sposò, divorziando due anni dopo per andarsi a stabilire a New York e sposarsi di nuovo. In una realtà romanzesca, dopo la Seconda Guerra Mondiale, andò a vivere col marito a Key West e rimase per quindici anni a pochi chilometri di distanza da Hemingway senza che l'uno sapesse dell'altra e vi morì a 92 anni nel 1984.

Agnes non fu l'unico personaggio a essere ispirato da persone reali. Il capitano Rinaldi, chirurgo ribaldo che chiama il protagonista «Baby» (da me tradotto con «Pupo»), è stato ispirato dal capitano Enrico Serena, un italiano biondo con l'occhio coperto da una benda nera come D'Annunzio che cercava di conquistare Agnes. Le varie infermiere si chiamavano nella realtà Katharine C. de Long, Ruth Brooks, Loretta Cavanaugh; l'infermiera che accolse il ferito si chiamava Elsie MacDonald. Il chirurgo coi baffi derivò dal capitano Sammarelli, il conte Greffi di Stresa è stato ispirato dal conte Emanuele Greppi esperto giocatore di biliardo; e insomma i biografi hanno frugato fra la realtà e l'invenzione trovando un nome per ogni personaggio, fino a giungere a interpretazioni audaci come quella di Giovanni Cecchin che ha cambiato addirittura l'identità della protagonista. L'identificazione forse più commovente è stata quella del cappellano, ispirato dal giovane sacerdote fiorentino, o forse abruzzese, don Giuseppe Bianchi che battezzò Hemingway con altre decine di feriti quando lo trovò nelle corsie di uno «smistamen-

to » vicino a Fornaci. Fu don Bianchi che Hemingway
andò a trovare a Rapallo nel 1927 quando attraversò
l'Italia con la Ford dell'amico Guy Hickok in una gita
di piacere in parte suggerita da Pauline perché lo scrittore si procurasse il certificato di battesimo (o almeno
una « dichiarazione giurata di fatto ») necessario per il
matrimonio cattolico voluto dalla Pfeiffer.

Di tutte queste cose non sapevo niente quella sera che
Cesare Pavese, mio ex professore di Liceo per un anno
al D'Azeglio, di ritorno dal confino mi lasciò in portineria l'*Addio alle armi* con una sovraccoperta di carta
da pacchi arancione e la scritta a penna stilografica come
usava allora col pennino sottile e la calligrafia inclinata
« Addio alle armi ». Pavese voleva che lo leggessi per
farmi capire la differenza tra la letteratura inglese e
quella americana. Gli altri libri che mi lasciò quella
sera con questa intenzione furono l'*Antologia di Spoon
River* di Edgar Lee Masters, l'*Autobiografia* di Sher-
wood Anderson e i *Fili d'erba* di Walt Whitman.
   Riuscì nel suo intento e oltre a capire la differenza
fra le due letterature mi innamorai di quella americana
e incominciai a tradurre quei libri senza sapere ancora
che esisteva la professione del traduttore. Ero una ra-
gazzina e quando l'*Antologia di Spoon River* diventò un
best-seller clandestino fra gli adolescenti e gli antifa-
scisti, Einaudi mi fece un contratto per la traduzione
di *Addio alle armi*: il contratto venne trovato in una
retata delle S.S. tedesche nella casa editrice e una notte
fui svegliata dal funesto rumore di una loro automobile
che veniva ad arrestarmi.
   Non ho mai capito come Hemingway fosse venuto a
sapere di questo episodio minimo nella storia della Resi-
stenza italiana e fui a dir poco sbalordita quando al suo
arrivo in Italia, nel 1948, mi chiamò a Cortina. Non
dimenticherò mai la sera che arrivai dopo una giornata
trascorsa in un treno di quel dopoguerra ancora san-

guinante e Hemingway attraversò con le braccia spalancate la sala da pranzo vuota dell'albergo Concordia che avevano tenuto aperto apposta per lui nell'autunno «fuori stagione»; non dimenticherò mai il suo abbraccio di gigante buono che mi fece quasi scricchiolare le ossa.

Mi prese per mano, mi condusse alla sua tavola, mi fece sedere accanto a sé e mi disse in quel suo bisbiglio così difficile da capire finché non ci si era abituati: «Raccontami dei Nazi».

Fu l'inizio di un'amicizia che non finì mai, perché la mia devozione continuò anche dopo la sua morte. Quando diventò amico di Alberto Mondadori, gli disse che voleva me per sua traduttrice: disse che era il minimo che potesse fare dopo quello che avevano fatto i Nazi. Così tradussi parecchi suoi romanzi, spero senza deludere nessuno (*Addio alle armi*, usando polemicamente invece del lei italiano il voi americano che più tardi venne sostituito, uscì nella collana della Medusa nel 1949), e via via trovai mille e una ragione per ammirare consapevolmente questo libro che avevo amato semplicemente, pragmatisticamente, perdutamente, senza motivazioni critiche fuori di quella scrittura che mi ricordava Gertrude Stein, fuori di quella asciutta, scabra, severissima prosa intrisa di dramma e di poesia, fuori di quei dialoghi stellanti, lapidari, inimitabili.

Mi sembra tutta preistoria. Ho letto la cinquantina di biografie che nel frattempo sono state pubblicate dopo che la morte di questo eroe sfortunato ha reso vano il suo divieto di compilarne, ho studiato centinaia di saggi critici dove erano esaminati ogni parola, ogni risvolto, ogni intonazione delle poche, poche, troppo poche cose che ha fatto a tempo a scrivere prima di venir stroncato dalla sfortuna di quel tragico incidente aereo.

Così ho imparato tante cose che tutti possono imparare come me leggendo le migliaia di critiche elencate nelle sue bibliografie, ma le cose che mi hanno fatto tremare quella notte, quando lessi per la prima volta il libro, le ricordo ancora con un'intensità che non ho più provato davanti a tutte quelle pagine erudite. Sono piccole cose che più tardi ho potuto far rientrare nelle definizioni dei testi critici: la sua scorticata attenzione per i particolari, come nella fantasia del protagonista avvilito dai disagi della vita al fronte che sogna a occhi aperti di trovarsi con Catherine in un albergo di lusso e in una lunga sequenza paratattica alla Gertrude Stein immagina il cameriere che porta il secchiello d'argento pieno di ghiaccio e pensa che « si sarebbe sentito il ghiaccio contro il secchiello mentre arrivava in corridoio »; o come nella scena in cui una batteria spara due volte, l'aria fa tremare i vetri e il protagonista si sente « sventolare i risvolti del pigiama »; o come nella descrizione delle sigarette Macedonia « che perdevano tabacco e bisognava attorcigliare le estremità prima di fumarle »; o come nel ritratto del militarista, forse l'unico del romanzo, che per scaramanzia « si toccò col pollice e l'indice le stellette sul bavero ».

Questo militarista fa risaltare anche meglio il *leitmotiv* antibellico del libro, che sboccia incessante nei dialoghi fra i soldati, per esempio di quelli che non disertano perché hanno paura delle ritorsioni che verrebbero fatte subire ai familiari e dicono al tenente: « Non dovrebbe lasciarci parlare in questo modo »; o nei commenti, per esempio quando il protagonista spiega sarcasticamente la decisione di allontanare i feriti dalla linea del fuoco non certo per un senso di umanità dicendo: « Volevano mandarci via perché c'era bisogno di tutti i letti per la prossima offensiva »; o nelle illazioni, per esempio quella del tenente che dice al cappellano: « Sono stati sconfitti quando li hanno presi dalle loro campagne e li hanno messi nell'esercito »; o nella tirata ormai antologizzata che è in realtà il credo militare e il manifesto poetico di Hemingway:

« Ero sempre imbarazzato dalle parole sacro, glorioso e sacrificio... parole astratte come gloria, onore, coraggio o dedizione erano oscene accanto ai nomi concreti dei villaggi, ai nomi dei fiumi, ai numeri dei reggimenti »; o nell'affermazione, destinata a diventare famosa, del protagonista quando diserta: « Stavo andando a dimenticare la guerra. Avevo fatto una pace separata ».

L'antimilitarismo, che in quegli strani anni italiani mi pareva una promessa e una speranza, poggiava in realtà su uno sconforto, una disperazione, una desolazione ai quali non eravamo abituati nel clima di ottimismo a tutti i costi che ci veniva imposto: « Nessuno può aiutare se stesso » dice Catherine prima di restare incinta; il ribaldo chirurgo Rinaldi dice al tenente: « Non troviamo mai niente. Siamo nati con tutto quello che abbiamo e non impariamo mai », e più tardi gli dice: « Non c'è un accidente di niente. Lo so quando finisco di lavorare »; il protagonista disertore conclude un monologo, dicendo dopo aver ritrovato Catherine: « Il mondo spezza tutti quanti .. ma quelli che non spezza li uccide. Uccide imparzialmente i molto buoni e i molto gentili e i molto coraggiosi. Se non siete fra questi potete essere certi che ucciderà anche voi, ma non avrà una particolare premura ».

Al sarcasmo di Hemingway mi abituai subito, ma passarono anni prima che inquadrassi nel resto della sua opera il significato simbolico di quella pioggia di cui la notte che lessi il libro la prima volta avvertii soltanto una misterica allusività, quando Catherine introduce il tema dicendo presaga: « Ho paura della pioggia perché a volte mi ci vedo dentro morta » e il tema viene ripreso nella scena del parto cesareo: « Nella luce che usciva dalla finestra vidi che pioveva »; e passarono decenni prima che la comparsa postuma di *Il giardino dell'Eden* rivelasse come precorritori il tema dello scambio delle identità (dice Catherine: « Non c'è nessun me. Sono te »; e più tardi: « Ti desidero tanto che vorrei essere te ») e il tema del taglio dei capelli (dice Catherine: « Falli crescere un po' e io mi faccio tagliare i miei e saremo proprio eguali »).

Ora che sono passati i tempi di quel critico illustre che definì Hemingway « un gaglioffo che parla soltanto di prostitute e di toreri », ora che un intero movimento letterario è derivato dalla sua prosa « essenziale » ispirata alla sua massima di « scrivere in modo semplice e chiaro soltanto cose che si conoscono », ora che l'autobiografismo di *Addio alle armi* è visto alla luce delle sue affermazioni di com'era « felice mentre inventava la storia della sua guerra in Italia », ora a me non resta che cercar di trasmettere un po' del mio amore per questo libro che una notte di tanti anni fa mi ha fatto scoprire uno scrittore e insieme mi ha fatto scoprire un modo di scrivere e soprattutto di vedere la vita.

Fernanda Pivano
Giugno 1987

Addio alle armi

PREFAZIONE

a G.A. Pfeiffer

Questo libro è stato scritto a Parigi, Francia; a Key West, Florida; a Piggott, Arkansas; a Kansas City, Missouri; a Sheridan, Wyoming; e la prima stesura è stata finita vicino a Big Horme nel Wyoming. È stato incominciato nei primi mesi d'inverno del 1928 e la prima stesura è stata finita nel settembre dello stesso anno. È stato riscritto nell'autunno e nell'inverno del 1928 a Key West e la stesura finale è stata finita a Parigi nella primavera del '29.

Mentre scrivevo la prima stesura il mio secondo figlio Patrick nacque, partorito a Kansas City mediante taglio cesareo, e mentre la riscrivevo mio padre moriva suicida a Oak Park, Illinois. Non avevo ancora trent'anni quando terminai il libro e il giorno che uscì fu il giorno del crollo in borsa. Ho sempre pensato che mio padre avrebbe potuto aspettare questo avvenimento, ma, forse, aveva premura. Non voglio formulare giudizi perché volevo molto bene a mio padre.

Ricordo tutte queste cose che accaddero e tutti i luoghi dove abitammo, e i bei momenti e i brutti momenti di quell'anno. Ma soprattutto ricordo di aver vissuto nel libro e di aver inventato ogni giorno ciò che vi accadeva. Inventando il paese e la gente e le cose che accadevano ero più felice di quanto lo fossi mai stato. Ogni giorno leggevo il libro dal principio al punto dov'ero arrivato a scrivere, e ogni giorno smettevo che andava ancora bene e sapevo che cosa sarebbe successo poi.

Il fatto che il libro fosse tragico non mi rendeva infelice perché ero convinto che la vita è una tragedia e sapevo che può avere soltanto una fine. Ma accorgersi che si era capaci di inventare qualcosa; di creare con abbastanza verità da esser contenti di leggere ciò che si era creato; e di farlo ogni giorno che si lavorava, era qualcosa che procurava una gioia maggiore di quante ne avessi mai conosciute. Oltre a questo, nulla importava.

Avevo già pubblicato un romanzo. Ma non sapevo come si fa a scrivere un romanzo quando lo incominciai e così lo scrissi troppo in fretta e ogni giorno fino al punto dell'esaurimento completo. Così la prima stesura fu molto brutta. La scrissi in sei settimane e dovetti riscriverla completamente. Ma riscrivendola imparai molto.

Questo inverno quando incominciò l'anno a Sun Valley, Idaho, con champagne pagato da altri e la gente che giocava, sul serio, una specie di gioco nel quale doveva strisciare sotto una corda tesa o un bastone di legno senza toccare la pancia troppo piena, il naso, le bretelle delle giacche tirolesi né altre sporgenze, ero in un angolo a bere lo champagne del nostro ospite con Miss Ingrid Bergman e le dissi: « Figliola, questo sarà l'anno peggiore che abbiamo mai visto ». (Ho omesso gli aggettivi qualificativi.)

Miss Bergman mi chiese perché sarebbe stato un anno così brutto. Aveva goduto tanti anni belli e non aveva voglia di accettare la mia idea. Le dissi che non mi sarei addentrato nei particolari perché ho una conoscenza molto limitata della lingua inglese e una pronuncia difettosa, ma sapevo che quello era un brutto anno per via di considerazioni ancora sconnesse, e lo spettacolo dei ricchi e degli allegri che strisciavano sulla schiena sotto quella corda tesa o quel bastone di legno non faceva niente per rassicurarmi. Lasciammo la cosa in sospeso.

Così questo libro fu pubblicato la prima volta il giorno che il mercato crollò nel 1929. Scott Fitzgerald è morto, Tom Wolfe è morto, Jim Joyce è morto (lui, il caro compagno diverso dal Joyce ufficiale dei biografi, che una volta, da ubriaco, mi chiese se non mi pareva che i suoi libri fossero un po' troppo da periferia); John Bishop è morto, Max Perkins è morto. Anche una quantità di personaggi che avrebbero dovuto essere morti sono morti; appesi a capofitto davanti alle stazioni di rifornimento a Milano o impiccati bene o male in città tedesche superbombardate. Vi sono anche tutti i morti senza nome, alla maggior parte dei quali piaceva molto la vita.

Il titolo del libro è *Addio alle armi* e, eccettuati tre anni da quando è stato scritto, c'è stata quasi continuamente una guerra di qualche genere. C'era qualcuno che diceva sempre, perché questo tale è così preoccupato e ossessionato dalla guerra, e ora dal 1933 forse è chiaro perché uno scrittore debba interessarsi al continuo, prepotente, criminale, sporco delitto che è la guerra. Siccome di guerre ne ho fatte troppe, sono certo di avere dei pregiudizi, e spero di avere molti pregiudizi. Ma è persuasione ponderata dello scrittore di questo libro che le guerre sono combattute dalla più bella gente che c'è, o diciamo pure soltanto dalla gente, per quanto, quanto più ci si avvicina a dove si combatte e tanto più bella è la gente che si incontra; ma sono fatte, provocate e iniziate da precise rivalità economiche e da maiali che sorgono a profittarne. Sono persuaso che tutta la gente che sorge a profittare della guerra e aiuta a provocarla dovrebbe essere fucilata il giorno stesso che incominciano a farlo da rappresentanti accreditati dei leali cittadini che la combatteranno.

L'autore di questo libro sarebbe molto lieto di incaricarsi di questa fucilazione, se fosse legalmente delegato da coloro che combatteranno, e di badare a che venga eseguita con tutta l'umanità e la correttezza possibile e badare che a tutti i corpi venga data de-

gna sepoltura. Potremmo perfino riuscire a farli seppellire nel cellophane o in qualcuno dei più moderni
materiali plastici. Alla fine della giornata se vi fosse
qualche prova che sono stato io a provocare in qualche modo la nuova guerra o non ho eseguito debita-
mente i doveri a me conferiti, sarei disposto, se non
lieto, a farmi fucilare dallo stesso plotone di esecuzione e farmi seppellire con o senza cellophane o esser
lasciato nudo su una collina.

Così ecco il libro dopo quasi vent'anni e questa è
l'introduzione.   *Ernest Hemingway*

Finca Vigia, San Francisco de Paula, Cuba, 30 giugno 1948

Libro primo

Sul finire dell'estate di quell'anno eravamo in una casa in un villaggio che di là del fiume e della pianura guardava le montagne. Nel letto del fiume c'erano sassi e ciottoli, asciutti e bianchi sotto il sole, e l'acqua era limpida e guizzante e azzurra nei canali. Davanti alla casa passavano truppe e scendevano lungo la strada e la polvere che sollevavano copriva le foglie degli alberi. Anche i tronchi degli alberi erano polverosi e le foglie caddero presto quell'anno e si vedevano le truppe marciare lungo la strada e la polvere che si sollevava e le foglie che, mosse dal vento, cadevano e i soldati che marciavano e poi la strada nuda e bianca se non per le foglie.

La pianura era ricca di messi; c'erano molti frutteti e di là della pianura le montagne erano brune e spoglie. Sulle montagne si combatteva e di notte vedevamo i lampi delle artiglierie. Nell'oscurità erano come fulmini estivi, ma le notti erano fredde e non si aveva la sensazione di un temporale imminente.

A volte nell'oscurità sentivamo le truppe marciare sotto la finestra e passare i cannoni trainati dai trattori. C'era un gran traffico di notte e molti muli sulle strade, con cassette di munizioni ai due lati del basto, e camion grigi che portavano uomini, e altri camion coi carichi coperti da teloni, che si muovevano più adagio nel traffico. C'erano anche cannoni pesanti che passavano di giorno trascinati dalle trattrici, con le lunghe volate mascherate di rami verdi, e frasche e pampini verdi coprivano le trattrici. A nord guardavamo una valle e si vedeva un castagneto e, al di là di questo, un'altra montagna sulla stessa riva del fiume. Anche per quella montagna si combatteva, ma senza successo, e in autunno quando incominciarono le piogge le foglie caddero tutte dai castagni e i rami rimasero nudi e i tronchi neri di pioggia. Anche le vigne erano smilze e spoglie e tutta la campagna era bagnata e bruna e morta nell'autunno. C'erano nebbie sul fiume e nubi sulla montagna, e sulla strada i camion schizzavano fango e le truppe erano infangate e fradice sotto le mantelline; avevano i fucili bagnati, e sotto le mantelline le due giberne sul davanti delle cinture, scatole grige di cuoio piene di caricatori con le sottili e lunghe cartucce da 6,5 mm., sporgevano sotto le mantelline di modo che gli uomini che passavano nella strada avevano l'aria di donne incinte di sei mesi.

C'erano piccole automobili grige che passavano a grande velocità; di solito con un ufficiale accanto all'autista e parecchi altri sul sedile posteriore. Schizzavano fango perfino più dei camion, e se uno degli ufficiali seduti dietro era piccolo, così piccolo che non gli si poteva vedere il viso ma soltanto la cima del berretto e la schiena stretta, e se l'auto andava più veloce del solito, era probabile che fosse il Re. Stava a Udine e usciva a quel modo quasi ogni giorno per vedere come andavano le cose, e le cose andavano molto male.

Al principio dell'inverno vennero le piogge continue e con le piogge il colera. Ma riuscirono a fermarlo e in tutto l'esercito ne morirono soltanto settemila.

L'anno dopo ci furono molte vittorie. La montagna di
là della valle e il fianco della collina col castagneto
furono conquistati e ci furono vittorie di là della pianura sull'altopiano a sud e attraversammo il fiume in
agosto e andammo a stare in una casa di Gorizia che
aveva una fontana e molti grandi alberi ombrosi in
un giardino cintato e da una parte un pergolato di
glicini violacei. Ora i combattimenti si svolgevano nelle montagne adiacenti, meno di un miglio lontano. La
città era molto carina e la casa molto bella. Il fiume
scorreva dietro di noi e la città era stata conquistata
molto bene, ma le montagne non eravamo riusciti a
prenderle ed ero molto contento che gli austriaci avessero l'aria di voler ritornare nella città a guerra finita,
perché così non la bombardavano per distruggerla ma
soltanto un poco, colpendo obiettivi militari. La gente
continuava a vivere in città e c'erano ospedali e caffè
e artiglierie nelle strade secondarie e due case di tolleranza, una per la truppa e una per gli ufficiali. Alla
fine dell'estate, le notti fredde, i combattimenti sulle
montagne di là della città, il ferro del ponte ferroviario segnato dalle bombe, la galleria crollata accanto al
fiume dove aveva avuto luogo la battaglia, gli alberi
intorno alla piazza e il lungo viale alberato che conduceva alla piazza; tutto questo e le ragazze che c'erano in città, il Re che passava in macchina e, adesso,
gli si vedeva talvolta il viso e il piccolo corpo dal lungo collo; e l'improvviso interno di una casa cui le
bombe avevano sfondato una parete, e calcinacci e macerie nei giardini e talvolta nella strada, e che tutt'in-

sieme la faccenda andasse bene sul Carso rese l'autunno molto diverso dall'ultimo autunno che avevamo passato in campagna. Anche la guerra era cambiata.

La foresta di querce sulla montagna di là della città era scomparsa. La foresta era stata verde nell'estate quando eravamo entrati in città, ma adesso c'erano i ceppi e i tronchi spezzati e il terreno sconvolto, e un giorno sul finire dell'autunno, che mi trovavo dove c'era stata la foresta di querce, vidi una nuvola avanzare sulla montagna. Avanzò molto in fretta e il sole divenne giallo pallido e poi fu tutto grigio e il cielo coperto e la nuvola scese dalla montagna e ci fummo dentro all'improvviso ed era neve. La neve cadeva obliqua contro vento, il terreno nudo ne fu coperto, sporgevano i ceppi degli alberi, c'era neve sui cannoni e c'erano orme sulla neve che andavano alle latrine dietro le trincee.

Più tardi, giù in città, guardavo cadere la neve dalla finestra della casa di tolleranza per gli ufficiali, dove, a un tavolo con un collega e due bicchieri, bevevo una bottiglia di Asti e, guardando fuori la neve che cadeva lenta e pesante, capimmo che per quell'anno era finita. A monte del fiume le montagne non erano state conquistate; nessuna delle montagne di là del fiume era stata conquistata. Tutto restava per l'anno dopo. Il mio collega vide il cappellano che dalla mensa andava in strada camminando guardingo nella fanghiglia, e batté sul vetro per attirare la sua attenzione. Il cappellano alzò gli occhi. Ci vide e sorrise. Il mio collega gli fece cenno di entrare. Il cappellano scosse la testa e proseguì. Quella sera a mensa, dopo gli spaghetti che tutti mangiavamo molto in fretta e con serietà levandoli sulla forchetta finché i fili sciolti non si fossero districati e poi abbassandoceli in bocca, oppure continuando ad alzarli e succhiarli in bocca, e ci versavamo il vino da un fiasco impagliato; il fiasco ondeggiava in un portafiaschi di metallo e si tirava giù per il collo coll'indice, e il vino, rosso chiaro, aspro e gustoso, scendeva nel bicchiere tenuto con la stessa mano; quella sera, dopo gli spaghetti, il capitano incominciò a punzecchiare il cappellano.

Il cappellano era giovane e arrossiva facilmente e vestiva in uniforme come noi ma con una croce di velluto rosso scuro sul taschino sinistro della giubba grigia. Il capitano parlava in italiano *pidgin* [1] perché secondo lui così capivo meglio e nulla andava perduto.

« Cappellano oggi con donne » il capitano disse guardando il cappellano e me. Il cappellano sorrise e arrossì e scosse la testa. Questo capitano lo punzecchiava spesso.

« Non vero? » chiese il capitano. « Oggi visto cappellano con donne. »

« No » disse il cappellano. Gli altri ufficiali si divertivano alla punzecchiatura.

« Cappellano non con donne » continuò il capitano. « Cappellano mai con donne » mi spiegò. Prese il mio bicchiere e lo riempì, guardandomi sempre negli occhi, ma senza perder di vista il cappellano.

« Cappellano tutte le notti cinque contro uno. » Tutta la tavolata rise. « Capito? Cappellano tutte le notti cinque contro uno. » Fece un gesto e rise forte. Il cappellano accettò lo scherzo.

« Il Papa vuole che gli austriaci vincano la guerra » il maggiore disse. « Vuol bene a Cecco Beppe. È di là che vengono i soldi. Io sono ateo. »

« Hai mai letto *Il maiale nero*? » chiese il tenente. « Te ne troverò una copia. Fu questo a scuotermi la fede. »

« È un libro sudicio e spregevole » disse il cappellano. « Non può piacerle sul serio. »

« È molto serio » disse il tenente. « Spiega tutto dei preti. Ti piacerà » mi disse. Io sorrisi al cappellano e lui mi sorrise nel chiarore della candela. « Non lo legga » disse.

« Tutti gli uomini che pensano sono atei » disse il maggiore. « Però io non credo neanche nella Massoneria. »

« Io ci credo, nella Massoneria » disse il tenente. « È una nobile organizzazione. » Entrò qualcuno e mentre la porta si apriva vidi la neve che continuava a cadere.

« Non ci sarà più offensiva ora che è venuta la neve » dissi.

« No di certo » disse il maggiore. « Dovete andarvene in licenza. Dovete andare a Roma, Napoli, Sicilia... »

« Deve visitare Amalfi » disse il tenente. « Ti scriverò un bigliettino per i miei ad Amalfi. Ti vorranno bene come a un figlio. »

« Deve andare a Palermo. »

« Deve assolutamente andare a Capri. »

« Mi piacerebbe che vedesse gli Abruzzi e andasse a trovare i miei a Capracotta » disse il cappellano.

« Sentilo lui con gli Abruzzi. C'è più neve che qui. Lui non vuole vedere contadini. Deve andare in centri di cultura e di civiltà. »

« Ha bisogno di belle ragazze. Ti darò qualche indirizzo di Napoli. Belle ragazzine... accompagnate da mammà. Ah! Ah! » Il capitano distese la mano aperta, col pollice in su e le dita spiegate come quando si fanno le ombre cinesi. Si vedeva l'ombra della sua mano sulla parete. Parlò di nuovo in italiano *pidgin*. « Andare così » indicò il pollice « e ritornare così » toccò il mignolo. Risero tutti.

« Guardate » disse il capitano. Distese di nuovo la mano. Di nuovo la luce della candela ne proiettò l'ombra sulla parete. Incominciò dal pollice diritto e nominò l'uno dopo l'altro il pollice e le quattro dita « sottotenente (il pollice), tenente (l'indice), capitano (il medio), maggiore (l'anulare), e tenente-colonnello (il mignolo). Andare sotto-tenente! Ritornare sotto-colonnello! » Risero tutti. Il capitano aveva un grande successo coi suoi giochi di dita. Guardò il cappellano e esclamò: « Tutte le notti il cappellano cinque contro uno! ». Tutti risero di nuovo.

« Dovete andare subito in licenza » disse il maggiore.

« Verrei volentieri con te per farti vedere le belle cose » disse il tenente.

« Quando torni, porta un grammofono. »

« Porta buoni dischi d'opera. »

« Porta Caruso. »

« Non portare Caruso. Abbaia. »

« Di' la verità che ti piacerebbe abbaiare come lui. »

« Abbaia. Ti dico che abbaia! »

« Vorrei proprio che andasse negli Abruzzi » disse il cappellano. Gli altri gridavano. « C'è buona caccia. La gente le piacerebbe e anche se fa freddo è asciutto e sereno. Potrebbe stare coi miei. Mio padre è un famoso cacciatore. »

« Su » disse il capitano. « Andiamo al casino prima che chiuda. »

« Buona notte » dissi al cappellano.

« Buona notte » disse lui.

III

Quando ritornai al fronte, eravamo ancora in quella città. C'erano molti più cannoni nei dintorni ed era arrivata la primavera. I campi erano verdi e c'erano piccoli germogli verdi sulle viti, gli alberi lungo la strada erano coperti di foglioline e un venticello arrivava dal mare. Vidi la città con la collina e il vecchio castello sopra, in una cunetta tra le colline di qua delle montagne, montagne brune con un po' di verde sui pendii. In città c'erano più cannoni, qualche ospedale nuovo, per la strada s'incontravano degli inglesi e a volte anche delle inglesi, e qualche altra casa era stata colpita dai bombardamenti. Faceva caldo, come fa a primavera, e scesi per il viale alberato, riscaldato dal sole sul muro, e trovai che eravamo ancora nella stessa casa e che tutto pareva come l'avevo lasciato. La porta era aperta, c'era un soldato seduto su una panca al sole, un'ambulanza era ferma all'ingresso laterale, e dentro la porta, quando entrai, c'era l'odore dei pavimenti di marmo e di ospedale. Era tutto come l'avevo lasciato, solo che adesso era primavera. Guardai dalla porta del salone e vidi il maggiore seduto al suo tavolo, la finestra aperta e il sole che entrava nella stanza. Non mi vide e non sapevo se entrare e presentarmi o andare prima di sopra a lavarmi. Decisi di andare di sopra.

La stanza che dividevo col tenente Rinaldi guardava sul cortile. La finestra era aperta, il mio letto era rifatto con le coperte e la mia roba era appesa alla parete, la maschera antigas in una scatola di latta oblunga e l'elmetto d'acciaio sullo stesso piolo. Ai piedi del letto c'era la mia cassetta piatta, e gli scarponi da montagna, col cuoio lucido di grasso, erano sulla cassetta. Il mio fucile di precisione austriaco tipo *Schutzen* dalla canna ottagonale azzurrognola e dal bel calcio ben incavato di noce scuro, era appeso sopra i due letti. Ricordavo che il telescopio da applicargli era chiuso nella cassetta. Il tenente Rinaldi stava dormendo sull'altro letto. Si svegliò quando mi sentì nella stanza e si rizzò a sedere.

« Ciao! » disse. « Come te la sei passata? »

« Magnificamente. »

Ci stringemmo la mano, poi egli mi abbracciò e mi baciò.

« Uff » dissi.

« Sei sporco » disse. « Bisogna che ti lavi. Dove sei andato e che cosa hai fatto? Dimmi subito tutto. »

« Sono andato dappertutto. Milano, Firenze, Roma, Napoli, Villa San Giovanni, Messina, Taormina... »

« Sembri un orario ferroviario. Hai avuto qualche bella avventura? »

« Sì. »

« Dove? »

« Milano, Firenze, Roma, Napoli... »

« Basta. Dimmi sul serio qual è stata la migliore. »

« A Milano. »

« Perché è stata la prima. Dove l'hai incontrata? Al Cova? Dove siete andati? Com'è andata? Dimmi subito tutto. Sei rimasto tutta la notte? »

« Sì. »

« Questo è niente. Ora qui abbiamo delle belle ragazze. Ragazze nuove, mai state al fronte. »

« Magnifico. »

« Non mi credi? Andremo oggi stesso e vedrai. E in città ci sono delle belle ragazze inglesi. Ora sono innamorato di Miss Barkley. Voglio condurti da lei. È probabile che sposerò Miss Barkley. »

« Devo lavarmi e mettermi a rapporto. Non lavora nessuno adesso? »

« Da quando te ne sei andato, non ci sono stati che congelamenti, geloni, itterizia, gonorrea, autolesioni, polmoniti e ulcere dure e molli. Tutte le settimane qualcuno si ferisce con schegge di roccia. Ci sono pochi feriti veri. La settimana prossima ricomincia la guerra. Pare che ricominci. Così dicono. Credi che faccio bene a sposare la Barkley... dopo la guerra naturalmente? »

« Si capisce » dissi, e riempii d'acqua il catino.

« Stasera mi racconterai ogni cosa » disse Rinaldi.

« Ora devo tornare a dormire per essere fresco e bello per la Barkley. »

Mi tolsi la giubba e la camicia e mi lavai nell'acqua fredda del catino. Mentre mi stropicciavo con un asciugamani, guardavo in giro per la stanza e fuori della finestra e Rinaldi sdraiato sul letto con gli occhi chiusi. Era un bel ragazzo, aveva la mia età, e veniva da Amalfi. Faceva volentieri il chirurgo ed eravamo molto amici. Mentre lo guardavo, aprì gli occhi.

« Hai quattrini? »

« Sì. »

« Prestami cinquanta lire. »

Mi asciugai le mani e tirai fuori il portafoglio dalla tasca interna della giubba che era appesa alla parete. Rinaldi prese il biglietto, lo piegò senza alzarsi da letto e lo ficcò nella tasca dei calzoni. Sorrise: « Devo dare alla Barkley l'impressione di essere abbastanza ricco. Sei un gran buon amico e anche un mecenate ».

« Va' all'inferno » dissi.

Quella sera a mensa sedetti accanto al cappellano che fu deluso e si offese d'improvviso perché non ero andato in Abruzzi. Aveva scritto al padre che sarei andato e avevano fatto dei preparativi. Rimasi male quanto lui e non riuscivo a capire perché non ci fossi andato. Avrei voluto farlo e cercai di spiegare come una cosa avesse tirata l'altra e finalmente si rese conto e capì che avrei davvero voluto andarci e la faccenda fu quasi sistemata. Avevo bevuto una quantità di vino e poi caffè e Strega e spiegavo, pieno di vino, come noi non facciamo mai le cose che desideriamo; non le facciamo mai.

Noi due chiacchieravamo mentre gli altri discutevano. Avevo desiderato andare in Abruzzi. Non ero andato in nessun posto dove le strade fossero gelate e dure come il ferro, dove vi fosse un freddo sereno e asciutto e la neve fosse asciutta e farinosa e sulla neve peste di lepre e i contadini si levassero il cappello e vi chiamassero Signoria e ci fosse una buona caccia. Non ero andato in nessun posto di questo genere, ma nel fumo dei caffè, e in notti che la stanza gira intorno e si deve guardare la parete per fermarla, notti in un letto, ubriachi, che non c'è altro fuori di questo e la strana esaltazione di svegliarsi e non sapere chi si ha accanto, e tutto il mondo irreale nel buio e così esaltante che si deve ricominciare a non preoccuparsi nella notte, certi che questo è tutto e tutto e tutto e non preoccuparsi. Ma di colpo preoccuparsi molto e dormire e a volte svegliarsi in questo stato la mattina, e tutto quello che è accaduto passato e tutto tagliente e duro e limpido e a volte una discussione sul prezzo. A volte tutto il bello passato e contenti di uscire per la strada, ma sempre un altro giorno che incomincia e poi un'altra notte. Cercavo di parlare della notte e della differenza tra la notte e il giorno e come la notte fosse meglio a meno che il giorno fosse molto limpido e freddo e non mi riusciva di spiegarmi; come non mi riesce adesso. Ma se lo avete provato lo sapete. Lui non lo aveva provato ma capiva che io avevo davvero voluto andare in Abruzzi ma non c'ero andato e eravamo sempre amici, con tanti gusti in comune, ma con questa differenza tra noi. Lui aveva sempre saputo ciò che io non sapevo e che, quando lo imparavo, riuscivo sempre a dimenticare. Ma non lo sapevo allora, anche se più tardi l'ho imparato. Intanto eravamo tutti a mensa, avevamo finito di mangiare, e la discussione continuava. Noi due smettemmo di parlare e il capitano gridò:

« Cappellano non felice. Cappellano non felice senza donne. »

« Sono felice » disse il cappellano.

« Cappellano non felice. Cappellano desidera austriaci vincere la guerra » il capitano disse. Gli altri ascoltavano. Il cappellano scosse il capo.

« No » disse.

« Cappellano desidera noi non attaccare mai. Vero che non vuole che attacchiamo? »

« No. Se c'è la guerra, dobbiamo pur attaccare. »

« Dobbiamo attaccare. Attaccheremo! »

Il cappellano annuì.

« Lasciamolo solo » disse il maggiore. « Ha ragione. »

« A ogni modo non può farci nulla » disse il capitano. Ci alzammo tutti e ce ne andammo da tavola.

IV

Mi svegliò l'indomani mattina la batteria del giardino vicino e vidi il sole che entrava dalla finestra e mi alzai da letto. Andai alla finestra e guardai fuori. I viali inghiaiati erano umidi e l'erba era bagnata di rugiada. La batteria sparò due volte e ogni volta l'aria giunse come un colpo e fece tremare i vetri e mi fece sventolare i risvolti del pigiama. Non riuscivo a vedere i cannoni ma evidentemente sparavano proprio al di sopra di noi. Era un fastidio averli da quelle parti, ma per fortuna non erano più grossi. Mentre guardavo in giardino udii un'autocarretta che partiva sulla strada. Mi vestii, scesi a pianterreno, presi il caffè in cucina e andai nella rimessa.

Dieci macchine erano allineate fianco a fianco sotto la lunga tettoia. Erano ambulanze dal tetto pesante e dal muso schiacciato, grige e a forma di furgoni. I meccanici stavano lavorando ad una di esse in cortile. Altre erano in montagna, ai posti di medicazione.

« Riusciranno a bombardare questa batteria? » chiesi a uno dei meccanici.

« No, signor tenente. È protetta dalla collina. »

« Come vanno le cose? »

« Così così. Questa macchina non va, ma le altre camminano. » Smise di lavorare e sorrise. « È stato in licenza? »

« Sì. »

Si pulì le mani nel maglione e rise silenziosamente.

« Se l'è passata bene? » Anche gli altri sorridevano.

« Benissimo » risposi. « Che cos'è successo a questa macchina? »

« Non va. Ne ha sempre una. »

« Adesso che cos'ha? »

« Segmenti. »

Li lasciai al lavoro, e la macchina aveva un aspetto
triste e desolante, col motore aperto e i pezzi sparsi
sul banco da lavoro, e andai sotto la tettoia a guardar le macchine una per una. Erano abbastanza puli-
te, alcune lavate da poco, altre polverose. Guardai con
cura i copertoni, cercando tagli o strappi di pietre.
Tutto pareva in buono stato. Evidentemente non cam-
biava niente che io ci fossi o non ci fossi a tener d'occhio le cose. Mi ero figurato che lo stato delle macchine, l'ottenere o meno il necessario, il buon funziona-
mento del trasporto di feriti e malati dai posti di medicazione, calandoli dalle montagne ai centri di sanità
e poi smistandoli agli ospedaletti segnati sulla loro
bassa di passaggio, dipendesse per buona parte da me.
Evidentemente che io ci fossi o no non importava
nulla.

« Ci sono state difficoltà per i pezzi di ricambio? »
chiesi al sergente meccanico.

« No, signor tenente. »

« Dov'è adesso il deposito benzina? »

« Allo stesso posto. »

« Bene » dissi, e ritornai in casa e bevvi un'altra
tazza di caffè alla tavola della mensa. Il caffè era gri
gio pallido e dolce di latte condensato. Fuori della
finestra era una bella mattina di primavera. Sentivo
un inizio di aridità al naso, preannuncio che la giornata più tardi sarebbe diventata calda. Quel giorno visi-
tai i posti di raccolta in montagna e ritornai in città
nel pomeriggio tardi.

Insomma tutto pareva andar meglio quando io non
c'ero. Mi dissero che l'offensiva stava per ricominciare. La divisione cui eravamo assegnati stava per attaccare a monte del fiume e il maggiore mi disse che
avrei dovuto occuparmi dei posti di raccolta per il

momento dell'attacco. L'attacco doveva attraversare il fiume sopra la gola stretta e allargarsi sulla collina. I posti di raccolta per le ambulanze avrebbero dovuto essere il più possibile vicini al fiume restando al riparo. Era una di quelle cose che danno una falsa sensazione di guerra.

Ero pieno di polvere e sudicio e salii in camera per lavarmi. Rinaldi era seduto sul letto con una copia della grammatica inglese di Hugo. Era già pronto, aveva gli stivali neri e i capelli lucidi.

« Splendido » disse quando mi vide. « Vieni con me a trovare la Barkley. »

« No. »

« Sì. Mi farai il piacere di venire e di farmi fare bella figura con lei. »

« Bene. Aspetta che mi pulisca. »

« Lavati e vieni come sei. »

Mi lavai, mi spazzolai i capelli e ci avviammo.

« Aspetta un minuto » Rinaldi disse. « Si potrebbe anche bere qualcosa. » Aprì la cassetta e tirò fuori una bottiglia.

« Non Strega » dissi.

« No. Grappa. »

« Bene. »

Versò due bicchieri e li toccammo, coll'indice alzato. La grappa era molto forte.

« Un altro? »

« Bene » dissi. Bevemmo la seconda grappa, Rinaldi mise via la bottiglia e scendemmo dabbasso. Faceva caldo a camminare per la città, ma il sole incominciava a tramontare e si stava molto bene. L'ospedale inglese era una grande villa costruita dai tedeschi prima della guerra. La Barkley era in giardino. Con lei c'era un'altra infermiera. Vedemmo le loro uniformi bianche attraverso gli alberi e ci avviammo verso di loro. Rinaldi salutò. Salutai anch'io ma con più calma.

« Come sta? » disse la Barkley. « Lei non è italiano, vero? »

« Oh, no. »

Rinaldi chiacchierava con l'altra infermiera. Stavano ridendo.

« Che strana cosa... essere nell'esercito italiano. »

« Non è proprio l'esercito. È solo la sanità. »

« Però è ben strano. Perché ci è venuto? »

« Non lo so » dissi. « Non sempre c'è una spiegazione per quello che si fa. »

« Oh, non c'è? Sono stata abituata a pensare che ci sia. »

« È una bella cosa. »

« Dobbiamo continuare a chiacchierare a questo modo? »

« No » dissi.

« Meno male. No? »

« Che cos'è quel bastone? » chiesi. La Barkley era piuttosto alta. Indossava quella che mi pareva un'uniforme da infermiera, era bionda e aveva la pelle abbronzata e gli occhi grigi. Mi parve bellissima. Giocherellava con un sottile bastone di canna che pareva un frustino in miniatura, legato in cuoio.

« Era di un ragazzo che fu ucciso l'anno scorso. »

« Mi dispiace molto. »

« Era molto simpatico. Dovevamo sposarci e fu ucciso sulla Somme. »

« Un brutto posto. »

« C'eravate? »

« No. »

« Me l'hanno detto » disse. « Qui una guerra di quel genere non l'hanno mai vista. Mi mandarono il bastoncino. Me lo mandò sua madre. Glielo avevano restituito con le sue cose. »

« Siete stati fidanzati molto tempo? »

« Otto anni. Siamo cresciuti insieme. »

« E perché non vi siete sposati? »

« Non lo so » disse. « Sono stata stupida a non farlo. Almeno gli avrei dato questo. Ma pensavo che non sarebbe stato un bene per lui. »

« Capisco. »

« È mai stato innamorato? »

« No » dissi.

Sedemmo su una panchina e la guardai.

« Che bei capelli ha » dissi.

« Le piacciono? »

« Molto. »

« Volevo tagliarmeli tutti quando è morto. »

« No! »

« Volevo fare qualcosa per lui. Vede, non m'importava dell'altra cosa, e lui avrebbe potuto avere tutto. Avrebbe potuto avere qualunque cosa desiderasse se avessi saputo. L'avrei sposato o qualunque cosa. Ora lo so bene. Ma allora lui volle andare in guerra e io non lo sapevo. »

Non seppi che cosa dire.

« Non sapevo nulla allora. Pensavo che per lui sarebbe stato peggio. Pensavo che forse non lo avrebbe sopportato e poi naturalmente l'hanno ucciso e così è finito tutto. »

« Chi lo sa. »

« Oh, sì » disse. « Così è finito tutto. »

Guardammo Rinaldi che chiacchierava con l'altra infermiera.

« Come si chiama? »

« Ferguson. Helen Ferguson. Il vostro amico è medico, vero? »

« Sì. È molto bravo. »

« Magnifico. È difficile trovarne uno bravo così vicino al fronte. Qui siamo vicini al fronte, vero? »

« Abbastanza. »

« È un fronte stupido » disse. « Ma è molto bello. Si sta per attaccare? »

« Sì. »

« Allora avremo lavoro. Non c'è lavoro, adesso. »

« È da molto che fa l'infermiera? »

« Dalla fine del '15. Partii quando partì lui. Ricordo che avevo la stupida idea che potesse capitare nell'ospedale dov'ero io. Ferito di sciabola, magari, con una benda intorno al capo. O con la spalla attraversata da una pallottola. Qualcosa di pittoresco. »

« Questo è un fronte pittoresco » dissi.

« Sì » disse. « La gente non riesce a rendersi conto come sia in Francia. Se ci riuscisse, non si potrebbe andare avanti. Non fu ferito di sciabola. Andò in tanti pezzi. »

Non dissi nulla.

« Crede che continuerà sempre? »

« No. »

« Che cosa la farà cessare? »

« Cederà da qualche parte. »

« Noi cederemo. Cederemo in Francia. Non si può continuare a far cose come nella Somme e non cedere. »

« Qui non cederanno » dissi.

« Crede? »

« No. È andata molto bene l'estate scorsa. »

« Possono cedere » dissi. « Chiunque può cedere. »

« Anche i tedeschi. »

« No » disse. « Non credo. »

Andammo incontro a Rinaldi e alla Ferguson.

« Ama l'Italia? » Rinaldi chiese alla Ferguson in inglese.

« *Quite well.* »

« *No understand* » Rinaldi scosse il capo.

« Abbastanza bene » tradussi. Scosse il capo.

« Così non va. Ama l'Inghilterra? »

« Non troppo. Sa, sono scozzese. »

Rinaldi mi guardò confuso.

« È scozzese, perciò ama più la Scozia dell'Inghilterra » dissi in italiano.

« Ma la Scozia è Inghilterra. »

Tradussi questo alla Ferguson.

« *Pas encore* » disse la Ferguson.

« Davvero? »

« Mai. Non amiamo gli inglesi. »

« Non ama gli inglesi? Non ama Miss Barkley? »

« Oh, è diverso. Non deve prender tutto così alla lettera. »

Dopo un po' le salutammo e ce ne andammo. Ritornando a casa Rinaldi disse: « La Barkley preferisce te a me. È evidentissimo. Ma la scozzesina è molto carina ».

« Molto » dissi. Non le avevo fatto caso. « Ti piace? »

« No » disse Rinaldi.

V

Il giorno dopo ritornai a trovare la Barkley. Non era in giardino e andai alla porta laterale della villa, dove entravano le ambulanze. Dentro vidi la capo infermiera che mi disse che la Barkley era in servizio: « Sa, c'è un combattimento in corso ».

Dissi che lo sapevo.

« Lei è l'americano dell'esercito italiano? » chiese.

« Sì, signora. »

« Ma come mai? Perché non è venuto con noi? »

« Non lo so » dissi. « Posso venirci adesso? »

« Non credo, adesso. Mi dica. Perché è andato con gli italiani? »

« Ero in Italia » dissi « e parlavo l'italiano. »

« Oh » disse. « Io lo sto imparando. È una bella lingua. »

« Ho sentito dire che si può imparare in due settimane. »

« Oh, io non lo imparerò in due settimane. Sono mesi che lo studio. Può venire a trovarla dopo le sette, se vuole. Avrà finito il suo turno. Ma non porti un mucchio d'italiani. »

« Neanche per la bella lingua? »

« No. E neanche per le belle divise. »

« Buona sera » dissi.

« *A rivederci*,[1] tenente. »

« *A rivederla*.[2] » Salutai e me ne andai. Era impossibile salutare gli stranieri come gli italiani senza sentirsi imbarazzati. Il saluto italiano non si è mai potuto esportare.

La giornata era stata calda. Ero stato a monte del

fiume fino alla testa di ponte di Plava. Lì doveva incominciare l'offensiva. Era stato impossibile avanzare
sull'altra riva l'anno prima perché c'era solo una strada che conduceva dal passo al ponte di barche ed era
sotto il tiro delle mitragliatrici e delle artiglierie per
circa un miglio. Non era neanche abbastanza larga da
permettere il passaggio del carriaggio per un'offensiva e gli austriaci potevano farne un macello. Ma gli
italiani avevano attraversato e si erano attestati sul-
l'altra riva occupando un paio di chilometri della riva austriaca del fiume. Era un brutto posto e gli austriaci non avrebbero dovuto lasciarglielo occupare.
Penso che fosse reciproca tolleranza perché gli austriaci avevano ancora una testa di ponte più a valle. Le
trincee austriache erano in cima alla collina a pochi
metri dalle linee italiane. Una volta lì c'era stato un
villaggio ma era tutto macerie. C'erano i resti di una
stazione ferroviaria e un ponte in muratura crollato
che non si poteva né riparare né usare perché era
completamente scoperto.

Scesi lungo la stradicciola verso il fiume, lasciai la
macchina al posto di medicazione ai piedi della collina, attraversai il ponte di barche, che era riparato dal
fianco della montagna, e andai lungo le trincee del villaggio distrutto e sull'orlo del pendio. Erano tutti nei
ricoveri. C'erano le rastrelliere dei razzi pronti a essere tirati per chiedere l'aiuto dell'artiglieria o per fare
segnalazioni nel caso le linee telefoniche venissero
tagliate. C'era silenzio, calore e sporcizia. Bevvi qualcosa in un ricovero con un capitano che conoscevo
e riattraversai il ponte.

Stava per essere finita una nuova strada, larga, che
avrebbe varcato la montagna e sarebbe scesa a zig-zag
al ponte. Quando questa fosse finita sarebbe incominciata l'offensiva. Scendeva attraverso la foresta a curve strette. Il piano era di portar giù tutto per la nuova strada e far passare gli autocarri vuoti, le carrette

e le ambulanze cariche e tutto il traffico di ritorno per la vecchia stradicciola. Il posto di medicazione era sulla riva austriaca del fiume sotto il piano della collina e i portaferiti avrebbero trasportato le barelle attraverso il ponte di barche. Così sarebbe andata quando l'offensiva fosse incominciata. Per quanto potevo capirne io, l'ultimo chilometro e mezzo o quasi della strada nuova, dove incominciava a pianeggiare, avrebbe potuto essere bombardata ripetutamente dagli austriaci. Pareva che potesse diventare un pasticcio. Ma trovai un punto in cui si potevano mettere al riparo le macchine dopo aver superato l'ultimo tratto cattivo e aspettare i feriti per portarli al di là del ponte di barche. Mi sarebbe piaciuto passare sulla strada nuova, ma non era ancora finita. Pareva larga e ben fatta. con una buona pendenza e le curve facevano una grande impressione a vederle attraverso gli spiragli della foresta sul fianco della montagna. Le macchine sarebbero andate benissimo coi loro buoni freni meccanici e comunque, scendendo, non sarebbero state cariche. Risalii per la stradicciola.

Due carabinieri fermarono la macchina. Era caduta una granata e mentre aspettavamo ne caddero altre tre sulla strada. Erano da settantasette e arrivarono con uno sferzante spostamento d'aria, un secco scoppio luminoso e un lampo e poi fumo grigio che si alzava in mezzo alla strada. I carabinieri ci fecero segno di avanzare. Passando dove erano cadute le granate evitai le buche che si erano formate e annusai l'alto esplosivo e l'odore di terra e pietra bruciata e della silice frantumata di fresco. Ritornai a Gorizia nella nostra villa e, come ho detto, andai a trovare la Barkley, che era di servizio.

A pranzo mangiai molto in fretta e andai alla villa dove gli inglesi avevano il loro ospedale. Era proprio molto grande e bella e c'erano begli alberi nel parco. La Barkley era seduta su una panchina in giardino.

Era con la Ferguson. Parvero liete di vedermi e dopo un momento la Ferguson si scusò e se ne andò.

« Vi lascio soli » disse. « Starete benissimo anche senza di me. »

« Non te ne andare, Helen » disse la Barkley.

« Devo andare davvero. Ho da scrivere qualche lettera. »

« Buona notte » dissi.

« Buona notte, Mr. Henry. »

« Non scriva nulla che possa seccare il censore. »

« Non abbia timore. Dirò solo com'è bello il posto dove siamo e come sono bravi gli italiani. »

« Così le daranno una medaglia. »

« Sarà carino. Buona notte, Catherine. »

« Ti raggiungo tra un momento » disse la Barkley. La Ferguson si allontanò nel buio.

« È simpatica » dissi.

« Oh, sì, è molto simpatica. È infermiera. »

« E lei non lo è? »

« Oh, no. Io sono qualcosa che si chiama V.A.D. Lavoriamo molto ma nessuno si fida di noi. »

« Perché no? »

« Non si fidano di noi quando non c'è niente da fare. Quando c'è lavoro sul serio si fidano. »

« Che differenza c'è? »

« Un'infermiera è come un medico. Ci vuole molto tempo per diventarlo. Assistenti Volontarie Dottori si diventa più in fretta. »

« Capisco. »

« Gli italiani non volevano donne così vicino al fronte. Così abbiamo tutte un regolamento particolare. Non possiamo uscire. »

« Però io posso venire qui. »

« Oh, sì. Non siamo in clausura. »

« Lasciamo stare la guerra. »

« È molto difficile. Non c'è posto dove metterla. »

« Lasciamola stare lo stesso. »

« Bene. »

Ci guardammo nel buio. Pensavo che era proprio bella e le presi una mano. Lei me la lasciò prendere e io la tenni e le cinsi la vita col braccio.

« No » disse. Tenni il braccio dov'era.

« Perché no? »

« No. »

« Sì » dissi. « Per favore. » Mi piegai verso di lei nel buio per baciarla e fu un secco lampo bruciante. Mi aveva dato uno schiaffo nella faccia. La sua mano mi aveva colpito il naso e gli occhi, e gli occhi mi lacrimavano di riflesso.

« Mi dispiace tanto » disse. Sentii che facevo un certo progresso.

« Ha pienamente ragione. »

« Sono terribilmente spiacente » disse. « Ma non riuscivo a sopportare l'aria da libera uscita di infermiera di tutto questo. Non volevo farle male. Le ho fatto male, vero? »

Mi guardava nell'oscurità. Ero irritato ma sicuro, e vedevo tutto davanti a me come le mosse di una partita a scacchi.

« Ha fatto benissimo » dissi. « Non importa. »

« Poverino »

« Vede, ho condotto una così strana vita. E non ho mai parlato inglese. E poi lei è così bella. » La guardai.

« Non è necessario che dica un mucchio di sciocchezze. Le ho detto che sono spiacente. Andiamo avanti. »

« Sì » dissi. « E non abbiamo più da parlare della guerra. »

Rise. Era la prima volta che la sentivo ridere. Le osservai il viso.

« Lei è molto caro » disse.

« No, non è vero. »

« Sì. Sei caro. Vorrei baciarti, se non ti dispiace. »

La guardai negli occhi e la cinsi con il braccio come prima e la baciai. La baciai con violenza e la strinsi forte e cercai di schiuderle le labbra; erano strette. Ero ancora irritato e mentre la stringevo a un tratto la sentii tremare. La tenni stretta a me e le sentii battere il cuore e schiudere le labbra e il capo le si rovesciò sulla mia mano e poi mi piangeva sulla spalla.

« Oh, caro » diceva. « Sarai buono con me, vero? »

"Che diavolo" pensai. Le accarezzai i capelli e le diedi dei colpetti sulla spalla. Lei continuava a piangere.

« Sarai buono, vero? » Alzò lo sguardo su di me. « Perché la nostra sarà una vita strana. »

Dopo un po' l'accompagnai alla porta della villa e lei entrò e io ritornai a casa. Arrivato alla villa salii in camera. Rinaldi era sdraiato sul letto. Mi guardò.

« Così fai progressi con la Barkley? »

« Siamo amici. »

« Hai quell'aria divertente dei cani in calore. »

Non capii le parole.

« Di che cosa? »

Mi spiegò.

« Tu » dissi « hai l'aria divertente di un cane che... »

« Basta » disse. « Tra un momento incominceremmo a insultarci. » Rise.

« Buona notte » dissi.

« Buona notte, cucciolino. »

Colpii la sua candela col cuscino e andai a letto al buio. Rinaldi raccolse la candela l'accese e continuò a leggere.

VI

Rimasi due giorni ai posti di raccolta. Quando arrivai a casa era troppo tardi e non vidi la Barkley fino all'indomani sera. Non era in giardino e la dovetti aspettare nella sala d'aspetto dell'ospedale finché scese. C'erano molti busti di marmo su colonne di legno dipinte lungo le pareti della stanza che usavano come sala d'aspetto. Anche il corridoio, su cui dava la sala d'aspetto, ne aveva una fila. Avevano la peculiare caratteristica dei marmi di sembrare tutti eguali. La scultura mi era sempre sembrata una faccenda stupida: però, i bronzi somigliano a qualcosa. Invece tutti i busti di marmo sembrano un cimitero. C'era però un bel cimitero: quello di Pisa. Genova era l'ideale per vedere brutti marmi. La villa era stata di un tedesco ricchissimo e i busti dovevano essergli costati parecchio. Mi chiesi chi li avesse fatti e quanto avesse guadagnato. Cercai d'indovinare se fossero membri della famiglia o cosa; ma erano tutti uniformemente classici. Impossibile cavarne qualcosa.

Sedetti su una seggiola e tenni il berretto. Eravamo tenuti a portar l'elmetto d'acciaio anche a Gorizia, ma erano troppo scomodi e troppo maledettamente teatrali in una città da cui gli abitanti civili non erano stati evacuati. Lo portavo quando andavamo ai posti di raccolta, insieme a una maschera antigas inglese. Incominciavamo solo allora a riceverne. Erano proprio maschere. Avevano anche ordinato di portare una pistola automatica; perfino i medici e gli ufficiali sanitari. La sentivo contro lo schienale della seggiola. Si era passibili di arresto se non la si portava ben visibile. Rinaldi portava una fondina imbottita di carta igienica. Io ne avevo una vera e mi pareva d'essere un tiratore scelto finché non mi esercitavo a sparare. Era un'Astra di calibro 7,65 dalla canna corta e saltava così violentemente quando si sparava che neanche c'era da parlare di colpire qualcosa. Mi esercitai, mettendo in basso il bersaglio e cercando di dominare il balzo della ridicola canna corta finché riuscii a colpire nel raggio di un metro ciò che avevo mirato a venti passi e poi mi venne addosso il ridicolo di portare una pistola e presto la dimenticai e la portai ballonzolante contro la spina dorsale senza altra sensazione che una specie di leggera vergogna quando incontravo qualcuno che parlava inglese. Ora sedevo sulla seggiola e un piantone di non so che arma mi osservava con disapprovazione da dietro un tavolo mentre guardavo il pavimento di marmo, le colonne coi busti di marmo e gli affreschi sulla parete e aspettavo la Barkley. Gli affreschi non erano male. Qualunque affresco è buono quando incomincia a scrostarsi e a venir via.

Vidi Catherine Barkley avvicinarsi lungo il corridoio e mi alzai. Non pareva alta venendomi incontro ma era molto bella.

« Buona sera, Mr. Henry » disse.

« Come sta? » dissi. Il piantone stava a sentire dietro il tavolo.

« Ci sediamo qui o usciamo in giardino? »

« Andiamo fuori. È più fresco. »

La seguii in giardino, mentre il piantone ci guardava. Quando fummo fuori sul viale di ghiaia disse: « Dove sei stato? ».

« Ai posti di raccolta. »

« Non potevi mandarmi due righe? »

« No » dissi. « No proprio. Pensavo di ritornare. »

« Avresti dovuto farmelo sapere, caro. »

Eravamo fuori del viale, e camminavamo sotto gli alberi. Le presi le mani, poi mi fermai e la baciai.

« Non c'è qualche posto dove andare? »

« No » disse. « Possiamo solo passeggiare qui. Sei stato via molto tempo. »

« Questo è il terzo giorno. Ma ora sono tornato. »

Mi guardò: « E mi ami? ».

« Sì. »

« Mi avevi detto che mi ami, vero? »

« Sì » mentii. « Ti amo. » Non glielo avevo ancora detto.

« E mi chiami Catherine? »

« Catherine. » Camminavamo per un sentiero e ci fermammo sotto un albero.

« Dimmi: "Sono ritornato da Catherine, la sera". »

« Sono ritornato da Catherine, la sera. »

« Oh, caro, sei tornato, vero? »

« Sì. »

« Ti amo tanto, ed è stato terribile. Non te ne andrai via? »

« No. Ritornerò sempre. »

« Oh, ti amo tanto. Ti prego, rimetti qui la mano. »

« Non l'ho tolta. » La voltai per vederla in faccia mentre la baciavo e vidi che aveva gli occhi chiusi. Le baciai gli occhi chiusi. Pensai che forse era un po' matta. Andava benissimo che lo fosse. Non m'importava dove mi stessi cacciando. Era meglio che andare ogni sera al casino degli ufficiali dove le ragazze ti saltano addosso e in segno d'affetto si mettono il tuo berretto all'indietro tra un viaggio e l'altro di sopra coi colleghi ufficiali. Sapevo che non amavo Catherine Barkley e non avevo per niente intenzione di amarla. Era un gioco, come il bridge, in cui si dicevano delle cose invece di giocare le carte. Come a bridge, si doveva fingere di giocare per denaro o per qualche posta. Nessuno aveva detto quale fosse la posta. Tutto andava bene per me.

« Peccato che non ci sia qualche posto dove andare » dissi. Stavo esperimentando la difficoltà maschile di fare all'amore a lungo stando in piedi.

« Non c'è nessun posto » disse. Ritornò dal mondo dove era stata.

« Potremmo sederci qui per un momento. »

Sedemmo sulla panchina di pietra piatta e presi la mano di Catherine Barkley. Non si lasciò cingere dal mio braccio.

« Sei molto stanco? » chiese.

« No. »

Abbassò lo sguardo sull'erba.

« È una porcheria questo gioco che giochiamo, vero? »

« Che gioco? »

« Non fare lo stupido. »

« Non lo faccio apposta. »

« Sei un simpatico ragazzo » disse. « E lo giochi meglio che puoi. Ma è una porcheria. »

« Indovini sempre quello che pensa la gente? »

« Non sempre. Ma indovino con te. Non è necessario che tu finga d'amarmi. È finita per stasera. C'è qualcosa di cui hai voglia di parlare? »

« Ma io ti amo. »

« Ti prego, non diciamo bugie già che non è necessario. Ho fatto una bella scenetta e ora sono contenta. Vedi, non sono matta e non sono svanita. Solo un poco, qualche volta. »

Le strinsi la mano: « Cara Catherine ».

« Suona molto strano adesso: Catherine. Non lo dici più allo stesso modo. Ma sei molto simpatico. Sei un gran bravo ragazzo. »

« Anche il cappellano lo dice. »

« Sì, sei bravo. E verrai a trovarmi? »

« Naturalmente. »

« E non devi dirmi che mi ami. È tutto finito per un po'. » Si alzò e mi tese la mano. « Buona notte. » Cercai di baciarla.

« No » disse. « Sono molto stanca. »

« Baciami lo stesso » dissi.

« Sono terribilmente stanca, caro. »

« Baciami. »

« Lo desideri molto? »

« Sì. »

Ci baciammo e lei si staccò bruscamente. « No. Buona notte, ti prego, caro. » Ci avviammo alla porta e la vidi entrare e scendere il corridoio. Mi piaceva vederla muoversi. Continuò a scendere il corridoio. Ritornai a casa. Era una sera calda; c'era gran movimento sulle montagne. Guardai i lampi sul San Gabriele.

Mi fermai di fronte alla Villa Rossa. Le persiane erano chiuse ma c'era ancora movimento dentro. Qualcuno cantava. Andai a casa. Rinaldi arrivò mentre mi svestivo.

« Ah, ah! » disse. « Non va molto bene. Il pupo è perplesso. »

« Dove sei stato? »

« Alla Villa Rossa. È stato molto edificante, pupo. Abbiamo cantato tutti. Tu dove sei stato? »

« A far visita alle inglesi. »

« Grazie a Dio non mi sono mischiato con le inglesi. »

VII

L'indomani ritornai dal nostro primo posto di raccolta di montagna e fermai la macchina allo smistamento in cui i feriti e i malati venivano divisi secondo le loro basse di passaggio e sulle basse venivano assegnati ai vari ospedaletti. Avevo guidato io e rimasi seduto in macchina e lo chauffeur portò dentro le basse. Faceva caldo e il cielo era luminosissimo e azzurro e la strada era bianca e polverosa. Sedevo sull'alto sedile della Fiat e non pensavo a niente. Un reggimento passava per la strada e li guardai passare. Gli uomini erano accaldati e sudati. Qualcuno aveva l'elmetto d'acciaio, ma quasi tutti lo portavano appeso allo zaino. Quasi tutti gli elmetti erano troppo grandi e scendevano quasi sulle orecchie degli uomini che li calzavano. Gli ufficiali avevano tutti l'elmetto: elmetti su misura. Era metà della Brigata Basilicata. Li riconobbi dalle mostrine a righe rosse e bianche. C'erano dei ritardatari che seguivano dopo che il reggimento era passato: uomini che non riuscivano a stare al passo del plotone. Erano sudati, coperti di polvere e stanchi. Alcuni avevano l'aria malandata. Un soldato giunse dopo l'ultimo ritardatario. Camminava zoppicando. Si fermò e sedette sul ciglio della strada. Scesi e gli andai incontro.

« Cosa succede? »

Mi guardò, poi si alzò.

« Sto andando avanti. »

« Cos'è che non va? »

« ... la guerra. »

« Che cos'hai alla gamba? »

« Non è la gamba. Mi è venuta un'ernia. »

« Perché non ti fai trasportare col carriaggio? Perché non vai all'ospedale? »

« Non mi lasciano. Il tenente ha detto che mi sono tolto il cinto apposta. »

« Fa' sentire. »

« È uscita fuori. »

« Da che parte? »

« Qui. »

« Tossisci » dissi.

« Ho paura che diventi più grossa. È già due volte stamani. »

« Siediti » dissi. « Appena mi danno le basse di questi feriti ti porterò io e ti lascerò ai tuoi ufficiali medici. »

« Diranno che l'ho fatto apposta. »

« Non possono farti nulla » dissi. « Non è una ferita. L'avevi già prima, vero? »

« Ma ho perso il cinto. »

« Ti manderanno all'ospedale. »

« Non posso restar qui, tenente? »

« No, non ho la tua bassa. »

Lo chauffeur uscì dalla porta colle basse per i feriti che erano nella macchina.

« Quattro al 105. Due al 132 » disse. Erano ospedaletti al di là del fiume.

« Guida tu » dissi. Aiutai il soldato dell'ernia a salire sul sedile accanto a noi.

« Parla inglese? » chiese.

« Certo. »

« Cosa ne dice di questa maledetta guerra? »

« Una porcheria. »

« Anch'io dico che è una porcheria. Cristo, se è una porcheria. »

« Sei stato negli Stati Uniti? »

« Certo. A Pittsburg. Ho capito che lei era americano. »

« Non parlo abbastanza bene l'italiano? »

« Mi sono accorto benissimo che è americano. »

« Un altro americano » disse lo chauffeur in italiano guardando l'uomo dell'ernia.

« Senta, tenente. Deve proprio condurmi a quel reggimento? »

« Sì. »

« Perché il capitano medico sapeva che avevo l'ernia. Ho buttato via quel maledetto cinto perché così peggiorava e non dovevo ritornare in linea. »

« Capisco. »

« Non può portarmi da qualche altra parte? »

« Se fossimo più vicini al fronte potrei portarti al primo posto di soccorso. Ma così indietro è necessario che tu abbia la bassa. »

« Se ritorno mi faranno l'operazione e poi mi terranno in linea tutto il tempo. »

Ci pensai.

« Lei non avrebbe voglia di stare in linea tutto il tempo, vero? » domandò.

« No. »

« Cristo, non è una guerra maledetta? »

« Sta' a sentire » dissi. « Tu scendi e cadi per la strada e ti fai venire un bernoccolo sulla testa e io ti raccolgo al ritorno e ti porto all'ospedale. Fermiamoci qui al lato, Aldo. » Fermammo sul ciglio della strada. Lo aiutai a scendere.

« Resterò qui, tenente » disse.

« Ciao » dissi. Partimmo e oltrepassammo il reggimento circa un miglio più in su, poi attraversammo il fiume cupo per il disgelo che precipitava tra i piloni del ponte, per andare sulla strada che attraversava la pianura e consegnare i feriti ai due ospedali. Al ritorno guidai io e andai in fretta colla macchina vuota per trovare l'uomo di Pittsburg. Prima incontrammo il reggimento, più accaldato e sudato che mai: poi i ritardatari. Poi vedemmo un'ambulanza a traino animale ferma su un lato della strada. Due uomini stavano sollevando l'uomo dell'ernia per caricarlo. Erano tornati indietro a prenderlo. Scosse il capo guardandomi. Era senza elmetto e aveva la testa insanguinata lungo la linea dei capelli. Il naso era scorticato e c'era polvere sul punto insanguinato e polvere sui capelli.

« Guardi il bernoccolo, tenente! » gridò. « Niente da fare. Sono tornati a prendermi. »

Quando ritornai alla villa erano le cinque e andai a fare una doccia dove si lavavano le macchine. Poi scrissi il mio rapporto in camera, seduto in calzoni e canottiera davanti alla finestra aperta. Fra due giorni sarebbe incominciata l'offensiva e sarei andato con le macchine a Plava. Era da molto che non scrivevo negli Stati Uniti e sapevo che avrei dovuto scrivere, ma avevo lasciato passare tanto tempo che era quasi impossibile scrivere ora. Non c'era niente da scrivere. Mandai un paio di cartoline militari *Zona di Guerra* cancellando tutto tranne: *Sto bene.* Li avrebbero un po' distratti. Quelle cartoline sarebbero piaciute molto in America; strane e misteriose. Questa era una zona di guerra strana e misteriosa, ma pensavo che fosse abbastanza ben condotta e spaventosa in confronto alle altre guerre contro gli austriaci. L'esercito austriaco era stato creato per regalare vittorie a Napoleone; a qualunque Napoleone. Avrei voluto che avessimo un Napoleone, ma invece avevamo *Il Generale* Cadorna, grasso e prosperoso, e Vittorio Emanuele, l'ometto dal lungo collo sottile. Poi sul fianco destro avevamo il Duca d'Aosta. Forse era troppo bello per essere un grande generale, ma aveva l'aria d'essere un uomo. Molti avrebbero voluto che fosse il re. Aveva l'aria di un re. Era lo zio del re e comandava la Terza Armata. Noi eravamo nella Seconda Armata. C'era qualche batteria inglese nella Terza Armata. Avevo incontrato due artiglieri di quel gruppo, a Mi-

lano. Erano molto simpatici e passammo una serata
straordinaria. Erano grossi e timidi e imbarazzati e pieni di concorde ammirazione per qualunque cosa capitasse. Avrei voluto essere con gli inglesi. Sarebbe stato
molto più semplice. Probabilmente però sarei stato ucciso. Non in questa faccenda dell'ambulanza. Sì, anche
nella faccenda dell'ambulanza. I conducenti d'ambulanze inglesi a volte restavano uccisi. Bene, sapevo che
non sarei stato ucciso. Non in questa guerra. Non aveva niente a che fare con me. Non mi pareva che presen-
tasse per me più pericolo della guerra al cinematogra-
fo. Però avrei voluto per Dio che fosse finita. Forse
sarebbe finita nell'estate. Forse gli austriaci avrebbero
ceduto. Avevano sempre ceduto nelle altre guerre. Che
cosa succedeva in questa guerra? Tutti dicevano che i
francesi erano finiti. Rinaldi diceva che i francesi si
erano ammutinati e le truppe avevano marciato su Parigi. Gli chiesi che cos'era accaduto e disse: «Oh, li
hanno fermati». Volevo andare in Austria senza la
guerra. Volevo andare nella Foresta Nera. Volevo andare sui monti Hartz. Dov'erano però i monti Hartz?
Si combatteva nei Carpazi. Ma non volevo andarci.
Però doveva essere bello. Avrei potuto andare in Spa-
gna se non c'era la guerra. Il sole tramontava e la
giornata diventava fresca. Dopo cena sarei andato a
trovare Catherine Barkley. Avrei voluto che fosse qui
ora. Avrei voluto esser con lei a Milano. Mi sarebbe
piaciuto mangiare al Cova e poi scendere per via Manzoni nella sera calda e attraversare e girare lungo il
Naviglio e andare in albergo con Catherine Barkley.
Forse sarebbe venuta. Forse avrebbe finto che fossi
il suo ragazzo che era stato ucciso e saremmo entrati
nella porta principale e il portiere si sarebbe tolto il
berretto e io mi sarei fermato al banco del concier-
ge per prendere la chiave e lei mi avrebbe aspettato
all'ascensore; poi saremmo entrati in ascensore e sarebbe salito adagio adagio clicchettando a ogni pia-

no, e poi il nostro piano e il ragazzo avrebbe aperto
la porta e si sarebbe fermato lì e lei sarebbe uscita e
io sarei uscito e saremmo scesi lungo il corridoio e io
avrei messo la chiave nella porta e l'avrei aperta e
sarei entrato e poi avrei preso il telefono e avrei chiesto di mandarmi una bottiglia di Capri bianco in un
secchiello d'argento pieno di ghiaccio e si sarebbe sentito il ghiaccio contro il secchiello mentre arrivava nel
corridoio e il cameriere avrebbe bussato e io avrei
detto lasciatelo fuori della porta per favore. Perché
noi non avremmo avuto niente addosso per via del
caldo, e la finestra aperta e le rondini che volavano
sui tetti delle case e dopo, quando fosse buio e si
andasse alla finestra, pipistrellini alla caccia sulle case
e giù vicino agli alberi e avremmo bevuto il Capri,
e la porta chiusa a chiave e quel caldo e solo un
lenzuolo e tutta la notte e ci saremmo amati tutta la
notte nella calda notte a Milano. Così avrebbe dovuto
essere. Avrei mangiato in fretta e sarei andato a trovare Catherine Barkley.

Chiacchierammo molto a mensa e bevvi del vino
perché quella sera non saremmo stati tutti fratelli se
non avessi bevuto un po' e parlai col cappellano del-
l'arcivescovo Ireland, che pareva fosse un gentiluomo
e dei cui torti che gli avevano fatto e che avevo spal-
leggiato come americano, e dei quali non avevo mai
sentito parlare, finsi di essere al corrente. Sarebbe stato scortese non sapere niente dopo aver ascoltato una
così splendida spiegazione delle cause di quelli che,
dopo tutto, pare fossero malintesi. Pensavo che aveva
un bel nome e veniva dal Minnesota e questo faceva
un bel nome: Ireland del Minnesota, Ireland del
Wisconsin, Ireland del Michigan. Quel che lo rendeva carino era che suonava come Island. No che non
era questo. C'era qualcosa di più di questo. Sì, padre.
È vero, padre. Forse, padre. No, padre. Be', forse sì,
padre. Lei è più al corrente di me, padre. Il cappella-

no era buono ma stupido. Gli ufficiali non erano buoni ma erano stupidi. Il re era buono ma stupido. Il vino era cattivo ma non era stupido. Toglieva lo smalto dai denti e lo lasciava sul palato.

« E il cappellano venne messo dentro » disse Rocca « perché gli trovarono addosso le obbligazioni al tre per cento. Questo accadde in Francia naturalmente. Qui non lo avrebbero mai arrestato. Negò di saper qualcosa delle obbligazioni al cinque per cento. Questo avvenne a Béziers. Io c'ero, e quando lo lessi sul giornale, andai alla prigione e chiesi di vedere il cappellano. Era evidente che aveva rubato le obbligazioni. »

« Non credo una parola di questa storia » disse Rinaldi.

« Come vuoi » Rocca disse. « Ma io lo sto dicendo qui per il cappellano. È molto istruttivo. Lui è un prete, lo apprezzerà. »

Il cappellano sorrise. « Continui » disse. « Sto ascoltando. »

« Naturalmente di qualche obbligazione non si poté render conto, ma il prete aveva tutte le obbligazioni al tre per cento e parecchie obbligazioni locali, non ricordo con precisione quali. Così andai alla prigione, questo è il nocciolo della storia, e mi fermai fuori della cella e gli dissi come se andassi a confessarmi: "Mi benedica, padre, per il suo peccato". »

Ci fu una gran risata generale.

« E lui che cosa ha detto? » chiese il cappellano. Rocca non gli fece caso e continuò a spiegarmi la storiella. « Capisci il nocciolo, vero? » Pareva che, a capirla bene, fosse una storiella molto divertente. Mi versarono altro vino e raccontai la storiella del soldato semplice inglese che fu messo sotto la doccia. Poi il maggiore raccontò la storiella degli undici cecoslovacchi e del caporale ungherese. Dopo un altro po' di vino raccontai la storiella del fantino che trovò il penny.

Il maggiore disse che c'era una storiella italiana quasi eguale, di una duchessa che non riusciva a dormire di notte. A questo punto il cappellano se ne andò e io raccontai la storiella del viaggiatore di commercio che arriva alle cinque del mattino a Marsiglia mentre soffia il mistral. Il maggiore disse che aveva sentito una voce che io bevevo forte. Dissi che non era vero. Disse che era vero e sul cadavere di Bacco dovevamo provare se era vero o no. Non Bacco, dissi. Non Bacco. Sì, Bacco, disse. Dovevo bere tazza per tazza e bicchiere per bicchiere con Bassi Fillipo Vincenza. Bassi disse di no che non era una prova perché aveva già bevuto il doppio di me. Dissi che era una vile menzogna e, Bacco o non Bacco, Fillipo Vincenza Bassi o Bassi Fillipo Vicenza non avevo toccato una goccia tutta la sera e com'era comunque il suo nome? Lui disse, il mio nome era Frederico Enrico o Enrico Federico? Dissi vinca il migliore, e Bacco a parte, il maggiore diede il via con boccali di vino rosso. Arrivato a metà non ne volli più. Ricordai dove dovevo andare.

« Vince Bassi » dissi. « È più in gamba di me. Io devo andare. »

« Deve andare sul serio » disse Rinaldi. « Ha un rendez-vous. Io so tutto. »

« Devo andare. »

« Un'altra sera » disse Bassi. « Un'altra sera quando ti sentirai più forte. » Mi diede una manata sulla spalla. C'erano candele accese sulla tavola. Tutti gli ufficiali erano di buon umore. « Buona notte, signori » dissi.

Rinaldi uscì con me. Ci fermammo fuori della porta e mi disse: « È meglio che tu non vada lassù ubriaco ».

« Non sono ubriaco, Rinin. Sul serio. »

« È meglio che tu mastichi del caffè. »

« Sciocchezze. »

« Te ne vado a prendere un po', pupo. Tu passeggia su e giù. » Ritornò con una manciata di chicchi di caffè abbrustolito. « Mastica questi, pupo, e il Signore sia con te. »

« Bacco » dissi.

« Ti accompagno. »

« Sto benissimo. »

Attraversammo insieme la città e io masticavo il caffè. Al cancello del viale che conduceva alla villa inglese, Rinaldi mi salutò.

« Buona notte » dissi. « Perché non vieni? »

Scosse il capo. « No » disse. « Preferisco i piaceri più semplici. »

« Grazie per i chicchi di caffè. »

« Niente, pupo. Niente. »

Scesi per il viale. I contorni dei cipressi che vi erano allineati erano precisi e nitidi. Mi voltai e vidi Rinaldi che mi guardava e lo salutai con la mano.

Sedetti nella sala d'aspetto della villa, in attesa che Catherine Barkley venisse. Qualcuno scendeva il corridoio. Mi alzai, ma non era Catherine. Era Miss Ferguson.

« Hello » disse. « Catherine mi ha pregato di dirle che le dispiace ma non può vederla stasera. »

« Sono molto spiacente. Spero che non sia malata. »

« Non sta tanto bene. »

« Vuole dirle quanto mi dispiace? »

« Sì, glielo dirò. »

« Crede che faccia bene a cercar di vederla domani? »

« Sì, credo di sì. »

« La ringrazio molto » dissi. « Buona notte. »

Uscii e improvvisamente mi sentii solo e abbandonato. Avevo preso molto alla leggera la mia visita a Catherine, mi ero quasi ubriacato e quasi avevo dimenticato di venire, ma ora che non potevo vederla mi sentivo solo e abbandonato.

VIII

Il pomeriggio dell'indomani sentimmo che quella notte doveva esserci un attacco a monte del fiume e che dovevamo portarvi quattro macchine. Nessuno ne sapeva niente ma tutti ne parlavano con grande sicurezza e competenza strategica. Ero sulla prima macchina e quando passammo davanti all'ingresso dell'ospedale britannico dissi allo chauffeur di fermare. Le altre macchine frenarono. Scesi e dissi al primo chauffeur di andare avanti e, se non li avessimo raggiunti al bivio della strada per Cormons, di aspettarci lì. Mi affrettai per il viale e nella sala d'aspetto chiesi di Miss Barkley.

« È in servizio. »

« Non potrei vederla un solo momento? »

Mandarono un piantone a vedere e lei scese con lui.

« Mi sono fermato per sentire se sta meglio. Mi hanno detto che era in servizio, così l'ho mandata a chiamare. »

« Sto abbastanza bene » disse. « Credo che ieri mi abbia buttato giù il caldo. »

« Devo andare. »

« L'accompagnerò un minuto sulla porta. »

« E stai bene? » chiesi fuori.

« Sì, caro. Verrai stasera? »

« No. Parto adesso per una parata sul Piave. »

« Una parata? »

« Credo che non sia nulla. »

« E ritornerai? »

« Domani. »

Stava sganciandosi qualcosa dal collo. Me lo mise in

mano. « È un Sant'Antonio » disse. « E vieni domani
sera. »

« Non sei cattolica, vero? »

« No. Ma dicono che un Sant'Antonio porta bene. »

« Ci starò attento per te. Addio. »

« No » disse. « Non addio. »

« Bene. »

« Fai il bravo ragazzo e sta' attento. No, non baciarmi qui. Non si può. »

Mi voltai e la vidi in piedi sui gradini. Mi salutò e
io baciai la mia mano e l'alzai. Mi salutò di nuovo e
poi ero fuori del viale e mi arrampicai sul sedile del-
l'ambulanza e partimmo. Il Sant'Antonio era in un
astuccino di metallo bianco. Apersi l'astuccio e lo feci
uscire sulla mano.

« Sant'Antonio? » chiese il conduttore.

« Sì. »

« Ne ho uno. » Tolse la mano destra dal volante e
slacciò un bottone della giubba e lo tirò fuori dalla
camicia.

« Vede? »

Rimisi il mio Sant'Antonio nell'astuccio, vi infilai
insieme la catenina d'oro e misi ogni cosa nel taschino
della giubba.

« Non lo porta? »

« No. »

« È meglio portarlo. Lo fanno per questo. »

« Bene » dissi. Aprii il gancio della catenina d'oro
e me la misi intorno al collo e l'agganciai. Il santo mi
pendeva fuori dall'uniforme e aprii il collo della giubba, slacciai il collo della camicia e lo feci cadere sotto
la camicia. Me lo sentii nella scatoletta di metallo contro il petto mentre andavamo avanti. Poi lo dimenticai. Quando fui ferito non lo trovai più. Forse lo prese qualcuno a un posto di medicazione.

Andavamo in fretta quando passammo il ponte e
presto vedemmo la polvere delle altre macchine giù

in fondo alla strada. La strada svoltava e vedemmo le tre macchine che parevano piccole piccole, con la polvere che si alzava dalle ruote e si alzava tra gli alberi. Le raggiungemmo e le oltrepassammo in una strada che si arrampicava sulla collina. Andando in colonna non è spiacevole essere in testa e mi affondai sul sedile e guardai la campagna. Eravamo ai piedi della collina sulla nostra riva del fiume e mentre la strada saliva spuntavano a nord le montagne alte con la neve ancora sulle cime. Mi voltai indietro e vidi le tre macchine che si arrampicavano, separate dagli intervalli della loro polvere. Oltrepassammo una lunga colonna di muli carichi, e i conducenti camminavano a fianco dei muli e avevano fez rossi. Erano bersaglieri.

Passata la colonna di muli, la strada era sgombra e ci arrampicammo tra le colline e poi scendemmo sul fianco di una lunga collina in una vallata. C'erano alberi lungo i due lati della strada e attraverso la fila destra degli alberi vedevo il fiume, l'acqua limpida, rapida e poco profonda. Il fiume era basso e c'erano tratti asciutti e sassosi con un rigagnolo d'acqua e a volte l'acqua si allargava splendente nel greto sassoso. Accanto alla riva vidi pozze profonde, l'acqua azzurra come il cielo. Vidi gli archi di ponti di pietra sul fiume dove i sentieri svoltavano dalla strada e oltrepassammo fattorie di pietra coi peri a candelabro contro i muri a mezzogiorno e muretti di pietre nei campi. La strada salì la valle per un lungo tratto e poi piegammo e ricominciammo a inerpicarci sulla collina. La strada si inerpicava ripida avanti e indietro e attraverso boschi di castagni per diventare infine piana lungo un crinale. Riuscii a vedere i boschi, laggiù, col sole sopra, la linea del fiume che separava i due eserciti. Procedemmo sulla rozza strada militare nuova che seguiva l'andamento del crinale e guardai a nord le due file di montagne, verdi e scure fino al limite della neve e poi bianche e belle nel sole. Poi, mentre la strada saliva lungo il crinale, vidi una terza fila di montagne, più alte montagne nevose, bianche come il gesso e piene di soldati, con strane pianure, e poi c'erano montagne lontano di là di queste che quasi non si capiva se si vedevano davvero. Quelle erano tutte montagne austriache e noi non avevamo nulla di simile. Davanti, la strada faceva una svolta rotonda verso destra e guardando in basso vidi la strada che si tuffava negli alberi. C'erano truppe sulla strada e camion e muli con artiglierie da montagna e mentre scendevamo, tenendoci sul ciglio della strada, vidi laggiù lontano il fiume, la fila di traversine e rotaie che gli correvano accanto, il vecchio ponte su cui la strada ferrata passava sull'altra riva e dall'altra parte, sotto una collina di là del fiume, le case distrutte del villaggio che si doveva conquistare.

Era quasi buio quando arrivammo giù e entrammo nella strada principale che seguiva il fiume.

IX

La strada era affollata e ai lati aveva graticci di culmi di grano e stuoie mimetiche, e stuoie di sopra, che pareva l'ingresso di un circo o di un villaggio indigeno. Procedemmo adagio in quella galleria di stuoie e uscimmo in un nudo spiazzo sgombro dov'era stata la stazione ferroviaria. Qui il livello della strada era inferiore a quello del fiume e lungo il ciglio della strada incassata erano state scavate buche e dentro c'era la fanteria. Il sole stava tramontando e guardando su lungo la riva mentre si andava avanti vidi sulle colline dell'altra riva i palloni osservatori austriaci scuri contro il tramonto. Sistemammo le macchine dietro una fornace di mattoni. I forni e qualche grossa buca erano stati attrezzati come posti di medicazione. C'erano tre medici che conoscevo. Parlai col maggiore e appresi che, quando si fosse incominciato e le nostre macchine fossero state cariche, le avremmo riportate lungo la strada mimetizzata e su per la strada principale lungo il crinale dove ci sarebbe stato un posto di raccolta e altre macchine per scaricarle. Sperava che la strada non sarebbe diventata un guaio. Era una tournée in senso unico. La strada era mimetizzata perché era esposta agli austriaci di là del fiume. Qui alla fornace eravamo al riparo dal tiro dei fucili e delle mitragliatrici della riva del fiume. C'era un ponte crollato di là del fiume. Stavamo per buttarci sopra un altro ponte quando incominciò il bombardamento e parte della truppa dovette guardare un po' più in su alla curva del fiume. Il maggiore era un ometto coi baffi all'insù. Aveva fatto la guerra in Libia e aveva due filetti di ferite. Disse che se l'azione andava bene avrebbe cercato di farmi dare una decorazione. Dissi che speravo che sarebbe andata bene ma che era troppo gentile. Gli chiesi se c'era un ricovero grande dove potessero stare gli chauffeurs e mi diede un soldato a mostrarmelo.

Andai con lui e trovai che il ricovero era molto buono. Gli chauffeurs erano soddisfatti e ve li lasciai. Il maggiore mi invitò a bere con lui e altri due ufficiali. Bevemmo rum e fu tutto molto cordiale. Fuori stava diventando buio. Chiesi a che ora sarebbe incominciato l'attacco e dissero appena era buio. Ritornai dagli chauffeurs. Erano seduti nel ricovero a chiacchierare e quando entrai tacquero. Diedi un pacchetto di sigarette a ciascuno, Macedonia, sigarette mal fatte che perdevano tabacco e bisognava attorcigliare le estremità prima di fumarle. Manera accese l'accendino e lo passò in giro. L'accendino aveva la forma di un radiatore Fiat. Gli dissi quel che avevo sentito.

« Come mai non abbiamo visto il posto di raccolta quando siamo scesi? » chiese Passini.

« Era proprio di là di dove abbiamo girato. »

« Quella strada sarà un brutto pasticcio » disse Manera.

« Ci porteranno via il... a cannonate. »

« È probabile. »

« E per mangiare, tenente? Non avremo la possibilità di mangiare quando l'azione sarà cominciata. »

« Ora vado a vedere » dissi.

« Dobbiamo star qui o possiamo dare un'occhiata in giro? »

« Meglio star qui. »

Ritornai al ricovero del maggiore e disse che la cucina da campo stava arrivando e gli chauffeurs potevano venire a prendere il loro rancio. Avrebbe prestato loro le gavette se non le avevano. Dissi che credevo le avessero. Ritornai indietro e dissi agli chauffeurs che sarei venuto a cercarli appena arrivava il cibo. Manera disse che sperava arrivasse prima dell'inizio del bombardamento. Rimasero zitti finché me ne andai. Erano tutti meccanici e odiavano la guerra.

Uscii a guardare le macchine e a vedere che cosa succedeva e poi tornai indietro e mi sedetti nel ricovero con i quattro chauffeurs. Stavamo seduti per terra con le spalle appoggiate alla parete e fumavamo. Fuori era quasi buio. Il terreno del ricovero era caldo e asciutto e abbandonai le spalle contro la parete, sedendo sul fondo della spina dorsale, e mi rilassai.

« Chi attaccherà? » chiese Gavuzzi.

« Bersaglieri. »

« Tutti bersaglieri? »

« Credo di sì. »

« Non ci sono abbastanza truppe qui per un vero attacco. »

« Forse è per distrarre l'attenzione da dove avverrà l'attacco vero. »

« Gli uomini, lo sanno che attaccano? »

« Non credo. »

« Naturalmente no » disse Manera. « Non attaccherebbero se lo sapessero. »

« Sì, che attaccherebbero » disse Passini. « I bersaglieri sono scemi. »

« Sono coraggiosi e disciplinati » dissi.

« Hanno una discreta circonferenza toracica, e sono pieni di salute. Ma sono scemi lo stesso. »

« I granatieri sono grandi » disse Manera. Era uno scherzo. Risero tutti.

« C'era, tenente, quando non hanno voluto attaccare e li hanno fucilati uno ogni dieci? »

« No. »

« È vero. Li hanno messi in fila e ne hanno preso uno ogni dieci. Gli hanno sparato i carabinieri. »

« Carabinieri » disse Passini e sputò per terra. « Ma

quei granatieri; tutti più di uno e ottanta. Non hanno voluto attaccare. »

« Se nessuno volesse attaccare, la guerra finirebbe » disse Manera.

« Non hanno pensato a questo, i granatieri. Avevano paura. Gli ufficiali erano tutti di così buona famiglia. »

« Qualche ufficiale è andato da solo. »

« Un sergente ha sparato a due ufficiali che non volevano uscire. »

« Una parte di truppa è uscita. »

« Quelli che erano usciti non li hanno messi in fila quando hanno preso gli uomini. »

« Uno dei fucilati dai carabinieri è del mio paese » disse Passini. « Era un ragazzone alto e elegante per esser nei granatieri. Sempre a Roma. Sempre con donne. Sempre con carabinieri. » Rise. « Ora hanno una guardia con la baionetta fuori di casa sua e nessuno può andare a trovare la madre e il padre e le sorelle e il padre ha perduto i diritti civili e non può neanche votare. Non sono più protetti dalla legge. Chiunque può portar via la loro roba. »

« Se non fosse per quel che fanno alle famiglie, nessuno andrebbe all'attacco. »

« Sì. Gli alpini ci andrebbero. I V.E. ci andrebbero.[1] Qualche bersagliere. »

« Anche i bersaglieri sono scappati. Ora cercano di dimenticarlo. »

« Non dovrebbe lasciarci parlare a questo modo, tenente. Evviva l'Esercito » disse Passini sarcastico.

« Lo so come parlate » dissi. « Ma finché guidate le macchine e vi comportate bene... »

« ... e non vi fate sentire dagli altri ufficiali » concluse Manera.

« Io credo che si debba finire la guerra » dissi.
« Non finirebbe se una parte smettesse di combattere

Sarebbe soltanto peggio se si smettesse di combattere. »

« Non potrebbe esser peggio » disse Passini con rispetto. « Non c'è nulla di peggio della guerra. »

« La sconfitta è peggio. »

« Non credo » disse Passini sempre con rispetto. « Che cos'è la sconfitta? Si ritorna a casa. »

« Ti vengono dietro. Ti prendono la casa. Ti prendono le sorelle. »

« Non credo » disse Passini. « Non possono farlo a tutti. Lascia che ciascuno difenda la propria casa. Lascia che ciascuno si chiuda le sorelle in casa. »

« Ti impiccano. Vengono a farti fare di nuovo il soldato. Non nelle autoambulanze, nella fanteria. »

« Non possono impiccare tutti. »

« Una nazione straniera non può farti fare il soldato » disse Manera. « Alla prima battaglia si scappa tutti. »

« Come i cecoslovacchi. »

« Credo che non sappiate che cosa vuol dire esser vinti, e così credete che non sia grave. »

« Tenente » disse Passini. « Lei ci lascia parlare. Senta. Niente è brutto come la guerra. Noi nell'autoambulanza non si riesce neanche a capire come sia brutto. Quando si capisce com'è brutto non si può far niente per fermarla perché si diventa matti. C'è qualcuno che non lo capisce mai. C'è qualcuno che ha paura dei suoi ufficiali. Sono loro che fanno la guerra. »

« So che è brutto, ma dobbiamo finirla. »

« Non finisce. Non c'è fine per una guerra. »

« Sì che c'è. »

Passini scosse la testa.

« La guerra non si vince con la vittoria. E se anche prendessimo il San Gabriele? Se prendessimo il Carso e Monfalcone e Trieste? A che punto si sarebbe? Ha visto tutte quelle montagne quest'oggi? Crede

che possiamo prenderle tutte anche quelle? Solo se
gli austriaci smettono di combattere. Una delle due
parti deve smettere di combattere. Perché non smettono di combattere? Se scendono in Italia si stanca-
no e se ne vanno. Hanno già il loro paese. Ma no.
Invece c'è la guerra. »

« Sei un oratore. »

« Noi pensiamo. Leggiamo. Non siamo contadini.
Siamo meccanici. Ma perfino i contadini sanno che non
si deve credere in una guerra. Tutti odiano questa
guerra. »

« La classe che controlla il paese è stupida e non
capisce niente e non capirà mai niente. È per questo
che c'è questa guerra. »

« E poi ci fanno quattrini. »

« Molti non li fanno neanche » disse Passini. « Sono troppo stupidi. La fanno per niente. Per stupidi-
tà. »

« Dobbiamo smetterla » disse Manera. « Parliamo
troppo perfino per il tenente. »

« A lui piace » disse Passini. « Lo convertiremo. »

« Ma ora dobbiamo smetterla » disse Manera.

« Non si mangia ancora, tenente? » chiese Gavuzzi.

« Vado a vedere » dissi. Gordini si alzò e uscì con
me.

« Posso fare qualcosa, tenente? Posso aiutarla? »
Era il più silenzioso dei quattro.

« Vieni con me se vuoi » dissi. « Andiamo a vedere. »

Fuori era buio e la lunga luce dei riflettori si muoveva sulle montagne. C'erano grossi riflettori su quel
fronte, montati su camion che a volte la notte si incontravano sulla strada vicino alle linee, il camion fermo un po' fuori di strada, con un ufficiale che dirige-
va la luce e gli uomini spaventati. Attraversammo la
fornace e ci fermammo al posto di medicazione. C'era
un piccolo riparo di frasche verdi fuori sull'ingresso

e nel buio il vento della notte faceva frusciare le foglie seccate dal sole. Dentro c'era la luce. Il maggiore era al telefono seduto su una cassa. Uno degli ufficiali medici disse che l'attacco era stato rimandato di un'ora. Mi offrì un bicchiere di cognac. Guardai le tavole di assi, gli strumenti scintillanti alla luce, i catini e le bottiglie tappate. Gordini rimase in piedi dietro di me. Il maggiore si alzò dal telefono.

« Incomincia adesso » disse. « È stato di nuovo anticipato. »

Guardai fuori, era buio e i riflettori austriaci si muovevano sulle montagne dietro di noi. Il silenzio durò ancora un momento, poi tutti i cannoni dietro di noi aprirono il fuoco.

« Savoia! » disse il maggiore.

« E la minestra, maggiore? » dissi. Non mi udì. Ripetei la domanda.

« Non è arrivata. »

Arrivò una grossa granata ed esplose fuori dalla fornace. Un'altra esplosione e nel rumore si poté udire il rumore più piccolo della pioggia di mattoni e di terriccio.

« Che cosa c'è da mangiare? »

« C'è un po' di pasta asciutta » disse il maggiore.

« Prenderò quello che può darmi. »

Il maggiore parlò a un piantone che scomparì nel fondo e ritornò con un catino di metallo pieno di maccheroni freddi. Lo passai a Gordini.

« Non c'è un po' di formaggio? »

Il maggiore parlò di malanimo al piantone che tornò a tuffarsi nel buco e uscì con un quarto di formaggio bianco.

« Grazie tante » dissi.

« È meglio che non usciate. »

Fuori qualcosa era stato posato vicino all'ingresso. Uno dei due uomini che l'avevano portato si affacciò a guardare dentro.

« Portatelo dentro » disse il maggiore. « Cosa c'è? Volete che veniamo fuori noi a prenderlo? »

I due portaferiti presero l'uomo per le gambe e sotto le ascelle e lo portarono dentro.

« Apritegli la giubba » disse il maggiore. Prese una pinza che aveva un po' di garza in fondo. I due capitani si tolsero la giubba. « Andate fuori » disse il maggiore ai due portaferiti.

« Vieni » dissi a Gordini.

« È meglio che aspettiate che sia finito il bombardamento » disse il maggiore senza voltarsi.

« Vogliono mangiare » dissi.

« Come volete. »

Fuori attraversammo di corsa la fornace. Una granata esplose vicino alla riva del fiume. Poi ce ne fu una che non udimmo arrivare fino all'improvviso spostamento d'aria. Ci buttammo a terra e col lampo e il rumore dell'esplosione e l'odore udimmo il sibilare delle schegge e lo scroscio dei mattoni che cadevano. Gordini si alzò e corse verso il ricovero. Lo seguii, tenendo il formaggio, che aveva la superficie liscia coperta di polvere di mattone. Dentro al ricovero c'erano i tre chauffeurs seduti contro il muro, e fumavano.

« Ecco qua, patrioti » dissi.

« Come vanno le macchine? » chiese Manera.

« Bene. »

« Si è spaventato, tenente? »

« Maledettamente » dissi.

Presi il temperino, lo aprii, pulii la lama e raschiai la superficie sporca del formaggio. Gavuzzi mi offrì il catino di maccheroni.

« Incominci lei, tenente. »

« No » dissi. « Mettilo in terra, mangeremo tutti. »

« Non ci sono forchette. »

« Al diavolo » dissi in inglese.

Tagliai il formaggio a pezzi e li misi sui maccheroni.

« Sedetevi intorno » dissi. Sedettero e aspettarono.

Cacciai il pollice e le dita nei maccheroni e tirai su.
Si districò un grumo.

« Li tenga alti, tenente. »

Alzai il braccio e i fili si districarono. Li calai in
bocca, aspirai e schioccai le estremità e masticai, poi
presi un pezzo di formaggio, masticai e poi un sorso
di vino. Sapeva di metallo arrugginito. Restituii la
borraccia a Passini.

« È una porcheria » disse. « È stato dentro troppo.
Lo avevo in macchina. »

Mangiavano tutti, tenendo il mento vicino al catino,
tirando su la testa, aspirando le estremità. Ne presi
un altro boccone e un po' di formaggio e una sorsata
di vino. Fuori cadde qualcosa che fece tremare la
terra.

« Quattrocentoventi o *minenwerfer* » disse Gavuzzi.

« Non ci sono quattrocentoventi in montagna » dissi.

« Hanno degli Skoda pesanti. Ho visto le buche. »

« Trecentocinque. »

Continuammo a mangiare. Ci fu un colpo di tosse,
un rumore come una locomotiva che parte e poi un'e-
splosione che scosse di nuovo la terra.

« Non è un ricovero profondo » disse Passini.

« Era una bombarda. »

« Sì, signore. »

Mangiai il resto del mio pezzo di formaggio e bevvi un sorso di vino. Attraverso gli altri rumori udii
un colpo di tosse, poi venne il sciu-sciu-sciu-sciu, poi
ci fu un lampo come quando lo sportello di un alto-
forno si spalanca, e un muggito che incominciò bianco
e divenne rosso e via e via nella corrente dello spostamento d'aria. Cercai di respirare ma il respiro non
volle venire e mi sentii scagliato fuori di me e fuori e
fuori e sempre nel vento. Andai fuori veloce, tutto me
stesso, e sapevo che ero morto e che era stato un er-
rore pensare che ero morto. Poi galleggiai, e invece di

procedere mi sentii scivolare indietro. Respirai ed ero
indietro. Il terreno era sconvolto e davanti alla mia
testa c'era un trave di legno schiantato. Nello stordi-
mento udii qualcuno gridare. Pensai che qualcuno
strillasse. Cercai di muovermi ma non potei. Udii le
mitragliatrici e i fucili che sparavano di là del fiume
e tutto lungo il fiume. Vi era un gran fango e vidi
i traccianti salire ed esplodere e galleggiare bianchi e
razzi che salivano e udii le bombe, tutto in un attimo,
e poi udii qualcuno vicino a me che diceva: « Mamma mia! Oh mamma mia! ». Feci forza e mi torsi
e finalmente mi liberai le gambe e mi voltai e lo toccai. Era Passini e quando lo toccai urlò. Aveva le
gambe rivolte verso di me e vidi negli squarci di luce
che erano tutt'e due troncate sopra il ginocchio. Una
gamba era scomparsa e l'altra era trattenuta dai ten-
dini e parte dei calzoni e il moncone si contorceva e
sussultava come se non fosse stato attaccato. Si mordeva il braccio e gemeva: « Oh mamma mia, mamma
mia! » poi, « Dio ti salvi, Maria, Dio ti salvi, Maria.
O Gesù fammi morire. Cristo fammi morire, mamma
mia, mamma mia, o purissima Maria fammi morire.
Basta. Basta. Basta. O Gesù dolce Maria basta. Oh
oh oh oh » poi soffocando: « Mamma mamma mia ».
Poi rimase zitto mordendosi il braccio, col moncone
della gamba che ancora si contorceva.

« Portaferiti! » gridai tenendo le mani a portavoce.
« Portaferiti! » Cercai di avvicinarmi a Passini per cercar di mettergli un laccio emostatico alle gambe, ma
non riuscivo a muovermi. Cercai di nuovo e le gambe si mossero un poco. Riuscii a spingermi indietro
con le braccia e i gomiti. Passini ora stava zitto. Sedetti accanto a lui, mi aprii la giubba e cercai di
strappare il fondo della camicia. Non si volle strappare
e diedi un morso all'orlo della tela per incominciare
lo strappo. Poi pensai alle sue fasce. Io avevo i calze-
rotti di lana ma Passini aveva le fasce. Tutti gli chauf-

feurs avevano fasce, ma Passini aveva solo una gamba. Sciolsi la fascia e mentre lo facevo mi accorsi che non c'era bisogno di cercar di fare il laccio perché era già morto. Mi accertai che era morto. C'erano altri tre da individuare. Mi sedetti diritto e mentre così facevo qualcosa dentro la testa mi si mosse come i pesi degli occhi di una bambola e mi colpì dietro le pupille. Mi sentivo le gambe calde e bagnate e le scarpe erano bagnate e calde dentro. Sapevo che ero ferito e mi sporsi in avanti e appoggiai la mano sul ginocchio. Il ginocchio non c'era. La mano entrò e il ginocchio era giù sulla tibia. Mi asciugai la mano sulla camicia e un'altra luce fluttuante scese molto lentamente e mi guardai la gamba ed ebbi una gran paura. « Oh Dio » dissi « fammi uscire di qui. » Sapevo, però, che ce n'erano altri tre. Gli chauffeurs erano quattro. Passini era morto. Ne rimanevano tre. Qualcuno mi prese sotto le braccia e qualcun altro mi alzò le gambe.

« Ce ne sono altri tre » dissi. « Uno è morto. »

« Sono Manera. Siamo andati a cercare un portaferiti ma non c'è. Come sta, tenente? »

« Dove sono Gordini e Gavuzzi? »

« Gordini è al posto di raccolta a farsi bendare. Gavuzzi le tiene le gambe. Si tenga al mio collo, tenente. È ferito grave? »

« Alla gamba. Come sta Gordini? »

« Sta bene. Era una bombarda. »

« Passini è morto. »

« Sì. Morto. »

Una granata cadde vicino e si gettarono tutt'e due a terra e mi lasciarono cadere. « Scusi, tenente » disse Manera. « Si tenga al mio collo. »

« Se mi lasciate di nuovo cadere. »

« Era perché avevamo paura. »

« Voi non siete feriti? »

« Tutti e due leggermente. »

« Gordini può guidare? »

« Non credo. »

Mi lasciarono cadere un'altra volta prima di giungere al posto di medicazione.

« Figli di puttana » dissi

« Scusi, tenente » disse Manera. « Non la lasceremo cascare più. »

Fuori del posto di raccolta molti di noi erano stesi a terra nel buio. Trasportavano feriti dentro e li riportavano fuori. Vedevo la luce uscire dal posto di medicazione quando la tenda si alzava e portavano qualcuno dentro o fuori. I morti venivano messi da una parte. I medici lavoravano con le maniche rimboccate fino alle spalle ed erano rossi come macellai. Non c'erano abbastanza barelle. Qualche ferito era rumoroso, ma quasi tutti stavano zitti. Il vento smuoveva le foglie nel pergolato sulla porta del posto di medicazione e la notte stava facendosi fresca. I portaferiti continuavano a entrare, posare le barelle, scaricarle e andarsene. Appena arrivai al posto di medicazione Manera fece venir fuori un sergente di sanità e lui mi mise delle bende sulle gambe. Disse che nella ferita c'era tanto terriccio da evitare una grande emorragia. Mi avrebbero preso appena possibile. Ritornò dentro. Gordini non poteva guidare, disse Manera. Aveva la spalla sfracellata e la testa ferita. Non si era sentito male ma ora la spalla gli si era irrigidita. Era seduto vicino a un muretto di mattoni. Manera e Gavuzzi partirono ciascuno con un carico di feriti. Potevano guidare. Gli inglesi erano venuti con tre ambulanze e avevano due uomini su ogni ambulanza. Uno degli chauffeurs venne da me accompagnato da Gordini, che era molto pallido ed esausto. L'inglese si chinò su di me.

« È ferito gravemente? » chiese. Era alto e portava occhiali cerchiati d'acciaio.

« Alle gambe. »

« Niente di serio, spero. Vuole una sigaretta? »

« Grazie. »

« Mi dicono che le mancano due chauffeurs. »

« Sì. Uno morto e quello che vi ha portato. »

« Che sfortuna. Vuole che prendiamo noi le macchine? »

« È quello che volevo chiedervi. »

« Ne avremo cura e le restituiremo alla villa. 206, vero? »

« Sì. »

« È un luogo incantevole. L'ho vista da quelle parti. Mi dicono che lei è americano. »

« Sì. »

« Io sono inglese. »

« No! »

« Sì, inglese. Credeva che fossi italiano? C'era qualche italiano con uno dei nostri reparti. »

« Sarebbe bello se prendeste voi le macchine » dissi.

« Faremo molta attenzione » si rizzò. « Questo suo ragazzo era molto ansioso che venissi a vederla. » Batté Gordini sulla spalla. Gordini sorrise. L'inglese irruppe in un italiano volubile e perfetto. « Ora tutto è sistemato. Ho visto il tuo tenente. Prenderemo le due macchine. Ora non preoccuparti. » Continuò: « Devo fare qualcosa per toglierla di qui. Ora vado a vedere nel *Walhalla* medico. Cerco di portarla giù con noi ».

Si avviò verso il posto di medicazione camminando con cura tra i feriti. Vidi aprire la tenda, uscire la luce e lui entrò.

« Avrà cura di lei, tenente » disse Gordini.

« Come stai, Franco? »

« Bene. » Sedette accanto a me. In un momento la tenda davanti al posto di medicazione si aprì e due portaferiti uscirono seguiti dallo spilungone inglese. Li condusse da me.

« Ecco il tenente americano » disse in italiano.

« Preferisco aspettare » dissi. « Ce n'è di più gravi di me. Io sto bene. »

« Su su » disse. « Non faccia l'eroe. » Poi in italiano: « State attenti quando lo prendete per le gambe. Le gambe gli fanno molto male. È il figlio adottivo del presidente Lincoln ». Mi raccolsero e mi portarono nella stanza di medicazione. Dentro stavano operando su tutte le tavole. Il piccolo maggiore ci guardò furioso. Mi riconobbe e agitò le pinze.

« Ça va bien? »

« Ça va. »

« L'ho portato dentro » disse l'inglese in italiano. « È figlio unico dell'ambasciatore americano. Può star qui finché qualcuno è pronto per prenderlo. Poi lo porto giù col primo carico. » Si chinò su di me. « Vado a vedere che l'aiutante le faccia la bassa di passaggio e così tutto andrà molto più in fretta. » Si curvò per passare dalla porta e uscì. Ora il maggiore stava liberando la pinza e la tuffava in un catino. Gli seguii le mani con lo sguardo. Ora stava bendando. Poi i portaferiti portarono via l'uomo dal tavolo.

« Prendo io il tenente americano » disse uno dei capitani. Mi sollevarono sulla tavola. Era dura e sdrucciolevole. C'erano molti odori forti, odori chimici, e l'odore dolce del sangue. Mi tolsero i calzoni e il capitano medico mentre lavorava incominciò a dettare all'aiutante di sanità: "Ferite multiple e superficiali alla coscia sinistra e destra e al ginocchio sinistro e destro e al piede destro. Ferite profonde al ginocchio e al piede destro. Lacerazione del cuoio capelluto (tastò: Fa male? – Cristo, sì!) con possibile frattura cranica. Contratta in servizio". « Questo è ciò che le impedirà di venir deferito alla Corte Marziale per autolesione » disse. « Vuole un sorso di cognac? Ma come ha fatto a cacciarsi in questa storia? Che cosa stava cercando di fare? Di suicidarsi? Antitetano per favore e fate una croce su tutt'e due le gambe. Grazie.

Ora pulisco un po', lavo e metto una benda. Il vostro sangue coagula molto bene. »

L'aiutante alzando lo sguardo dalla bassa di passaggio: « Che cosa ha provocato le ferite? ».

Il capitano medico: « Che cosa l'ha colpita? ».

Io, con gli occhi chiusi: « Una bombarda ».

Il capitano, facendo qualcosa che faceva un male acuto e lacerava il tessuto: « Ne è certo? ».

Io, cercando di stare fermo e sentendomi ballare lo stomaco quando la carne veniva tagliata: « Credo ».

Il capitano medico (interessato in qualcosa che stava trovando): « Schegge di bombarda nemica. Ora se vuole farò la sonda per prenderne qualcuna, ma non è necessario. Spennellerò ogni cosa e... le fa male? Bene, non è niente in confronto a come sarà poi. Il dolore non è ancora incominciato. Portategli un bicchiere di cognac. Il colpo smorza il dolore; ma va tutto bene, non c'è da preoccuparsi se non fa infezione e ora capita di rado. Come va la testa? ».

« Dio buono! » dissi.

« Meglio non bere troppo cognac allora. Se si è fatto una frattura bisogna evitare l'infiammazione. Che cosa sente? »

Il sudore mi coprì tutto.

« Dio buono! » dissi.

« Credo proprio che lei abbia la frattura. Ora la fascio e cerchi di non muovere la testa. » Mi bendò con le mani che si muovevano veloci e la fasciatura riusciva esperta e sicura. « Bene, in bocca al lupo, e *Vive la France.* »

« È americano » disse un altro capitano.

« Mi pareva che lei avesse detto che era francese. Parla francese » disse il capitano.

« Lo conoscevo. Ho sempre creduto che fosse francese. » Bevve un bicchiere di cognac. « Portate dentro qualcosa di serio. Cercate dell'altro antitetano. » Il capitano mi salutò con la mano. Mi alzarono e la ten-

da mi sbatté sulla faccia mentre uscivamo. Fuori l'aiutante di sanità si inginocchiò accanto a dove giacevo.
« Cognome? » chiese sottovoce. « Nome? grado? luogo di nascita? classe? specialità? » e così via. « Mi
dispiace per la sua testa, tenente. Spero che vada meglio. Ora la mando con l'ambulanza inglese. »

« Sto bene » dissi. « Grazie tante. » Il dolore di cui
aveva parlato il maggiore era incominciato e tutto ciò
che stava succedendo era privo di interesse e di rela-
zione. Dopo un po' arrivò l'ambulanza inglese e mi
misero su una barella e alzarono la barella all'altezza
dell'autoambulanza e la cacciarono dentro. C'era un'altra barella da una parte con un uomo di cui potevo
vedere il naso color della cera sporgere dalle bende.
Aveva il respiro molto pesante. Vi furono barelle alzate e infilate nei loro posti. L'altro chauffeur inglese venne a guardar dentro: « Andrò molto adagio »
disse. « Spero che starà comodo. » Sentii mettere in
moto il motore, sentii lui salire sul sedile davanti, sentii togliere i freni e innestare la marcia, poi partimmo.
Giacqui immobile e lasciai marciare il dolore.

Mentre si inerpicava sulla strada l'ambulanza era
lenta nel traffico, a volte si fermava, a volte faceva
marcia indietro in una curva, poi finalmente salì veloce. Sentii gocciolare qualcosa. Dapprima gocciolò lentamente e regolarmente poi colò come un rigagnolo.
Chiamai lo chauffeur. Fermò la macchina e guardò
dentro attraverso il buco dietro il sedile.

« Cosa c'è? »

« Quello sulla barella sopra di me ha un'emorragia. »

« Siamo quasi arrivati. Non posso togliere la barella da solo. » Mise in moto la macchina. Il rigagnolo
continuò. Nel buio non potevo distinguere da che punto del telo sopra di me venisse. Cercai di spostarmi
da un lato perché non mi cascasse addosso. Dov'era
caduto sentivo tutto caldo e attaccaticcio sotto la ca-

micia. Avevo freddo e la gamba mi faceva male fino a
darmi la nausea. Dopo un po' il rigagnolo della barella di sopra diminuì e ricominciò a gocciolare e udii il
telo di sopra muoversi come se l'uomo sulla barella
cercasse una posizione più comoda.

« Come sta? » chiese l'inglese senza voltarsi. « Siamo arrivati. »

« Dev'essere morto » dissi. Le gocce cadevano molto lente, come cadono da un ghiacciolo quando il sole è tramontato. Faceva freddo nella macchina di notte mentre la strada saliva. Al posto di raccolta in cima tolsero la barella e ne misero un'altra e proseguimmo.

« Sei tanto gentile a dirmelo. »

« Non bisticciamo, pupo. Ti voglio troppo bene.
Ma non fare lo scemo. »

« No. Sarò saggio come te. »

« Non arrabbiarti, pupo. Ridi. Prenditi da bere. Ora
bisogna davvero che vada. »

« Sei un bravo ragazzo. »

« Dunque vedi. Sotto, siamo gli stessi. Siamo fratelli di guerra. Dammi un bacio per salutarmi. »

« Sei sentimentale. »

« No. Soltanto più affettuoso. »

Sentii il suo alito che mi si avvicinava. « Arrivederci. Ritornerò presto a trovarti. » Il suo alito si
allontanò. « Non ti bacio se non vuoi. Ti manderò
la tua ragazza inglese. Addio, pupo. Il cognac è sotto
il letto. Guarisci presto. »

Se n'era andato.

X

Nella corsia dell'ospedale da campo mi dissero che nel pomeriggio avrei avuto una visita. Era una giornata calda e c'erano molte mosche nella stanza. L'attendente aveva tagliato della carta in strisce e aveva legato le strisce a un bastoncino per farne uno scacciamosche. Le guardavo fermarsi sul soffitto. Quando smise di sventolare e si addormentò scesero tutte e io soffiai per staccarle e alla fine mi coprii la faccia con le mani e mi addormentai anch'io. Faceva molto caldo e quando mi svegliai le gambe mi prudevano. Svegliai l'attendente e mi feci versare dell'acqua minerale sulle fasciature. Il letto divenne umido e fresco. Quelli di noi che erano svegli parlavano attraverso la corsia. Il pomeriggio era un momento tranquillo. La mattina venivano a ogni letto tre infermieri e un medico a turno e ci toglievano dal letto e portavano nella sala di medicazione per poter rifare i letti mentre ci medicavano le ferite. Non era un viaggio piacevole quello alla sala di medicazione e non seppi fino a più tardi che i letti si potevano rifare coi malati dentro. L'attendente aveva finito di versare l'acqua e il letto era fresco e piacevole e stavo dicendo in quale punto delle piante dei piedi doveva grattarmi per togliermi il prurito quando il medico mi accompagnò Rinaldi. Venne molto in fretta e si curvò sul letto e mi baciò. Vidi che aveva i guanti.

« Come va, pupo? Come ti senti? Ti ho portato questa... » Era una bottiglia di cognac. Il piantone portò una seggiola e Rinaldi sedette: « E buone notizie. Sarai decorato. Vogliono darti la medaglia d'argento; ma forse ti daranno solo quella di bronzo ».

« Perché? »

« Perché sei ferito gravemente. Dicono che se puoi provare che hai compiuto un atto eroico puoi prendere quella d'argento. Altrimenti sarà di bronzo. Dimmi esattamente che cosa è successo. Hai compiuto qualche atto eroico? »

« No » dissi. « Sono saltato in aria mentre stavamo mangiando il formaggio. »

« Non scherzare. Devi avere fatto qualche cosa di eroico o prima o dopo. Cerca di ricordare. »

« Non ho fatto niente. »

« Non hai portato qualcuno sulla schiena? Gordini dice che hai portato parecchia gente sulla schiena, ma il maggiore medico del primo posto di raccolta dichiara che è impossibile. Deve firmare la proposta per la motivazione. »

« Non ho portato nessuno. Non potevo muovermi. »

« Questo non importa » disse Rinaldi.

Si tolse i guanti.

« Credo che possiamo darti quella d'argento. Non hai rifiutato di farti medicare prima degli altri? »

« Senza molta insistenza. »

« Questo non importa. Guarda come sei ferito. Guarda la tua condotta valorosa nel chiedere di andare sempre in prima linea. Poi l'operazione è riuscita. »

« Sono riusciti ad attraversare il fiume? »

« In modo straordinario. Hanno fatto quasi mille prigionieri. C'è nel bollettino. Non l'hai visto? »

« No. »

« Te lo porterò. È stato un bel *coup de main.* »

« Come vanno le cose? »

« Magnificamente. Stiamo tutti magnificamente. Sono tutti orgogliosi di te. Dimmi esattamente com'è andata. Sono certo che ti daranno quella d'argento. Su, raccontami. Raccontami tutto. » Si interruppe so-

prappensiero. « Forse avrai anche una medaglia inglese. C'era un inglese lì presente. Andrò a trovarlo per
vedere se può raccomandarti. Dovrebbe essere in grado di fare qualcosa. Soffri molto? Bevi qualcosa. Attendente, va' a cercare un cavatappi. Oh, dovresti vedere quello che ho fatto nell'asportazione di tre metri
di intestino tenue. Andrebbe bene per "The Lancet".
Fammi la traduzione e la manderò al "Lancet". Ogni
giorno lavoro meglio. Povero caro pupo, come stai?
Dov'è quel maledetto cavatappi? Sei così coraggioso
e tranquillo che dimentico che soffri. » Batté i guanti
sull'orlo del letto.

« Ecco il cavatappi, signor tenente » disse il piantone.

« Apri la bottiglia. Prendi un bicchiere. Bevi questo, pupo. Come va la tua povera testa? Ho guardato
la tua cartella clinica. Non c'è frattura. Quel maggiore al primo posto di raccolta era un macellaio. Se ti
curassi io non ti farei male. Non faccio mai male a
nessuno. So come fare. Ogni giorno imparo a fare le
cose meglio e con più leggerezza. Devi scusarmi se
parlo tanto, pupo. Sono molto commosso nel vederti
ferito grave. Qua, bevi questo. È buono. Costa quindici lire. Dovrebbe essere buono. Cinque stelle. Quando vado via di qui vado a cercare quell'inglese e ti
farà dare una medaglia inglese. »

« Non le danno mica così. »

« Sei modesto. Manderò l'ufficiale di collegamento.
Lui sa come si manovra con gli inglesi. »

« Hai visto Miss Barkley? »

« Te la porterò qui. Vado a prendertela subito. »

« Non andartene » dissi. « Dimmi piuttosto di Gorizia. Come vanno le ragazze? »

« Non ci sono ragazze. Da due settimane non le
cambiano. Non ci vado più. È un disastro, quelle non
sono più ragazze: sono vecchi commilitoni. »

« Non ci vai per niente? »

« Vado solo a vedere se c'è qualcosa di nuovo. Mi fermo fuori. Chiedono tutte di te. È un disastro che rimangano tanto da diventare amiche. »

« Forse le ragazze non hanno più voglia di venire al fronte. »

« Certo che ne hanno voglia. C'è un mucchio di ragazze. È solo cattiva amministrazione. Le tengono nelle retrovie per gli imboscati. »

« Povero Rinaldi » dissi. « Tutto solo alla guerra senza ragazze nuove. »

Rinaldi si versò un altro bicchiere di cognac.

« Non credo che ti farà male, pupo, prendilo. »

Bevvi il cognac e lo sentii caldo per tutto il percorso che fece.

Rinaldi ne versò un altro bicchiere. Ora era più calmo. Alzò il bicchiere. « Alle tue gloriose ferite. Alla medaglia d'argento. Dimmi, pupo, a star sempre disteso così col caldo, non ti vengono eccitamenti? »

« Qualche volta. »

« Non riesco a immaginarmi così disteso. Diventerei matto. »

« Sei già matto. »

« Vorrei che tu tornassi. Nessuno ritorna più alla sera dalle avventure. Non c'è nessuno da prendere in giro. Nessuno che mi presti soldi. Nessun fratello di sangue o compagno di camera. Perché ti sei fatto ferire? »

« Puoi prendere in giro il cappellano. »

« Quel cappellano. Non sono io a prenderlo in giro. È il capitano. Mi è simpatico. Se proprio ci vuole un cappellano, quello è il cappellano che ci vuole. Verrà a trovarti. Fa grandi preparativi. »

« Mi è simpatico. »

« Oh, lo sapevo. A volte penso che tu e lui siate un po' a quel modo. Sai. »

« No, non è vero. »

« Sì, certe volte sì. Un po' come quel numero del primo reggimento della Brigata Ancona. »

« Va' all'inferno. »

Si alzò e si mise i guanti.

« Oh, come mi piace prenderti in giro, pupo. Col tuo cappellano e la tua ragazza inglese, e in fondo sei come me, dentro. »

« No, non è vero. »

« Sì, che lo sei. In realtà sei un italiano. Tutto fuoco e fumo e niente dentro. Fingi solo di essere americano. Siamo fratelli e ci vogliamo bene. »

« Sta' bravo mentre non ci sono » dissi.

« Ti manderò la Barkley. È meglio che non ci sia io quando sei con lei. Sarai più puro e più dolce. »

« Oh, va' all'inferno. »

« Ora te la mando. La tua bella gelida dea. La tua dea inglese. Dio mio, che cosa può fare un uomo con una donna simile, se non adorarla? A che cos'altro può servire una donna inglese? »

« Sei un *dago* ignorante e triviale. »

« Un che cosa? »

« Un *wop* ignorante. »

« *Wop*. Hai una faccia di bronzo da... *wop*. »[1]

« Sei ignorante. Stupido. » Vidi che la parola lo mordeva e continuai. « Incolto. Inesperto, stupido per inesperienza. »

« Davvero? Stammi a sentire, tu con le tue donne oneste. Le tue dee. C'è una sola differenza tra il prendere una ragazza che è sempre stata onesta e una donna. Con la ragazza fa male. Non so altro. » Batté il letto col guanto. « E non sai mai se alla ragazza piace davvero. »

« Non t'arrabbiare. »

« Non sono arrabbiato. Te lo dico solo, pupo, per il tuo bene. Per evitarti guai. »

« Non c'è proprio altra differenza? »

« No. Ma milioni di scemi come te non lo sanno. »

« Sei tanto gentile a dirmelo. »

« Non bisticciamo, pupo. Ti voglio troppo bene.
Ma non fare lo scemo. »

« No. Sarò saggio come te. »

« Non arrabbiarti, pupo. Ridi. Prenditi da bere. Ora
bisogna davvero che vada. »

« Sei un bravo ragazzo. »

« Dunque vedi. Sotto, siamo gli stessi. Siamo fratelli di guerra. Dammi un bacio per salutarmi. »

« Sei sentimentale. »

« No. Soltanto più affettuoso. »

Sentii il suo alito che mi si avvicinava. « Arrivederci. Ritornerò presto a trovarti. » Il suo alito si
allontanò. « Non ti bacio se non vuoi. Ti manderò
la tua ragazza inglese. Addio, pupo. Il cognac è sotto
il letto. Guarisci presto. »

Se n'era andato.

XI

Era il crepuscolo quando venne il cappellano. Avevano portato la minestra e poi erano venuti a prendere
le scodelle e io ero disteso a guardare le file dei letti
e fuori della finestra la cima dell'albero che si muoveva lieve nell'aria serale. Quell'aria entrava dalla finestra e con la sera diventava più fresca. Ora le mosche
erano sul soffitto e sulle lampade elettriche che pendevano dai fili. Le luci venivano accese soltanto quando qualcuno veniva la sera o quando si faceva qualcosa. Mi faceva sentire molto giovane vedere giungere il buio dopo il crepuscolo senza più andarsene.
Era come venir messi a letto subito dopo cena. L'attendente venne tra i letti e si fermò. Con lui c'era
qualcuno. Era il cappellano. Rimase in piedi, piccolo,
abbronzato e imbarazzato.

« Come va? » chiese. Posò qualche pacco accanto al
letto per terra.

« Bene, padre. »

Sedette sulla seggiola che era stata portata per Rinaldi e guardò fuori della finestra imbarazzato. Notai
che il suo viso era molto stanco.

« Non posso fermarmi che un minuto » disse. « È
tardi. »

« Non è tardi. Come va la mensa? »

Sorrise. « Sono ancora un grande argomento. » Anche la sua voce era stanca. « Grazie a Dio stanno tutti
bene. »

« Sono così lieto che lei stia bene » disse. « Spero
che non soffra. » Pareva molto stanco e non ero abi-
tuato a vederlo stanco.

« Non più. »

« Sento la sua mancanza a mensa. »

« Vorrei esserci. Mi è sempre piaciuto chiacchierare con lei. »

« Le ho portato qualche cosetta » disse. Prese i
pacchetti. « Questa è una zanzariera. Questa è una
bottiglia di vermut. Le piace il vermut? Questi sono
giornali inglesi. »

« Per favore, li apra. »

Gli fece piacere, e li aprì. Presi la zanzariera in mano. Il vermut lo alzò per farmelo vedere e poi lo rimise per terra accanto al letto.

Presi dal fascio un giornale inglese. Riuscii a leggere le intestazioni girando in modo che la mezza luce
della finestra vi cadesse sopra. Era il "The News of
the World".

« Gli altri sono illustrati » disse.

« Sarò molto lieto di leggerli. Dove li ha presi? »

« Ho mandato a cercarli a Mestre. Ne avrò degli altri. »

« È stato molto gentile a venire, padre. Vuole un
bicchiere di vermut? »

« Grazie. Lo tenga per sé. È per lei. »

« No, ne prenda un bicchiere. »

« Bene. Gliene porterò dell'altro, allora. »

L'attendente portò i bicchieri; aprì la bottiglia.
Ruppe il turacciolo e dovette spingerne un pezzo nella bottiglia. Vidi che il cappellano era seccato, ma
disse: « Va bene. Non importa ».

« Alla salute, padre. »

« Alla sua guarigione. »

Poi tenne il bicchiere in mano e ci guardammo. A
volte chiacchieravamo ed eravamo buoni amici, ma
stasera era difficile.

« Che cosa c'è, padre? Sembra molto stanco. »

« Sono stanco; ma non ho ragione di esserlo. »

« È il caldo. »

« No. È soltanto primavera. Mi sento molto giù. »

« Ha il disgusto della guerra. »

« No, ma odio la guerra. »

« Neanche a me piace » dissi. Scosse il capo e guardò fuori della finestra.

« Lei non ci pensa. Lei non lo vede. Deve perdonarmi. So che è ferito. »

« È stato un caso. »

« Eppure per quanto ferito non lo vede Glielo dico io. Non lo vedo io stesso, però lo sento un po'. »

« Stavamo parlando di questo quando fui ferito. Parlava Passini. »

Il cappellano posò il bicchiere. Pensava a qualcos'altro.

« Li conosco perché io sono come loro » disse.

« Lei però è diverso. »

« Ma in fondo sono come loro. »

« Gli ufficiali non vedono niente. »

« Qualcuno sì. Qualcuno è molto sensibile e sta peggio di loro. »

« Sono quasi tutti diversi. »

« Non si tratta di educazione o di denaro. Si tratta di qualcos'altro. Anche se avessero educazione o denaro, uomini come Passini non vorrebbero essere ufficiali. Io non vorrei essere ufficiale. »

« Il suo grado è di ufficiale. Anch'io sono ufficiale. »

« In realtà non lo sono. E lei non è neanche italiano. È uno straniero. Ma è più vicino agli ufficiali che agli uomini. »

« Che differenza c'è? »

« È difficile a dirsi. È gente a cui piace fare la guerra. In questo paese ce n'è tanti così. C'è altra gente a cui non piace. »

« Ma i primi gliela fanno fare. »

« Sì. »

« E io li aiuto. »

« Lei è straniero. Lei è un patriota. »

« E quelli che non vogliono fare la guerra riescono a fermarla? »

« Non lo so. »

Tornò a guardare fuori della finestra. Gli osservai il viso.

« Sono mai riusciti a fermarla? »

« Non sono organizzati per fermarla, e quando si organizzano i loro capi li vendono. »

« Allora non c'è speranza. »

« C'è sempre speranza, ma a volte non riesco a sperare. Cerco sempre di sperare ma a volte non ci riesco. »

« Forse la guerra finirà. »

« Lo spero. »

« E allora che cosa farà? »

« Se è possibile ritornerò negli Abruzzi. »

Il viso bruno gli si rischiarò d'improvviso.

« Vuol molto bene agli Abruzzi? »

« Sì, molto. »

« Allora dovrebbe andarci. »

« Sarei troppo felice. Se potessi vivere là e amare Dio e servirlo. »

« Ed essere rispettato » dissi.

« Sì, ed essere rispettato. Perché no? »

« Non c'è ragione perché non lo sia. Dovrebbe essere rispettato. »

« Non importa. Ma là nel mio paese si può capire che un uomo ami Dio. Non è sudicio scherzo. »

« Capisco. »

Mi guardò e sorrise.

« Lei capisce, ma non ama Dio. »

« No. »

« Proprio per niente? » chiese.

« A volte la notte ho paura di lui. »

« Dovrebbe amarlo. »

« Non sono molto capace di amare. »

« Sì » disse. « È capace. Quello che mi racconta
delle sue notti. Quello non è amore. Quello è soltanto
passione e lussuria. Quando si ama si desidera fare
qualcosa. Si desidera sacrificarsi. Si desidera servire. »

« Io non sono capace di amare. »

« Imparerà. So che imparerà. Allora sarà felice. »

« Sono felice. Sono sempre stato felice. »

« È un'altra cosa. Non si può sapere finché non si è
provato. »

« Bene » dissi. « Se mai mi capiterà, glielo dirò. »
« Mi fermo troppo e parlo troppo. » Temeva di
averlo fatto davvero.

« No. Non se ne vada. E l'amore per le donne?
Se amassi davvero una donna, sarebbe così? »

« Non lo so. Non ho mai amato una donna. »

« E sua madre? »

« Sì, lei sì. »

« Ha sempre amato Dio? »

« Da quando ero ragazzo. »

« Bene » dissi. Non sapevo che cosa dire. « È un
ragazzo simpatico » dissi.

« Sono un ragazzo » disse. « Ma mi chiama padre. »

« È per educazione. »

Sorrise.

« Devo proprio andare » disse. « Posso esserle utile
in qualcosa? » chiese pieno di speranza.

« No. Solo per chiacchierare. »

« Porterò i suoi saluti alla mensa. »

« Grazie per tutti questi bei regali. »

« Niente. »

« Ritorni a trovarmi. »

« Sì. Arrivederci. » Mi batté sulla mano.

« Ciao » dissi in dialetto.

« Ciao » ripeté.

Era buio nella stanza e l'attendente che era rimasto seduto ai piedi del letto si alzò e uscì con lui.
Gli volevo molto bene e speravo che una volta o l'al-

tra potesse ritornare negli Abruzzi. Faceva una porcheria di vita alla mensa e la sopportava bene, ma pensavo a come sarebbe stato al suo paese. A Capracotta, mi aveva detto, c'erano le trote nel torrente sotto la città. Era proibito suonare il flauto la notte. Quando i giovanotti facevano le serenate, soltanto il flauto era proibito. Perché, avevo chiesto. Perché alle ragazze non faceva bene udire il flauto di notte. I contadini chiamano tutti "Don" e quando incontrano qualcuno si tolgono il cappello. Suo padre andava a caccia ogni giorno e si fermava a mangiare nelle case dei contadini. Per loro era sempre un onore. Uno straniero per poter cacciare deve presentare un certificato che non è mai stato arrestato. C'erano gli orsi sul Gran Sasso d'Italia, ma era lontano. Aquila era una bella città. D'estate la notte faceva fresco e la primavera degli Abruzzi era la più bella d'Italia. Ma quel che era bello era l'autunno per andare a caccia nei boschi di castagni. Gli uccelli erano tutti buoni perché si nutrivano d'uva e non c'era mai bisogno di preparare una colazione perché i contadini erano sempre onorati e si. mangiava in casa loro. Dopo un po' mi addormentai.

XII

La stanza era lunga, con le finestre sul lato destro e una porta in fondo che dava nella sala di medicazione. La fila di letti dove c'era il mio era di fronte alle finestre e un'altra fila, sotto le finestre, stava di fronte alla parete. Se ci si sdraiava sul fianco sinistro si vedeva la porta della sala di medicazione. Dall'altra parte c'era un'altra porta da cui a volte entrava la gente. Se qualcuno stava per morire mettevano un paravento intorno al letto perché non lo si vedesse morire, e soltanto apparivano in fondo al paravento le scarpe e le calze dei dottori e degli infermieri e a volte alla fine si sentiva bisbigliare. Poi il cappellano usciva da dietro il paravento, e poco dopo gli infermieri ritornavano dietro il paravento per uscirne di nuovo portando sotto una coperta lungo il corridoio tra i letti quello che era morto, e qualcuno piegava il paravento e lo portava via.

Quella mattina il maggiore responsabile della corsia mi chiese se mi sentivo di viaggiare il giorno dopo. Dissi di sì. Disse che allora mi avrebbero portato via all'alba. Disse che era meglio fare il viaggio adesso prima che facesse troppo caldo. Quando ci alzavano dal letto per portarci nella sala di medicazione, si poteva guardar fuori della finestra e veder le nuove tombe in giardino. Un soldato era seduto fuori della porta che dava sul giardino, e faceva croci e vi dipingeva sopra i nomi, il grado e il reggimento degli uomini che erano sepolti in giardino. Faceva anche le commissioni per la corsia e nel tempo libero mi faceva un accendisigaro con un bossolo di fucile austriaco. I me-

dici erano molto simpatici e parevano molto bravi.
Erano ansiosi di mandarmi a Milano dove c'erano
maggiori facilitazioni per i raggi X e dove, dopo l'operazione, avrei potuto seguire una kinesiterapia. Anch'io volevo andare a Milano. Volevano mandarci tutti
via e più indietro possibile perché c'era bisogno di
tutti i letti per l'offensiva, quando ricominciasse.

La sera prima che lasciassi l'ospedaletto da campo,
Rinaldi venne a trovarmi col maggiore della mensa.
Dissero che sarei andato a Milano in un ospedale
americano che era stato impiantato da poco. Qualche
reparto di sanità americano stava per arrivare e questo ospedale era fatto per loro e per tutti gli americani in servizio in Italia. Ce n'erano molti nella Croce Rossa. Gli Stati Uniti avevano dichiarato guerra alla Germania ma non all'Austria.

Gli italiani erano certi che l'America avrebbe dichiarato guerra anche all'Austria ed erano molto eccitati a qualsiasi arrivo americano, sia pure della Croce
Rossa. Mi chiesero se credevo che il presidente Wilson
avrebbe dichiarato guerra all'Austria e dissi che era
solo questione di giorni. Non sapevo che cosa avessimo noi contro l'Austria, ma pareva logico che doves-
sero dichiararle la guerra come l'avevano dichiarata alla Germania. Mi chiesero se avremmo dichiarato guerra alla Turchia. Dissi che non credevo. Il tacchino,[1]
dissi, era il nostro uccello nazionale ma lo scherzo era
così difficile da tradurre e loro erano così perplessi
e sospettosi che dissi di sì, era probabile che dichia-
rassimo guerra alla Turchia. E alla Bulgaria? Avevamo bevuto parecchi bicchieri di cognac e dissi sì perdio anche alla Bulgaria e al Giappone. Ma, dissero, il
Giappone è alleato con l'Inghilterra. Non c'è da fidar-
si di quei maledetti inglesi. I giapponesi vogliono le
Hawaii, dissi. Dove sono le Hawaii? Sono nell'Ocea-
no Pacifico. Perché i giapponesi le vogliono? Non è
che proprio le vogliano. Sono tutte chiacchiere. I

giapponesi sono un piccolo popolo straordinario che ama la danza e i vini leggeri. Come i francesi, disse un medico. Prenderemo Nizza e Savoia alla Francia. Prenderemo la Corsica e tutta la costa adriatica, disse Rinaldi. L'Italia ritornerà agli splendori di Roma, disse il maggiore. Non mi piace Roma, dissi. Fa caldo e c'è pieno di mosche. Non le piace Roma? Sì, io amo Roma. Roma è la madre delle nazioni. Non dimenticherò mai Romolo che succhia il Tevere. Cosa? Niente. Andiamo tutti a Roma. Andiamo a Roma stasera e non torniamo più. Roma è una bella città, disse il maggiore. La madre e il padre delle nazioni, dissi. Roma è femminile, disse Rinaldi. Non può essere padre. Chi è il padre, allora? Lo Spirito Santo? Non essere blasfemo. Non stavo bestemmiando, stavo chiedendo un'informazione. Sei ubriaco, pupo. Chi mi ha ubriacato? Io vi ho ubriacato, disse il maggiore. Vi ho ubriacato perché vi voglio bene e perché l'America è in guerra. Proprio così, dissi. Parti domattina, pupo, disse Rinaldi. Per Roma, dissi. No, per Milano. Per Milano, disse il maggiore. Il Palazzo di Cristallo, il Cova, il Campari, il Biffi, la Galleria. Fortunato. Il Gran Italia, dissi, a farmi prestare soldi da Giorgio. La Scala, disse Rinaldi. Andrai alla Scala. Tutte le sere, dissi. Non potrà permetterselo tutte le sere, disse il maggiore.

I biglietti costano troppo. Emetterò una tratta a vista su mio nonno, dissi. Una che cosa? Una tratta a vista. O lui paga o io vado in prigione. Lo fa il signor Cullingham in banca. Io vivo di tratte a vista. Come può un nonno mandare in prigione un nipote patriota che muore perché l'Italia possa vivere? Viva il Garibaldi americano, disse Rinaldi. Viva le tratte a vista, dissi. Bisogna che stiamo zitti, disse il maggiore. Ci hanno già chiesto un mucchio di volte di star zitti. Te ne vai proprio domani, Federico? Va nell'ospedale americano, disse Rinaldi, dalle belle infermiere. Non le infermiere con la barba dell'ospedaletto da campo. Sì, sì, disse il maggiore, so che va all'ospedale americano. Non m'importa la barba, dissi. Se uno vuol farsi crescere la barba faccia pure. Perché non si fa crescere la barba, signor maggiore? Non starebbe dentro la maschera antigas. Sì che ci starebbe. Qualunque cosa può stare in una maschera antigas. Io ho vomitato, in una maschera antigas. Non parlare così forte, pupo, disse Rinaldi. Sappiamo tutti che sei stato al fronte. Oh, pupo bello, che cosa farò quando te ne sarai andato? Dobbiamo andare, disse il maggiore. Sta diventando sentimentale. Senti, ho una sorpresa per te. La tua inglese. Sai? L'inglese che andai a trovare la sera all'ospedale? Va anche lei a Milano. Va con un'altra all'ospedale americano. Non sono ancora arrivate le infermiere dall'America. Ho parlato oggi con la loro capo reparto. Ci sono troppe donne qui al fronte. Ne mandano qualcuna indietro. Cosa ne dici, pupo? Bene. Sì? Te ne vai a stare in una grande città con la tua inglese a coccolarti. Perché non hanno ferito me? Forse toccherà anche a te, dissi. Dobbiamo andare, disse il maggiore. Beviamo e facciamo rumore e disturbiamo Federico. Non ve ne andate. Sì, dobbiamo andare. Arrivederci. In bocca al lupo. Tante cose. Ciao. Ciao. Ciao. Torna indietro presto, pupo. Rinaldi mi baciò. Puzzi di lisoformio. Addio, pupo. Addio. Tante cose. Il maggiore mi batté la mano sulla spalla. Uscirono in punta di piedi. Mi accorsi che ero completamente ubriaco e mi addormentai.

L'indomani mattina partimmo per Milano e arrivammo quarant'otto ore dopo. Fu un brutto viaggio. Restammo un pezzo su un binario morto prima di Mestre e i bambini venivano a curiosare. Mandai un ragazzino a cercare una bottiglia di cognac ma ritornò a dirmi che c'era soltanto grappa. Gli dissi di prenderla e quando arrivò gli regalai gli spiccioli e il mio vicino e io ci ubriacammo e dormimmo fin dopo Vicenza dove mi svegliai e vomitai a lungo per terra. Non importava perché il mio vicino aveva già vomitato parecchie volte per terra. Poi pensai che non potevo sopportare la sete e allo scalo fuori di Verona chiamai un soldato che camminava su e giù lungo il treno e mi diede un sorso d'acqua. Disse di versargliela sulla spalla e si riaddormentò. Il soldato non volle prendere la mancia che gli offrivo e mi portò un'arancia piena di sugo. La succhiai e sputai fuori la polpa e guardai il soldato passare su e giù lungo un treno merci e dopo un po' il treno diede uno scrollone e partì.

Libro secondo

XIII

Arrivammo a Milano la mattina presto e ci scaricarono allo scalo merci. Un'ambulanza mi condusse all'ospedale americano. Andando in ambulanza coricato sulla barella non riuscivo a capire in che parte della città stessi passando, ma quando scaricarono la barella vidi la piazza di un mercato e una bottiglieria aperta con una ragazza che spazzava. Stavano lavando la strada e c'era odore di primo mattino. Posarono la barella ed entrarono. Il portiere uscì con loro. Aveva i baffi grigi, un berretto da portinaio ed era in maniche di camicia. La barella non entrava nell'ascensore e discussero se era meglio togliermi dalla barella e salire in ascensore o portare la barella su per le scale. Ascoltai la loro discussione. Decisero per l'ascensore. Mi levarono dalla barella. « Adagio » dissi. « Fate piano. »

In ascensore eravamo pigiati e quando mi piegarono le gambe il dolore fu molto forte. « Distendetemi le gambe » dissi.

« Non possiamo, signor tenente, non c'è spazio. » L'uomo che disse questo mi sorreggeva col braccio e il mio braccio era intorno al suo collo. Il suo alito mi arrivava in faccia acre di aglio e vino rosso.

« Fa' piano » disse l'altro.

« Figlio di puttana chi non fa piano! »

« Fa' piano ti dico » ripeté l'uomo che mi teneva i piedi.

Vidi il portiere chiudere le porte dell'ascensore e tirare il cancello e schiacciare il bottone del quarto piano. Il portiere aveva l'aria preoccupata. L'ascensore saliva lentamente.

« Pesante? » chiesi all'uomo dell'aglio.

« Niente » disse. Aveva la faccia sudata e grugnì. L'ascensore continuò a salire e si fermò. L'uomo che mi teneva i piedi aprì la porta e uscì. Eravamo su un ballatoio. C'erano parecchie porte con le maniglie d'ottone. L'uomo che mi teneva i piedi schiacciò un bottone che fece suonare un campanello. Lo udimmo dentro la porta. Non venne nessuno. Poi arrivò il portiere dalle scale.

« Dove sono? » chiesero i portaferiti.

« Non lo so » disse il portiere. « Dormono di sotto. »

« Cerca qualcuno. »

Il portiere suonò il campanello, poi bussò alla porta, ed entrò. Quando ritornò c'era con lui una donna anziana con gli occhiali. Aveva i capelli spettinati e mal appuntati ed era vestita da infermiera.

« Non capisco » disse. « Non capisco l'italiano. »

« Io so l'inglese » dissi. « Vogliono mettermi in qualche posto. »

« Non ci sono stanze pronte. Non si aspettavano pazienti. » Si ravviò i capelli e mi guardò con lo sguardo miope.

« Dica in che stanza mi possono mettere. »

« Non lo so » disse. « Non si aspettavano pazienti. Non posso metterla in nessuna stanza. »

« Qualunque stanza va bene » dissi. Poi al portiere, in italiano: « Cerca una stanza vuota ».

« Sono tutte vuote » disse il portiere. « Lei è il primo paziente. » Teneva il berretto in mano e guardò l'infermiera anziana.

« Per l'amor del buon Dio mettetemi in una stanza. » Con le gambe piegate il dolore era via via cresciuto e me lo sentivo pulsare nell'osso. Il portiere entrò seguito dalla donna dai capelli grigi, poi tornò di corsa. «Seguitemi» disse. Mi portarono per un lungo corridoio in una stanza con le persiane chiuse. C'era odore di mobilia nuova. C'era un letto e un grande armadio con lo specchio. Mi posarono sul letto.

«Non posso mettere le lenzuola» disse la donna. «Le lenzuola sono chiuse a chiave.»

Non risposi. «C'è del denaro nella mia tasca» dissi al portiere. «Nella tasca abbottonata.» Il portiere prese il denaro. I due portaferiti erano in piedi accanto al letto col berretto in mano. «Prendi cinque lire per loro e cinque per te. I documenti sono nell'altra tasca. Dalli all'infermiera.»

I portaferiti salutarono e ringraziarono. «Arrivederci» dissi «e tante grazie.» Salutarono di nuovo e uscirono.

«Quei documenti» dissi all'infermiera «descrivono il mio caso e la cura già eseguita.»

La donna li prese e li guardò attraverso gli occhiali. C'erano tre fogli ed erano piegati. «Non so che cosa fare» disse. «Non so leggere l'italiano. Non posso far niente senza gli ordini del medico.» Incominciò a piangere e mise i fogli nella tasca del grembiule. «Lei è americano?» chiese piangendo.

«Sì. Per favore, metta i documenti sul tavolo vicino al letto.»

La stanza era scura e fresca. Dal letto vedevo il grande specchio dall'altra parte della stanza ma non potevo vedere ciò che rifletteva. Il portiere era in piedi accanto al letto. Aveva una faccia simpatica ed era molto gentile.

«Puoi andare» gli dissi. «Anche lei può andare» dissi all'infermiera. «Come si chiama?»

«Mrs. Walker.»

«Può andare, Mrs. Walker, credo che dormirò.»

Rimasi solo nella stanza. Era fresca e non aveva odore d'ospedale. Il materasso era sodo e comodo e rimasi disteso senza muovermi, respirando appena, felice nel sentir diminuire il dolore. Dopo un po' avrei voluto un sorso d'acqua e trovai un campanello attaccato a un cordone accanto al letto e suonai. Ma non venne nessuno. Mi addormentai.

Quando mi svegliai mi guardai attorno. Dalle persiane entrava il sole. Vidi il grande armadio, le pareti nude e due seggiole. Le gambe nelle bende sudice sporgevano dal letto. Feci attenzione a non muoverle. Avevo sete e cercai il campanello e schiacciai il bottone. Udii aprirsi la porta e guardai ed era un'infermiera. Era giovane e carina.

« Buon giorno » dissi.

« Buon giorno » disse, e si avvicinò al letto. « Non siamo riuscite a trovare il dottore. È andato sul lago di Como. Nessuno sapeva che dovesse arrivare un paziente. Che cos'ha? »

« Sono ferito. Alle gambe e ai piedi e anche alla testa. »

« Come si chiama? »

« Henry. Frederic Henry. »

« Ora la lavo. Ma non possiamo far niente alle bende finché non viene il dottore. »

« Miss Barkley è qui? »

« No. Non c'è nessuno con questo nome. »

« Chi era la donna che piangeva quando sono arrivato? »

L'infermiera rise. « È Mrs. Walker. Faceva il turno di notte e si era addormentata. Non aspettava nessuno. »

Mentre chiacchieravamo mi spogliava e quando fui tutto spogliato tranne per le bende, mi lavò con grande garbo e delicatezza. Era molto bello sentirsi lavare. Sulla testa avevo una benda ma lei lavò tutto intorno all'orlo.

« Dove è stato ferito? »

« Sull'Isonzo, a nord di Plava. »

« Dov'è? »

« A nord di Gorizia. »

Mi accorsi che nessuno di questi luoghi aveva un significato per lei.

« Soffre molto? »

« No. Adesso non molto. »

Mi mise un termometro in bocca.

« Gli italiani lo mettono sotto il braccio » dissi.

« Non parli. »

Quando tolse il termometro lo lesse e poi lo scosse.

« Che temperatura ho?.»

« Non dovrebbe saperlo. »

« Me lo dica. »

« È quasi normale. »

« Non ho mai la febbre. Ho anche le gambe piene di ferro vecchio. »

« Cosa vuole dire? »

« Sono piene di schegge di bombarda, vecchie viti e molle di letto e oggetti vari. »

Scosse il capo e sorrise.

« Se avesse corpi estranei nelle gambe darebbero infiammazione e avrebbe la febbre. »

« Bene » dissi. « Vediamo che cosa ne viene fuori. »

Uscì dalla stanza e ritornò con la vecchia infermiera del mattino presto. Fecero insieme il letto con me dentro. Mi riuscì nuovo, e mi parve un procedimento mirabile.

« Chi è la responsabile, qui? »

« Miss Van Campen. »

« Quante infermiere ci sono? »

« Solo noi due. »

« Non ce ne saranno altre? »

« Ne sta arrivando qualcuna. »

« Quando arrivano? »

« Non lo so. Fa molte domande, per essere malato. »

« Non sono malato » dissi. « Sono ferito. »

Avevano finito di rifare il letto e io ero disteso con

un dolce lenzuolo pulito sotto di me e un altro lenzuolo sopra. Mrs. Walker uscì e ritornò con una giacca di pigiama. Me la misero addosso e mi sentii molto pulito e molto vestito.

« Siete molto gentili con me » dissi. L'infermiera che si chiamava Miss Gage fece una risatina. « Potrei avere un sorso d'acqua? » chiesi.

« Certo. Poi avrà la colazione. »

« Non voglio la colazione. Volete aprirmi le imposte? »

La luce era fioca nella stanza e quando le imposte furono aperte c'era la luce del sole e guardai fuori su un balcone e più in là c'erano i tetti di tegole delle case e i camini. Guardai di là dei tetti di tegole e vidi le nuvole bianche e il cielo azzurrissimo.

« Non sapete quando arrivano le altre infermiere? »

« Perché? Non la curiamo bene? »

« Siete molto gentili. »

« Vuole il pappagallo? »

« Potrei provare. »

Mi aiutarono e mi sorressero, ma non servì a niente. Poi rimasi disteso a guardare dalla finestra aperta sul balcone.

« Quando arriva il dottore? »

« Quando ritorna. Abbiamo cercato di telefonargli sul lago di Como. »

« Non ci sono altri dottori? »

Miss Gage portò una brocca d'acqua e un bicchiere. Bevvi tre bicchieri e poi mi lasciarono e guardai un momento dalla finestra e mi riaddormentai. Mangiai qualcosa a colazione e nel pomeriggio Miss Van Campen, la sovrintendente, salì a vedermi. Non le riuscii simpatico e lei non riuscì simpatica a me. Era piccola e chiaramente sospettosa e presuntuosa. Mi fece molte domande e parve pensare che fosse una specie di disgrazia il fatto che ero con gli italiani.

« Posso avere del vino durante i pasti? » le chiesi.

« Soltanto se il dottore lo prescrive. »

« Non posso averne prima che venga? »

« Assolutamente no. »

« Avete in mente di farlo venire, una volta o l'altra? »

« Gli abbiamo telefonato sul lago di Como. » Uscì e ritornò Miss Gage.

« Perché è stato sgarbato con Miss Van Campen? » mi chiese dopo aver fatto qualcosa per me con grande abilità.

« Non avevo intenzione di esserlo, ma si dava delle arie. »

« Ha detto che lei è prepotente e sgarbato. »

« Non è vero. Ma cos'è questa storia di un ospedale senza dottore? »

« Sta arrivando. Gli abbiamo telefonato sul lago di Como. »

« Che cosa c'è andato a fare? I bagni? »

« No. Ha una clinica, lì. »

« Perché non chiamano un altro dottore? »

« Psst! Psst! Faccia il bravo ragazzo e verrà subito. »

Mandai a chiamare il portiere e quando venne gli dissi in italiano di comprarmi una bottiglia di Cinzano e un fiasco di Chianti alla bottiglieria e i giornali della sera. Se ne andò e me li portò avvolti nel giornale, li scartò e, quando glielo chiesi, tolse i tappi e mise il vino e il vermut sotto il letto. Mi lasciarono solo e rimasi nel letto e lessi un po' di giornali, le notizie dal fronte, e la lista di ufficiali caduti con le loro decorazioni e poi mi chinai a prendere la bottiglia di Cinzano e me la tenni diritta sullo stomaco, col vetro freddo contro lo stomaco, e bevvi piccoli sorsi lasciandomi impronte circolari sullo stomaco, dove appoggiavo la bottiglia fra un sorso e l'altro; e guardai scendere il buio fuori sui tetti della città. Le rondini volavano a giri e io le guardavo, e guardavo i gufi notturni che volavano sui tetti e bevevo il Cinzano. La Gage mi portò un bicchiere con dentro un uovo sbattuto. Quando entrò abbassai la bottiglia di vermut dall'altra parte del letto.

« Miss Van Campen ci ha messo un po' di sherry » disse. « Non deve essere sgarbato con lei. Non è giovane e questo ospedale è una grande responsabilità per lei. Mrs. Walker è troppo vecchia e non l'aiuta per niente. »

« È una donna magnifica » dissi. La ringrazi tanto. »

« Le porterò la minestra appena è pronta. »

« Non importa » dissi. « Non ho fame. »

Quando portò il vassoio e lo appoggiò sul comodino la ringraziai e mangiai un po' di minestra. Poi fuori fu buio e vedevo i raggi dei riflettori che si spostavano nel cielo. Guardai un po' e poi mi addormentai. Dormii un sonno pesante tranne una volta che mi svegliai tutto sudato e spaventato e poi mi riaddormentai cercando di dimenticare il sogno. Mi svegliai davvero molto prima del giorno e udii i galli cantare e rimasi sveglio finché non fu chiaro. Ero stanco e appena fu davvero chiaro mi riaddormentai.

XIV

Quando mi svegliai la stanza era piena di luce. Mi parve di essere di nuovo al fronte e mi tesi nel letto. Le gambe mi facevano male e le guardai ancora nelle bende sporche, e vedendole capii dov'ero. Mi sporsi a prendere il cordone del campanello e schiacciai il bottone. Lo udii ronzare in corridoio e poi qualcuno si avvicinò con le suole di gomma lungo il corridoio. Era la Gage e nella chiara luce del sole era un po' più vecchia e un po' meno carina.

« Buon giorno » disse. « Ha dormito bene? »

« Sì, grazie tante » dissi. « Potrei avere un barbiere? »

« Sono venuta a vederla e stava dormendo con questo sul letto. »

Aprì l'armadio e mi mostrò la bottiglia di vermut. Era quasi vuota. « Ho messo qui anche l'altra bottiglia che c'era sotto il letto » disse. « Perché non mi ha chiesto il bicchiere? »

« Pensavo che non me l'avrebbe dato. »

« Ne avrei bevuto un po' con lei. »

« È una brava ragazza. »

« Non le fa bene bere da solo » disse. « Non deve farlo. »

« Bene. »

« È arrivata la sua amica, Miss Barkley » disse.

« Sì? »

« Sì. Non mi piace. »

« Le piacerà. È talmente simpatica. »

Scosse il capo. « Certo è simpatica. Può spostarsi un poco da questa parte? Così. La faccio bello per la

colazione. » Mi lavò con un panno e sapone e acqua
calda. « Tenga su la spalla » disse. « Così. »

« Posso avere il barbiere prima di colazione? »

« Manderò il portiere a chiamarlo. » Uscì e ritornò
« È andato a cercarlo » disse. E tuffò il panno che
aveva in mano nel catino d'acqua.

Il barbiere arrivò col portiere. Aveva una cinquantina d'anni e i baffi all'insù. La Gage aveva finito e
uscì e il barbiere mi insaponò la faccia e mi rase. Era
molto solenne e evitava di parlare.

« Cosa c'è? Non sai le novità? » chiesi.

« Che novità? »

« Qualsiasi novità. Che cosa succede in città? »

« Siamo in tempo di guerra » disse. « Le orecchie
del nemico sono dovunque. »

Alzai gli occhi per guardarlo. « Per favore, tenga la
faccia ferma » disse e continuò a radermi. « Non dirò
niente. »

« Ma che cosa ti è successo? »

« Sono italiano. Non voglio comunicare col nemico. »

A questo punto lo lasciai perdere. Se era matto,
più presto potevo togliermi di sotto al suo rasoio e meglio era. Una volta cercai di dargli una lunga occhiata.
« Attento » disse. « Il rasoio è affilato. »

Quando ebbe finito lo pagai e gli diedi mezza lira
di mancia. Mi restituì la moneta.

« Non la voglio. Non sono al fronte. Ma sono italiano. »

« Va' all'inferno. »

« Col suo permesso » disse e avvolse i rasoi nel
giornàle. Uscì lasciando le cinque monete di rame sul
tavolo accanto al letto. Suonai il campanello. Venne
la Gage. Vuole far venire il portiere, per favore? »

« Bene. »

Venne il portiere. Stava cercando di trattenersi dal
ridere.

« Ma è matto, quel barbiere? »

« No, signorino. Si è sbagliato. Non capisce bene e ha creduto che gli dicessi che lei era un ufficiale austriaco. »

« Oh » dissi.

« Ah, ah, ah! » rise il portiere. « Era buffo. Un movimento da parte sua, ha detto, e avrebbe... » Si fece passare l'indice attraverso la gola. « Ah, ah, ah! » si sforzava di trattenersi dal ridere. « Quando gli ho detto che non era austriaco. Ah, ah, ah! »

« Ah, ah, ah! » dissi acido. « Che buffo se mi avesse tagliato la gola. Ah, ah, ah! »

« No, signorino, no, no. Aveva così paura di un austriaco. Ah, ah, ah! »

« Ah, ah, ah! » dissi. « Togliti dai piedi. »

Uscì e lo udii ridere in corridoio. Udii qualcuno scendere in corridoio. Guardai la porta. Era Catherine Barkley.

Entrò nella stanza e si avvicinò al letto.

« Hello, caro » disse. Era fresca e giovane e bellissima. Pensai che non avevo mai visto nessuna così bella.

« Hello » dissi. Quando la vidi mi innamorai di lei. Mi sentii sconvolto. Guardò la porta, vide che non c'era nessuno, allora sedette su un lato del letto e si curvò a baciarmi. La tirai giù e la baciai e le sentii battere il cuore.

« Tesoro » dissi. « Non sei stata magnifica a venire qui? »

« Non è stato molto difficile. Può diventare difficile rimanere. »

« Devi rimanere » dissi. « Oh, sei stupenda. » Ero pazzo di lei. Non riuscivo a credere che ci fosse davvero e la tenevo stretta a me.

« Non devi » disse. « Non stai abbastanza bene. »

« Sì, sto bene. Vieni. »

« No. Non sei abbastanza forte. »

« Sì. Davvero. Sì. Ti prego. »

« Mi ami? »

« Ti amo davvero. Sono pazzo di te. Vieni, ti prego. »

« Senti come battono i nostri cuori. »

« Non m'importa dei nostri cuori. Voglio te. Sono pazzo di te. »

« Mi ami davvero? »

« Non continuare a chiedermelo. Vieni. Ti prego. Ti prego, Catherine. »

« Bene, ma solo per un minuto. »

« Bene » dissi. « Chiudi la porta. »

« Non puoi. Non devi. »

« Vieni. Non parlare. Ti prego. Vieni. »

Catherine era seduta su una seggiola accanto al letto. La porta era aperta sul corridoio. La furia era passata e mi sentivo meglio di quanto mi fossi mai sentito.

Chiese: « Ora lo credi che ti amo? ».

« Oh, sei bella » dissi. « Devi rimanere. Non possono mandarti via. Sono pazzo d'amore per te. »

« Dobbiamo stare terribilmente attenti. Questa è stata una vera pazzia. Non possiamo continuare. »

« Possiamo di notte. »

« Dobbiamo stare terribilmente attenti. Dovrai stare attento davanti alla gente. »

« Va bene. »

« Devi farlo. Sei caro. Mi ami, vero? »

« Non ricominciare. Non sai che effetto mi fa. »

« Allora starò attenta. Non voglio fare altro per te. Ora devo andare, caro, davvero. »

« Ritorna presto. »

« Verrò appena posso. »

« Arrivederci. »

« Arrivederci, tesoro. »

Uscì. Dio sa che non avevo voluto innamorarmi di lei. Non avevo voluto innamorarmi di nessuno. Ma Dio sa com'ero innamorato e giacqui sul letto nella stanza dell'ospedale di Milano e ogni genere di cose mi passò per la testa ma mi sentivo bene e alla fine entrò la Gage.

« Il dottore sta venendo » disse. « Ha telefonato da Como. »

« Quando viene? »

« Oggi pomeriggio. »

Nulla accadde fino al pomeriggio. Il dottore era un ometto magro e silenzioso e pareva turbato dalla guerra. Mi tolse una quantità di minuscole schegge d'acciaio dalle cosce con disgusto sensibile e raffinato. Usava un anestetico locale che si chiamava qualcosa come "neve", che gelava il tessuto e evitava il dolore finché la sonda, il bisturi o la pinza giungevano sotto alla parte gelata. La zona anestetizzata era chiaramente percepita dal paziente e dopo un certo tempo la fragile sensibilità del dottore si esaurì: mi disse che era meglio fare una radiografia. La sonda non bastava, disse.

La radiografia venne fatta all'Ospedale Maggiore e il dottore che la fece era nervoso, abile e allegro. Sorretto per le spalle il paziente, poteva vedere di persona qualcuno dei maggiori corpi estranei attraverso l'apparecchio. Le lastre sarebbero state mandate. Il dottore mi chiese di scrivere nel suo taccuino il mio nome e reggimento e un pensiero. Dichiarò che i corpi estranei erano brutti, villani, brutali. Gli austriaci erano figli di puttane. Quanti ne avevo uccisi? Non ne avevo ucciso nessuno ma ero ansioso di riuscirgli simpatico, e dissi che ne avevo ucciso una quantità. Mi aveva accompagnato la Gage e il dottore le cinse la vita col braccio e disse che era più bella di Cleopatra. Aveva capito? Cleopatra l'antica regina d'Egitto. Sì, perdio se era vero. Ritornammo in ambulanza al piccolo ospedale e dopo un po' di tempo e un gran venir sollevato fui disopra e di nuovo a letto. Le lastre arrivarono quel pomeriggio, il dottore aveva det-

to perdio che le avrebbe avute quel pomeriggio e le
ebbe. Me le mostrò Catherine Barkley. Erano in buste
rosse e le tolse dalle buste e le sollevò contro la luce
e le guardammo insieme.

« Questa è la gamba destra » disse, poi rimise la lastra nella busta. « Questa è la sinistra. »

« Mettile via » dissi « e vieni a letto. »

« Non posso » disse. « Te le ho solo portate un momento per fartele vedere. »

Se ne andò e io rimasi lì. Era un pomeriggio caldo
ed ero stanco di stare a letto. Mandai il portiere a
prendere i giornali, tutti i giornali che poteva trovare.
Prima che ritornasse vennero nella stanza tre dottori.
Ho notato che i dottori falliti hanno la tendenza a
cercare la compagnia e l'aiuto dei colleghi nei consulti.
Un dottore che non è capace di togliervi bene l'appen-
dice vi raccomanda a un dottore che sarebbe incapace
di togliervi le tonsille. Questi erano tre dottori di quel
genere.

« Ecco il giovanotto » disse il medico dell'ospedale dalle mani sensibili.

« Come va? » disse un dottore alto e scarno e con
la barba. Il terzo dottore che portava le lastre della
radiografia nelle buste rosse non disse niente.

« Togliamo le bende? » chiese il dottore con la barba.

« Certo. Per favore, tolga le bende, infermiera »
disse il medico di casa a Miss Gage. La Gage tolse le
bende. Mi guardai le gambe. All'ospedale da campo
avevano l'aria di bistecche di carne tritata non troppo di recente. Ora avevano la crosta e il ginocchio era
gonfio e sbiadito e il polpaccio afflosciato, ma non
c'era pus.

« Molto pulita » disse il dottore dell'ospedale. « Ha
un aspetto molto bello e pulito. »

« Uhm » disse il dottore con la barba. Il terzo dotto-

re guardava di sopra la spalla del dottore dell'ospedale.

« Per favore, muova il ginocchio » disse il dottore
con la barba.

« Non posso. »

« Proviamo l'articolazione? » chiese il dottore con la
barba. Aveva un filetto oltre le tre stelle sulla manica.
Questo significava che era primo capitano.

« Certo » disse il dottore dell'ospedale. Due di loro
mi presero la gamba destra con grande delicatezza
e la piegarono.

« Fa male » dissi.

« Sì. Sì. Ancora un po', dottore. »

« Basta così » dissi. « Più in là di così non va » dissi.

« Articolazione parziale » disse il primo capitano. Si
rizzò. « Potrei vedere di nuovo le lastre, per favore,
dottore? » Il terzo dottore gli porse una lastra. « No,
la gamba sinistra, per favore. »

« È la gamba sinistra, dottore. »

« Ha ragione. La guardavo dall'altro lato. » Voltò
la lastra. Esaminò un po' l'altra lastra. « Vede, dottore? » indicò uno dei corpi estranei che appariva sfe-
rico e nitido contro la luce. Esaminarono un po' la lastra.

« Posso dire solo una cosa » disse il primo capitano
con la barba. « È questione di tempo. Probabilmente
tre mesi o sei mesi. »

« Certo il liquido sinoviale deve riformarsi. »

« Certo. È questione di tempo. In coscienza non potrei aprire un ginocchio di quel genere prima che il
proiettile si sia incistato. »

« Sono d'accordo con lei, dottore. »

« Sei mesi per che cosa? » chiesi.

« Sei mesi perché il proiettile si incisti, e prima che
si possa aprire il ginocchio senza pericolo. »

« Non ci credo » dissi.

« Lei vuol conservare il suo ginocchio, giovanotto? »

« No » dissi.

« Cosa? »

« Voglio tagliarlo via » dissi. « Così posso metterci un uncino. »

« Sta scherzando » disse il dottore dell'ospedale. Mi batté la spalla con molto garbo. « Vuole conservarselo, il suo ginocchio. È un giovane molto coraggioso. È stato proposto per la medaglia d'argento. »

« Tutte le mie felicitazioni » disse il primo capitano. Mi strinse la mano. « Io posso dire soltanto che, per essere al sicuro, deve aspettare almeno sei mesi prima di aprire un ginocchio simile. Naturalmente lei non può essere di questo parere. »

« Grazie tante » dissi. « Apprezzo molto il suo parere. » Il primo capitano guardò l'orologio.

« Dobbiamo andare » disse. « Tanti auguri. »

« Tanti auguri e tante grazie » dissi. Strinsi la mano al terzo dottore: capitano Varini, tenente Henry, e se ne andarono tutti e tre.

« Miss Gage » chiamai. Lei entrò. « Per favore, chieda al dottore dell'ospedale di ritornare un momento. »

Entrò tenendo in mano il berretto e rimase in piedi accanto al letto. « Desiderava parlarmi? »

« Sì. Non posso aspettare sei mesi per l'operazione. Dio mio, dottore, è mai stato sei mesi a letto? »

« Non resterà continuamente a letto. Prima bisogna far prendere il sole alle ferite, poi potrà camminare sulle stampelle. »

« Per sei mesi, e poi fare l'operazione? »

« Questa è la via sicura. Bisogna permettere ai corpi estranei di incistarsi e il liquido sinoviale si riformerà. Allora si potrà aprire il ginocchio con tranquillità. »

« Ma anche lei crede che debba aspettare tanto tempo? »

« Questa è la via sicura. »

« Chi è quel primo capitano? »

« È un ottimo chirurgo di Milano. »

« È un primo capitano, vero? »

« Sì, ma è un ottimo chirurgo. »

« Non voglio farmi rovinare la gamba da un primo capitano. Se valesse qualcosa sarebbe maggiore. So benissimo che cos'è un primo capitano, dottore. »

« È un ottimo chirurgo e preferirei il suo giudizio a quello di qualsiasi altro chirurgo. »

« Potrei farmi visitare da un altro chirurgo? »

« Certo, se vuole. Ma io accetterei l'opinione del dottor Varella. »

« Non le dispiace far venire un altro chirurgo a visitarmi? »

« Lo dirò a Valentini. »

« Chi è? »

« È un chirurgo all'Ospedale Maggiore. »

« Bene. Così va bene. Capisce, dottore, non posso stare a letto sei mesi. »

« Non starebbe a letto. Prima farebbe una cura di sole. Poi farebbe un po' d'esercizio. Poi, quando fosse incistato, si opererebbe. »

« Ma non posso aspettare sei mesi. »

Il dottore allargò le dita sensibili sul berretto che aveva in mano e sorrise. « Ha tanta fretta di ritornare al fronte? »

« Perché no? »

« È molto bello » disse. « Lei è un bravo giovane. » Si curvò e mi baciò lievemente sulla fronte. « Manderò a chiamare Valentini. Lei non si preoccupi e non si esalti. Stia buono. »

« Vuol bere qualcosa? » chiesi.

« No, grazie. Non bevo mai alcool. »

« Uno solo. » Suonai perché il portiere portasse i bicchieri.

« No. No, grazie. Mi stanno aspettando. »

« Arrivederci » dissi.

« Arrivederci. »

Due ore dopo il dottor Valentini entrò nella stanza. Aveva una gran fretta e le punte dei baffi ritte all'insù. Era maggiore, aveva la faccia abbronzata e rideva continuamente.

« Come se l'è fatta, questa porcheria? » chiese. « Faccia vedere le lastre. Sì. Sì. Ecco. Ha l'aria sana come un pesce. Chi è la ragazza? È la sua ragazza? Lo immaginavo. Non è una guerra maledetta? Fa male? Lei è un bravo ragazzo. La rifarò meglio di prima. Fa male così? Lo credo, che fa male. Ci godono a farle male, questi dottori. Che cosa hanno fatto per lei finora? Sa parlare italiano, quella ragazza? Dovrebbe impararlo. Che bella ragazza. Potrei insegnarglielo io. Voglio venire io qui come paziente. No, ma le farò gratis tutto il lavoro della maternità. Capisce quel che ho detto? Le farà un bel maschio. Una bella bionda come lei. Bene. Che bellezza. Che bella ragazza. Le chieda se vuol venire a cena con me. No, non gliela porterò via di qui. Grazie. Grazie tante, signorina. Ecco fatto. »

« Ecco fatto. È tutto quel che volevo sapere. » Mi batté la mano sulla spalla. « Rimanga pure senza bende. »

« Vuol bere qualcosa, dottor Valentini? »

« Bere? Certo. Berrò dieci bicchieri. Dove sono? »

« Nell'armadio. Miss Barkley prenderà la bottiglia. »

« Allegria. Salute a lei, signorina. Che bella ragazza. Le porterò del cognac migliore di questo. » Si pulì i baffi.

« Quando crede che si possa operare? »

« Domattina. Non prima. Bisogna che abbia lo stomaco vuoto. Bisogna che sia lavato. Vedrò la vecchia disotto e lascerò istruzioni. Arrivederci. A domani. Le porterò del cognac migliore di questo. Qui è molto

Ernest Hemingway

ben sistemato. Arrivederci. A domani. Dorma bene.
Verrò presto. » Mi salutò con la mano dalla porta, coi
baffetti ritti e il viso bruno sorridente. Aveva una stel-
letta in un quadratino sulla manica perché era maggiore.

XVI

Quella notte un pipistrello entrò nella stanza dalla finestra aperta che dava sul balcone e dalla quale la notte guardavamo i tetti della città. Era buio in camera tranne per la pallida luce della notte sulla città e il pipistrello non era spaventato ma andava a caccia nella stanza come se fosse stato fuori. Restammo distesi a guardarlo e non credo che ci vedesse perché restammo immobili. Quando fu uscito vedemmo un riflettore avvicinarsi e osservammo il raggio attraversare il cielo e poi scomparire e ritornò il buio. Entrò un po' d'aria della notte e udimmo gli uomini dell'artiglieria antiaerea chiacchierare sul tetto vicino. Faceva freddo e si stavano mettendo le mantelle. Durante la notte mi preoccupai che qualcuno venisse ma Catherine diceva che dormivano tutti. Una volta ci addormentammo e quando mi svegliai non c'era ma la udii avvicinarsi nel corridoio e la porta si aprì e ritornò a letto e disse che tutto andava bene. Era stata di sotto e dormivano tutti. Si era fermata davanti alla porta della Van Campen e l'aveva sentita respirare nel sonno. Portò dei biscotti e li mangiammo e bevemmo un po' di vermut. Avevamo molta fame ma disse che al mattino avrebbero dovuto togliermi tutto di dentro. Mi riaddormentai il mattino quando già era chiaro e quando mi svegliai mi accorsi che se n'era andata di nuovo. Entrò fresca e bella e sedette sul letto e il sole si alzò mentre avevo il termometro in bocca e odorammo la rugiada sui tetti e poi i caffè degli uomini al pezzo sul tetto vicino.

« Mi piacerebbe andare a fare una passeggiata » dis-

se Catherine. « Ti spingerei, se avessimo una carrozzella. »

« Come farei a entrare nella carrozzella? »

« Ci riusciremmo. »

« Potremmo andare in giardino e far colazione fuori. » Guardavo fuori della finestra aperta.

« Quel che faremo in realtà » disse « è di prepararti per il tuo amico dottor Valentini. »

« Mi è parso straordinario. »

« A me è piaciuto un po' meno. Ma immagino che
sia molto bravo. »

« Ritorna a letto, Catherine. Ti prego. »

« Non posso. Non è stata una bella notte? »

« E potrai essere di nuovo in servizio stanotte? »

« Probabilmente, lo sarò. Ma non mi vorrai, stasera. »

« Sì, che ti vorrò. »

« Starai male e non ti interesserò per niente. »

« Allora ritorna adesso. »

« No » disse. « Devo scrivere la tua cartella, caro,
e prepararti. »

« Se mi amassi davvero ritorneresti. »

« Che stupido. » Mi baciò. « Va bene per la cartella. La temperatura è sempre normale. Hai una temperatura splendida. »

« Tu hai splendida ogni cosa. »

« Oh, no. Hai una temperatura splendida. Sono molto orgogliosa della tua temperatura. »

« Magari tutti i nostri bambini avranno temperatu-
re magnifiche. »

« Probabilmente i nostri bambini avranno tempera-
ture orrende. »

« Che cosa mi devi fare per preparami per Valentini? »

« Non molto. Ma molto spiacevole. »

« Vorrei che non dovessi farlo tu. »

« Ma io no. Non voglio che ti tocchino le altre. Sono stupida. Divento furiosa se ti toccano. »

« Anche la Ferguson? »

« Specialmente la Ferguson e la Gage e quell'altra,
come si chiama? »

« Walker. »

« Sì. Hanno troppe infermiere qui. Se non arriva
qualche altro paziente ci manderanno via. Hanno quattro infermiere adesso. »

« Forse ne arriverà qualcuno. C'è bisogno di molte
infermiere. È un ospedale importante. »

« Spero che ne arriverà qualcuno. Che cosa faccio
se mi mandano via? Mi manderanno via, se non vengono altri pazienti. »

« Verrei via anch'io. »

« Non fare lo stupido. Non puoi ancora andar via.
Ma guarisci presto, caro, e andremo da qualche parte. »

« E poi? »

« Forse la guerra sarà finita. Non può durare sempre. »

« Guarirò » dissi. « E Valentini mi metterà a posto. »

« Dovrebbe riuscirci, con quei baffi. E, caro, quando sei sotto l'etere, pensa a qualcos'altro, non a noi.
Perché la gente diventa molto chiacchierona sotto l'a-
nestetico. »

« A che cosa devo pensare? »

« A qualunque cosa. Qualunque cosa tranne noi.
Pensa ai tuoi. O magari a un'altra ragazza. »

« No. »

« Allora di' le tue preghiere. Questo dovrebbe fare
una impressione splendida. »

« Magari non parlerò. »

« È vero. Spesso la gente non parla. »

« Non parlerò. »

« Non darti delle arie, caro. Per favore, non darti

delle arie. Sei così caro e non devi darti delle arie. »
« Non dirò una parola. »
« Ora ti stai dando delle arie, caro. Sai, non è necessario che ti dia delle arie. Incomincia solo una preghiera o una poesia o qualcosa quando ti dicono di respirare profondamente. Sarai così carino e io sarò così orgogliosa di te. Sono comunque molto orgogliosa di te. Hai una così bella temperatura e dormi come un ragazzino col braccio intorno al guanciale e credi che sia io. O è un'altra ragazza? Una bella ragazza italiana? »
« Sei tu. »
« Si capisce che sono io. Oh, ti amo e Valentini ti farà una bella gamba. Sono lieta di non dover assistere. »
« E sarai di turno stanotte. »
« Sì. Ma non te ne importerà. »
« Aspetta e vedrai. »
« Ecco, caro. Ora sei tutto pulito di dentro e di fuori. Dimmi. Quante donne hai amato? »
« Nessuna. »
« Neanche me? »
« Sì, te. »
« Quante altre, sul serio? »
« Nessuna. »
« Con quante sei – come dire? – andato? »
« Nessuna. »
« Stai dicendo una bugia. »
« Sì. »
« Va bene. Continua a dirmi bugie. È quello che voglio. Erano carine? »
« Non sono mai andato con nessuna. »
« È vero. Erano molto belle? »
« Non ne so niente. »
« Sei solo mio. Questo è vero, e non sei mai appartenuto ad altre. Ma non importa, se non è così. Non ho paura di loro. Ma non parlarmi di loro. Quando

un uomo va con una ragazza, quando è che lei dice quanto costa? »

« Non lo so. »

« Si capisce. Gli dice anche che lo ama? Dimmi questo. Questo voglio saperlo. »

« Sì. Se lui vuole. »

« E lui dice che l'ama? Dimmelo, per favore, è importante. »

« Se vuole glielo dice. »

« Ma tu non l'hai mai detto? Davvero? »

« No. »

« Davvero no? Dimmi la verità. »

« No » mentii.

« Non potresti » disse. « Sapevo che non potresti. Oh, ti amo, caro. »

Fuori il sole si era levato sui tetti e vedevo le guglie della cattedrale sotto il sole. Ero pulito dentro e fuori e aspettavo il dottore.

« Succede così, allora? » disse Catherine. « Dice solo quello che lui vuole? »

« Non sempre. »

« Ma io lo farò. Dirò solo quello che desideri e farò quello che desideri e tu non desiderare mai altre ragazze, vero? » Mi guardava molto felice. « Farò quello che vuoi, e dirò quello che vuoi e così ti piacerò tanto, vero? »

« Sì. »

« Che cosa vuoi che faccia adesso che sei pronto? »

« Ritorna a letto. »

« Bene. Vengo. »

« Oh cara, cara, cara » dissi.

« Vedi » disse. « Faccio tutto quello che vuoi. »

« Sei così bella. »

« Temo di non essere ancora molto brava. »

« Sei bella. »

« Voglio quello che tu vuoi. Non c'è altro. Solo quello che tu vuoi. »

« Tesoro. »

« Sono buona. Non sono buona? Non desideri altre ragazze, vero? »

« No. »

« Vedi? Sono buona. Faccio quello che vuoi. »

XVII

Quando mi svegliai dopo l'operazione non me n'ero andato. Non si va via. Si limitano a soffocarvi. Non è come morire, è soltanto un soffocamento chimico per non far sentire e dopo si avrebbe potuto anche essere ubriachi, solo che quando si vomita non viene altro che bile e poi non ci si sente meglio. Vidi i sacchetti di sabbia ai piedi del letto. Erano su assicelle che uscivano dall'ingessatura. Poi vidi la Gage e disse: «Come va, adesso? ».

«Meglio » dissi.

« Le ha fatto un lavoro magnifico al ginocchio. »

« Quanto è durato? »

« Due ore e mezzo. »

« Ho detto qualche stupidaggine? »

« Neanche una parola. Lei non parla. Sta zitto. »

Stavo male e Catherine aveva ragione. Non m'importò niente che fosse di turno la notte.

C'erano altri tre pazienti nell'ospedale, adesso. Un ragazzo smilzo della Croce Rossa della Georgia con la malaria, un ragazzo simpatico, anche lui smilzo, di New York con la malaria e l'itterizia e un ragazzo simpatico che aveva cercato di svitare la spoletta da un proiettile di shrapnel ad alto esplosivo, per tenerlo come ricordo. Era un proiettile di shrapnel usato dagli austriaci in montagna con un detonatore che scattava dopo lo scoppio ed esplodeva per contatto. Catherine Barkley era molto simpatica alle infermiere perché era sempre disposta a fare il turno di notte. Aveva pochissimo da fare con la gente della

malaria, il ragazzo che aveva svitato l'innesco era nostro amico e non suonava mai la notte se non era necessario, e durante gli intervalli del lavoro stavamo insieme. L'amavo molto e lei mi amava. Dormivo di
giorno e durante il giorno, quando eravamo svegli, ci
scrivevamo dei biglietti e ce li mandavamo attraverso
la Ferguson. La Ferguson era una ragazza simpatica.
Non seppi mai niente di lei tranne che aveva un fratello nella cinquantaduesima divisione e un fratello
in Mesopotamia e che era molto buona con Catherine.

« Verrai al nostro matrimonio, Fergy? » le dissi una
volta.

« Non vi sposerete mai. »

« Sì, che ci sposeremo. »

« No, non vi sposerete. »

« Perché no? »

« Bisticcerete prima di sposarvi. »

« Non bisticciamo mai. »

« Avete ancora tempo. »

« Noi non bisticciamo. »

« Allora morirete. Bisticciare o morire. È questo
che fa la gente. Non si sposa. »

Le presi la mano.

« Non toccarmi » disse. « Non sto piangendo. Magari per voi due andrà bene. Ma sta' attento a non
metterla nei guai. Se la metti nei guai ti ammazzo. »

« Non la metterò nei guai. »

« Be', allora sta' attento. Credo che tu abbia ragione. Per voi sono momenti belli. »

« Sono momenti molto belli. »

« Allora non bisticciate e non metterla nei guai. »

« Non lo farò. »

« Ricordati di stare attento. Non voglio che finisca
con uno di quei bambini di guerra. »

« Sei una brava ragazza, Fergy. »

« Non è vero. Non cercar di adularmi. Come va la
gamba? »

« Bene. »

« Come va la testa? » La sfiorò con le dita. Era sensibile come un piede che si fosse addormentato.

« Non mi dà mai noia. »

« Una botta così poteva farti impazzire. Non ti dà mai noia? »

« No. »

« Sei un giovanotto fortunato. Hai finito la lettera? Devo scendere. »

« Eccola » dissi.

« Dovresti dirle di smettere per un po' i turni di notte. Si stanca troppo. »

« Bene. Lo farò. »

« Vorrei sostituirla io, ma lei non mi lascia. Le altre sono contente di lasciarlo fare a lei. Potresti farla riposare un po'. »

« Va bene. »

« La Van Campen ha notato che dormi sempre la mattina. »

« C'era da aspettarselo. »

« Sarebbe meglio che tu la lasciassi stare la notte per un po'. »

« Lo vorrei anch'io. »

« Non è vero, ma se ci riesci ti rispetterei per questo. »

« Glielo dirò. »

« Non ci credo. » Prese il biglietto e uscì. Suonai il campanello e dopo un po' entrò la Gage.

« Che cosa c'è? »

« Volevo solo parlarle. Non crede che Miss Barkley dovrebbe smettere per un po' di fare i turni di notte? Ha l'aria di essere terribilmente stanca. Perché tocca sempre a lei? »

La Gage mi guardò.

« Sono sua amica » disse. « Non deve parlarmi così. »

« Che cosa vuole dire? »

« Non faccia lo stupido. Voleva solo questo? »

« Vuole un vermut? »

« Va bene. Poi devo andare. » Prese la bottiglia dall'armadio e portò un bicchiere.

« Prenda lei il bicchiere » dissi « io berrò alla bottiglia. »

« Ecco a lei » disse la Gage.

« Che cosa ha detto la Van Campen, che io dormo la mattina? »

« Ha soltanto brontolato. La chiama il paziente privilegiato. »

« Vada al diavolo. »

« Non è cattiva » disse la Gage. « È soltanto vecchia e bisbetica. Non le è mai stato simpatico. »

« No. »

« Be', a me sì. E sono sua amica. Non lo dimentichi. »

« Lei è maledettamente simpatica. »

« No. So chi trova simpatica. Ma sono sua amica. Come va la gamba? »

« Bene. »

« Ora le porto dell'acqua minerale fresca da versarci sopra. Deve prudere, sotto l'ingessatura. Fa caldo fuori. »

« Lei è terribilmente simpatica. »

« Prude molto? »

« No. Va bene. »

« Ora metto a posto i sacchetti di sabbia. » Si curvò. « Sono sua amica. »

« Lo so. »

« No, che non lo sa. Ma lo saprà un giorno o l'altro. »

Catherine Barkley saltò tre notti il turno di notte e poi ritornò. Fu come se ci rincontrassimo dopo esser stati lontani in un lungo viaggio.

XVIII

Passammo una bella estate. Quando potei uscire andammo in carrozza al parco. Ricordo la carrozza col cavallo che andava lentamente e lassù la schiena del vetturino col cilindro lucido e Catherine Barkley seduta accanto a me. Se ci sfioravamo le mani, solo che il fianco della mia mano sfiorasse la sua, ci sentivamo eccitati. Più tardi, quando potei uscire con le stampelle, andavamo a cena al Biffi o al Gran Italia e sedevamo ai tavolini all'aperto sul pavimento della Galleria. I camerieri entravano e uscivano e c'era la gente che passeggiava e candele con le ombre sulle tovaglie e dopo, quando decidemmo che preferivamo il Gran Italia, George, il capocameriere, ci riservava una tavola. Era un bravo cameriere e gli lasciavamo ordinare il pranzo mentre guardavamo la gente e la grande Galleria nel crepuscolo e noi stessi. Bevevamo Capri bianco secco ghiacciato in un secchiello; ma provammo molti altri vini: Freisa, Barbera, e i vini bianchi dolci. Non avevano un cameriere per i vini a causa della guerra e George sorrideva mortificato quando mi informavo su vini come il Freisa.

« Figurarsi, un paese che fa un vino perché sa di fragole » disse.

« Perché no? » chiese Catherine. « Ha un nome splendido. »

« Lo provi, signora » disse George « se vuole. Ma lasci che porti una bottiglietta di Margau al tenente. »

« Lo proverò anch'io, George. »

« Signore, non posso raccomandarglielo. Non sa nemmeno di fragola. »

« Forse sì » disse Catherine. « Sarebbe magnifico. »
« Glielo porterò » disse George. « E quando la signora ne avrà abbastanza, lo porterò via. »

Non era un gran vino. Come diceva George, non sapeva neanche di fragola. Ritornammo al Capri. Una sera ero senza denaro e George mi prestò cento lire. « Non importa, tenente » disse. « So come succede. So come si resta senza soldi. Se lei e la signora hanno bisogno di soldi, io ne ho sempre. »

Dopo cena passeggiavamo in Galleria davanti agli altri ristoranti e ai negozi con le saracinesche di ferro abbassate e ci fermavamo nella piazzetta dove vendevano i sandwiches, sandwiches di prosciutto e lattuga e sandwiches d'acciughe, fatti di panini molto minuscoli bruni e lucidi e lunghi solo come un dito. Ci servivano per mangiarli la notte quando avevamo fame. Poi salivamo in una carrozza aperta fuori della Galleria davanti al Duomo e tornavamo in ospedale. Il portiere dell'ospedale usciva per aiutarmi e mi porgeva le grucce. Pagavo il vetturino e poi andavamo di sopra in ascensore. Catherine scendeva al piano di sotto dove abitavano le infermiere e io salivo e scendevo il corridoio sulle grucce fino in camera mia. A volte mi spogliavo e andavo a letto e a volte sedevo sul balcone con la gamba appoggiata a un'altra sedia e guardavo le rondini sui tetti e ascoltavo Catherine. Quando saliva era come se fosse stata lontana in un lungo viaggio e con lei andavo in corridoio sulle grucce e portavo i catini e aspettavo fuori della porta o entravo con lei; secondo se erano nostri amici o no, e quando aveva fatto tutto quel che c'era da fare sedevamo sul balcone della mia camera. Poi andavo a letto e quando dormivano tutti ed era sicura che non avrebbero chiamato, veniva. Mi piaceva scioglierle i capelli e lei sedeva sul letto e stava immobile tranne quando d'improvviso si gettava giù a baciarmi mentre glieli scioglievo, e io le toglievo le for-

cine e le posavo sul lenzuolo e erano sciolti e la guardavo mentre stava immobile e poi le toglievo le ultime due forcine e cadevano tutti e lei abbassava la testa e ne eravamo immersi tutti e due ed era la sensazione di esser dentro a una tenda o dietro a una ca-
scata.

Aveva capelli meravigliosamente belli e a volte stavo sdraiato a guardarla mentre si faceva le trecce nella luce che entrava dalla finestra aperta e splendevano
perfino nella notte come a volte splende l'acqua poco
prima che sia giorno. Aveva un bel viso e un bel corpo e anche una bella pelle liscia. Stavamo sdraiati insieme e le toccavo le guance e la fronte e sotto gli
occhi e il mento e la gola con la punta delle dita e
dicevo "liscio come i tasti del piano", e lei mi acca-
rezzava il mento col dito e diceva "liscio come carta
smerigliata e molto ruvido sui tasti del piano".

« Punge? »

« No, caro. Volevo solo prenderti un po' in giro. »

Era bello di notte e bastava che potessimo toccarci
per essere felici. Oltre a tutti i grandi momenti avevamo molti piccoli modi di fare l'amore e cercavamo di
trasmetterci pensieri nella testa l'uno dell'altra mentre eravamo in stanze diverse. A volte pareva che fun-
zionasse ma probabilmente era perché stavamo comunque pensando la stessa cosa.

Dicevamo tra noi che ci eravamo sposati il giorno
che lei era arrivata all'ospedale e contavamo i mesi dal
nostro giorno nuziale. Avrei voluto che ci sposassimo
davvero ma Catherine diceva che allora l'avrebbero
mandata via c che se avessimo incominciato con le formalità l'avrebbero sorvegliata e ci avrebbero separati.

Avremmo dovuto sposarci secondo la legge italiana e le formalità erano spaventevoli. Avrei voluto che
ci sposassimo davvero perché ero preoccupato che potesse nascere un bimbo quando ci pensavo, ma fra noi
fingevamo di essere sposati e non ci preoccupavamo

molto e immagino che in realtà fossi contento di non essere sposato. Ricordo che una notte ne parlammo e Catherine disse: « Ma, caro, mi manderebbero via ».

« Forse no. »

« Lo farebbero. Mi manderebbero a casa e saremmo separati fin dopo la guerra. »

« Verrei in licenza. »

« Non potresti venire e ritornare dalla Scozia in una licenza. Poi non voglio lasciarti. A che cosa servirebbe sposarci adesso? Siamo sposati. Non potrei essere sposata di più. »

« Volevo farlo per te. »

« Non c'è nessun me. Sono te. Non creare un me separato. »

« Credevo che le ragazze desiderassero sempre essere sposate. »

« È vero. Ma caro, io sono sposata. Sono sposata con te. Non sono una buona moglie? »

« Sei una magnifica moglie. »

« Vedi, caro, ho provato una volta ad aspettare di essere sposata. »

« Non voglio sentir parlare di questo. »

« Sai bene che non amo che te. Non dovrebbe importarti se qualcuno mi ha amata. »

« Invece m'importa. »

« Non dovresti essere geloso di qualcuno che è morto, mentre tu hai tutto. »

« No, ma non voglio sentirne parlare. »

« Povero caro. E io so che sei stato con ogni genere di ragazze e non m'importa. »

« Non potremmo sposarci privatamente in qualche modo? Così se qualcosa mi capitasse o tu avessi un bambino... »

« Non c'è modo di sposarci se non in chiesa o al municipio. Siamo già sposati segretamente. Vedi, caro, avrebbe un'enorme importanza per me se avessi una religione, ma non ho religione. »

« Mi hai dato il Sant'Antonio. »

« Quello era per la fortuna. Qualcuno me l'aveva dato. »

« Allora non c'è niente che ti preoccupa? »

« Solo di essere separata da te. Tu sei la mia religione. Tu sei tutto quello che ho. »

« Va bene. Ma ti sposerò il giorno che ti deciderai. »

« Non parlare come se tu dovessi farmi diventare una donna onesta, caro. Sono una donna molto onesta. Non puoi avere vergogna di qualcosa se non sei solo felice e orgoglioso. Non sei felice? »

« Ma non mi lascerai mai per un altro? »

« No, caro. Non ti lascerò mai per un altro. Immagino che ogni genere di cose terribili ci accadranno. Ma non devi preoccuparti per questo. »

« Non mi preoccupo. Ma ti amo tanto, e tu hai amato un altro prima di me. »

« E che cosa gli è successo? »

« È morto. »

« Sì. E se non fosse morto, non ti avrei conosciuto. Non sono infedele, caro. Sono piena di difetti, ma sono molto fedele. Ti stancherai di me, per come sarò fedele. »

« Presto dovrò tornare al fronte. »

« Non parliamone finché non vai. Vedi, caro, sono felice e viviamo giorni così belli. Da tanto tempo non ero felice e quando ti ho conosciuto ero quasi pazza. Forse ero pazza, ma ora siamo felici e ci amiamo. Per favore, pensiamo solo a essere felici. Sei felice, vero? Faccio qualcosa che non ti piace? Che cosa posso fare per piacerti? Vuoi che mi sciolga i capelli? Vuoi giocare? »

« Sì, vieni a letto. »

« Bene. Prima vado a vedere i pazienti. »

XIX

Così passò l'estate. Non ricordo molto di quei giorni, tranne che erano molto caldi e che c'erano molte vittorie sui giornali. Stavo molto bene e le gambe mi guarivano in fretta, tanto che non passò molto da quando andavo sulle stampelle e quando le lasciai e camminai appoggiandomi su un bastone. Poi incominciai le cure all'Ospedale Maggiore per articolare il ginocchio. Kinesiterapia, arrostendomi in una scatola di specchi coi raggi violetti, i massaggi e i bagni. Ci andavo il pomeriggio e poi mi fermavo al caffè a bere e a leggere i giornali. Non andavo in giro per la città; volevo tornare a casa in ospedale dal caffè. L'unica cosa che desideravo fare era vedere Catherine. Il resto del tempo mi accontentavo di ucciderlo. Per lo più la mattina dormivo e al pomeriggio a volte andavo alle corse e più tardi alle applicazioni di kinesiterapia. A volte entravo al club anglo-americano e sedevo in una poltrona foderata di cuoio davanti alla finestra a leggere le riviste. Non ci lasciarono uscire insieme quando smisi le stampelle perché non stava bene che un'infermiera girasse sola con un paziente che non aveva evidente bisogno di assistenza, così non stavamo molto insieme nel pomeriggio. Qualche volta potevamo andare a pranzo se la Ferguson veniva con noi. La Van Campen aveva accettato la versione della nostra grande amicizia perché Catherine le sbrigava moltissimo lavoro. Riteneva che Catherine provenisse da un'ottima famiglia e questo pregiudizio aveva finito per fargliela considerare con favore. La Van Campen ammirava molto la famiglia e veniva lei stessa da una famiglia eccellente. Inoltre l'ospedale era molto affollato e questo la teneva occupata. Era un'estate calda e conoscevo molta gente a Milano ma ero sempre ansioso di tornare a casa in ospedale appena il pomeriggio era finito. Al fronte avanzavano sul Carso, avevano conquistato il monte Cucco di fronte a Plava e stavano conquistando la Bainsizza. Il fronte occidentale non pareva andasse altrettanto bene. Pareva che la guerra dovesse continuare un pezzo. Ora eravamo in guerra ma pensavo che ci volesse un anno per preparare un esercito numeroso ed addestrarlo al combattimento. L'anno successivo sarebbe stata una cattiva annata, o forse una buona annata. Gli italiani stavano logorando una quantità terribile di uomini. Non vedevo come potesse continuare. Anche se prendevano la Bainsizza e il monte San Gabriele, c'erano moltissime montagne di là di questi per gli austriaci. Le avevo viste. Tutte le montagne più alte erano dall'altra parte. Sul Carso stavano avanzando, ma dalla parte del mare c'erano paludi e acquitrini. Napoleone avrebbe battuto gli austriaci sulle pianure. Non li avrebbe mai combattuti sulle montagne. Li avrebbe lasciati scendere e li avrebbe battuti intorno a Verona. Per il momento nessuno stava battendo qualcuno sul fronte occidentale. Forse le guerre non si vincevano più. Forse continuavano sempre. Forse era un'altra guerra dei cento anni. Rimisi il giornale sulla rastrelliera e lasciai il club. Scesi guardingo i gradini e risalii via Manzoni. Davanti al Grand Hôtel incontrai il vecchio Meyers con la moglie che scendevano da una carrozza. Ritornavano dalle corse. Era una donna dall'ampio seno vestita di satin nero. Lui era basso e vecchio coi baffi bianchi e camminava coi piedi piatti appoggiati a un bastone.

« Come va, come va? » Mi strinse la mano.

« Hello » disse Meyers.

« Com'erano le corse? »

« Belle. Erano proprio magnifiche. Avevo tre vin-
centi. »

« A te, com'è andata? » chiesi a Meyers.

« Bene. Avevo un vincente. »

« Non so mai che cosa faccia » disse Mrs. Meyers.
‹ Non me lo dice mai. »

« Non è vero » disse Meyers. Era cordiale. « Dovresti venire qualche volta. » Mentre parlava si aveva
l'impressione che non vi guardasse o che vi scambias-
se per qualcun altro.

« Verrò » dissi.

« Passerò all'ospedale a trovarla » disse Mrs. Meyers.
« Ho qualcosa per i miei ragazzi. Siete tutti i miei ragazzi. Siete certo tutti i miei cari ragazzi. »

« Saranno lieti di vederla. »

« Quei cari ragazzi. Anche lei. Lei è uno dei miei
ragazzi. »

« Devo tornare » dissi.

« Mi saluti tutti quei cari ragazzi. Ho un mucchio
di cose da portare. Ho del buon Marsala e dolci. »

« Arrivederci » dissi. « Saranno lietissimi di vederla. »

« Arrivederci » disse Meyers. « Vieni qualche volta
in Galleria. Sai dov'è il mio tavolo. Siamo lì tutti i
pomeriggi. » Risalii la strada. Volevo comprare qualcosa al Cova da portare a Catherine.

Dentro il Cova comprai una scatola di cioccolatini
e mentre la ragazza li incartava andai al bar. C'erano
un paio di inglesi e qualche aviatore. Bevvi un Martini liscio, lo pagai, presi la scatola di cioccolatini al
banco, e andai a casa a piedi in ospedale. Fuori del
piccolo bar nella strada della Scala c'era qualcuno che
conoscevo, un vice console, due amici che studiavano
canto e Ettore Moretti, un italiano di San Francisco
che era nell'esercito italiano. Bevvi qualcosa con loro.
Uno dei due cantanti si chiamava Ralph Simmons e
cantava sotto lo pseudonimo di Enrico Del Credo.

.Non ho mai saputo come cantasse ma era sempre sul punto di qualche grande avvenimento. Era grasso e aveva il naso e la bocca vizzi come se avesse la febbre del fieno. Era ritornato da un'esecuzione a Piacenza. Aveva cantato la *Tosca* ed era stato magnifico.

« Naturalmente non mi hai mai sentito cantare » disse.

« Quando canterai qui? »

« Sarò alla Scala quest'anno. »

« Scommetto che ti tireranno pomodori » disse Ettore. « Ti hanno raccontato di come gli hanno tirato pomodori a Modena? »

« È una bugia. »

« Gli hanno tirato i pomodori » disse Ettore. « Due sere. Ho visto sei pomodori coi miei occhi. »

« Non sei un *wop* di Frisco. »

« Non sa pronunciar l'italiano » disse Ettore. « Ovunque vada gli tirano dietro pomodori. »

« Piacenza è la piazza più dura da cantarci in Italia » disse l'altro tenore. « Credetemi che è una piazza proprio dura da cantarci. » Il nome di questo tenore era Edgar Saunders, e cantava sotto lo pseudonimo di Edoardo Giovanni.

« Mi sarebbe piaciuto esserci per vederti tirare i pomodori » disse Ettore. « Non sai cantare in italiano. »

« È un fesso » disse Edgar Saunders « non sa parlar d'altro che di tirar pomodori. »

« È la sola cosa che facciano quando voi due cantate » disse Ettore. « Poi quando andate in America parlate dei vostri trionfi alla Scala. Non vi lascerebbero continuare dopo la prima nota alla Scala. »

« Io canterò alla Scala » disse Simmons. « Canterò la *Tosca* in ottobre. »

« Ci andremo, vero, Mac? » disse Ettore al vice console. « Avranno bisogno di qualcuno che li protegga. »

« Forse ci sarà l'esercito americano a proteggerli »
disse il vice console. « Bevi ancora qualcosa, Simmons?
Qualcosa, Saunders? »

« Bene » disse Saunders.

« Ho sentito che prenderai la medaglia d'argento »
mi disse Ettore. « Che motivazione ti faranno? »

« Non so. Non so se me la daranno. »

« Stanno per dartela. Perbacco, allora sì che le ragazze al Cova ti troveranno simpatico. Penseranno
tutte che hai ucciso duecento austriaci o conquistato
un'intera trincea da solo. Credimi, ho dovuto sudare
per le mie decorazioni. »

« Quante ne hai prese, Ettore? » chiese il vice console.

« Ha preso tutto » disse Simmons. « Hanno fatto la
guerra apposta per lui. »

« Due volte quella di bronzo e tre d'argento » disse
Ettore. « Ma è arrivata in fondo la proposta di una
sola. »

« E le altre? » chiese Simmons.

« L'azione non era riuscita » disse Ettore. « Quando l'azione non riesce, sospendono tutte le medaglie. »

« Quante volte sei stato ferito, Ettore? »

« Tre ferite gravi. Ho tre filetti di ferita. Vedi? »
Fece girare la manica. I filetti erano linee d'argento
parallele su un fondo nero, cuciti sul panno della manica a venti centimetri dalla spalla.

« Anche tu ne hai preso uno » mi disse Ettore.
« Credimi, è bello averli. Preferisco quasi aver questo alle medaglie. Credimi, ragazzo, quando se ne hanno tre, si ha qualche cosa. Se ne ha uno solo per una
ferita che ci tiene tre mesi in ospedale. »

« Dove sei stato ferito, Ettore? » chiese il vice console.

Ettore rimboccò la manica. « Qui. » Mostrò la profonda cicatrice liscia e rossa. « Qui sulla gamba. Non
posso mostrarla perché ho addosso le fasce, e nel pie-

de. Ho un osso morto nel piede che puzza anche a-
desso. Ogni mattina ne tolgo dei pezzetti e continua a
puzzare. »

« Che cosa ti ha colpito? » chiese Simmons.

« Una granata a mano. Uno di quegli schiacciapatate. Mi ha portato via l'intero lato di un piede. Sai
quegli schiacciapatate? » Si volse verso di me.

« Certo. »

« Ho visto quel figlio d'una puttana lanciarla » disse Ettore. « Mi ha buttato a terra e credevo di essere
proprio morto. Ma quei maledetti schiacciapatate non
hanno niente dentro. Ho sparato a quel figlio di puttana col fucile. Porto sempre un fucile perché non
capiscano che sono ufficiale. »

« Com'era? » chiese Simmons.

« Era l'unica che aveva » disse Ettore. « Non so
perché l'abbia tirata. Probabilmente aveva sempre desiderato tirarne una. Probabilmente non aveva mai visto un vero combattimento. Gli ho sparato bene ec-
come, a quel figlio di una puttana. »

« Com'era quando gli hai sparato? »

« Diavolo, come faccio a saperlo? » disse Ettore.
« Gli ho sparato nella pancia. Avevo paura di man-
carlo se tiravo alla testa. »

« Da quanto tempo sei ufficiale, Ettore? » chiesi.

« Due anni. Sto per essere capitano. Tu da quanto
tempo sei tenente? »

« È quasi il terzo anno. »

« Non puoi diventare capitano perché non sai abbastanza bene l'italiano » disse Ettore. « Sai parlarlo, ma
non sai leggerlo e scriverlo abbastanza. È necessaria
una certa educazione per essere ufficiali. Perché non
passi nell'esercito americano? »

« Forse lo farò. »

« Vorrei poterlo fare io, perdio. Perbacco, quanto
guadagna un capitano, Mac? »

« Non so esattamente. Sui duecentocinquanta dollari, immagino. »

« Cristo, che cosa non potrei fare con duecentocinquanta dollari. È meglio che tu passi presto nell'esercito americano, Fred. Vedi se puoi farci entrare anche
me. »

« Bene. »

« Io so comandare una compagnia in italiano. Potrei imparare facilmente a farlo in inglese. »

« Diventeresti generale » disse Simmons.

« No, sono troppo ignorante per diventare generale.
Un generale deve saper un inferno di cose. Voi qui
credete che non ci voglia niente a far la guerra. Non
avete neanche abbastanza cervello per fare il caporale. »

« Grazie a Dio non devo diventarlo » disse Simmons.

« Forse lo dovrai, se vi pescano tutti voi imboscati.
Perbacco, mi piacerebbe aver voi due al mio plotone.
Anche Mac. Ti farei mio attendente, Mac. »

« Sei un caro ragazzo, Ettore » disse Mac. « Ma temo che tu sia militarista. »

« Diventerò colonnello prima della fine della guerra » disse Ettore.

« Se non ti ammazzano. »

« Non mi ammazzano. » Si toccò col pollice e l'indice le stellette sul bavero. « Vedi? Tocchiamo sempre
le stellette se qualcuno parla di venire ammazzato. »

« Andiamo, Sim » disse Saunders alzandosi.

« Bene. »

« Ciao » dissi. « Devo andare anch'io. » Mancava
un quarto alle sei sull'orologio del bar. « Ciao, Ettore. »

« Ciao, Fred » disse Ettore. « È molto bello che
tu prenda la medaglia d'argento. »

« Non so se la prenderò. »

« La prenderai di sicuro, Fred. Ho sentito dire che la prenderai di sicuro. »

« Be', ciao » dissi. « Non metterti nei guai, Ettore. »

« Non preoccuparti per me. Non bevo e non vado in giro. Non sono né un ubriacone né un donnaiolo. So quel che faccio. »

« Ciao » dissi. « Sono lieto che ti promuovano capitano. »

« Non devo aspettarla la promozione. Diventerò capitano per merito di guerra. Sai. Tre stellette con le spade incrociate e la corona sopra. Sono io. »

« In bocca al lupo. »

« In bocca al lupo. Quando ritorni al fronte? »

« Presto. »

« Be', ci vedremo. »

« Ciao. »

« Ciao. Attento alle fregature. »

Scesi una strada secondaria che conduceva più in fretta all'ospedale. Ettore aveva ventitré anni. Era stato allevato da uno zio a San Francisco ed era venuto a trovare il padre e la madre a Torino quando venne dichiarata la guerra. Aveva una sorella, che era stata mandata in America con lui a vivere con lo zio e avrebbe preso il diploma della scuola normale quell'anno. Lui era l'eroe ufficiale che rompeva le scatole a tutti quelli che incontrava. Catherine non lo poteva soffrire.

« Ne abbiamo anche noi di eroi » diceva. « Ma di solito, caro, sono molto più silenziosi. »

« Io non gli bado. »

« Non gli baderei neanch'io se non fosse così presuntuoso e non mi seccasse e seccasse e seccasse. »

« Secca anche me. »

« Sei caro a dirlo. Ma non è necessario. Ti riesci a immaginarlo al fronte e sai che è utile, ma è talmente il tipo di ragazzo che non mi piace. »

« Lo so. »

« Sei tanto caro a saperlo, e io cerco di trovarlo simpatico, ma è terribile, proprio terribile. »

« Oggi ha detto che sta per diventare capitano. »

« Ne sono lieta » disse Catherine. « Dovrebbe fargli piacere. »

« Non ti piacerebbe che avessi un grado più alto? »

« No, caro. Desidero solo che tu abbia un grado sufficiente per poter entrare nei ristoranti migliori. »

« È esattamente il grado che ho. »

« Hai un grado magnifico. Non voglio che tu abbia un grado superiore. Potrebbe darti alla testa. Oh, caro, sono così contenta che tu non sia presuntuoso. Ti avrei sposato anche se eri presuntuoso, ma è così riposante avere un marito che non è presuntuoso. »

Parlavamo sottovoce fuori sul balcone. Doveva alzarsi la luna ma c'era la nebbia sulla città e così non spuntava e dopo un po' incominciò a piovigginare e rientrammo. Fuori la nebbia si trasformò in pioggia e poco dopo pioveva forte e udivamo tamburreggiare sul tetto. Mi alzai e mi fermai accanto alla finestra per vedere se pioveva dentro, ma non pioveva dentro, così lasciai la finestra aperta.

« Chi altro hai visto? » chiese Catherine.

« I due Meyers. »

« Sono strana gente. »

« Dicono che lui è stato in un penitenziario, in patria. L'hanno lasciato uscire perché potesse morire. »

« E invece lui è vissuto a Milano felice e contento. »

« Non so quanto felice e contento. »

« Sempre abbastanza dopo la prigione, direi. »

« Lei deve portar qui qualcosa. »

« Porta cose splendide. Eri il suo caro ragazzo? »

« Uno di loro. »

« Siete tutti i suoi cari ragazzi » disse Catherine. « Preferisce i cari ragazzi. Senti la pioggia? »

« Piove forte. »

« E tu mi amerai sempre, vero? »

« Sì. »

« E la pioggia non cambierà niente? »

« No. »

« Così va bene. Perché ho paura della pioggia. »

« Perché? » Avevo sonno. Fuori la pioggia cadeva uniforme.

« Non lo so, caro. Ho sempre avuto paura della pioggia. »

« A me piace. »

« A me piace camminarci sotto. Ma è molto difficile, per l'amore. »

« Ti amerò sempre. »

« Ti amerò nella pioggia e nella neve e nella grandine e... che cos'altro c'è? »

« Non lo so. Credo di avere sonno. »

« Dormi, caro, e ti amerò comunque sia. »

« Ma hai davvero paura della pioggia? »

« Non quando sono con te. »

« Perché ti fa paura? »

« Non lo so. »

« Dimmi. »

« Non me lo far dire. »

« Dimmi. »

« No. »

« Dimmi. »

« Bene. Ho paura della pioggia perché a volte mi ci vedo dentro morta. »

« No. »

« E a volte ci vedo morto dentro te. »

« Questo è più probabile. »

« No, non è vero, caro. Perché io ti salverò. So che posso farlo. Ma nessuno può aiutare se stesso. »

« Ti prego, smettila. Non voglio che tu diventi scozzese e matta, stasera. Abbiamo così poco tempo da stare insieme. »

« Sì, ma io sono scozzese e matta. Ma la smetterò. Sono tutte sciocchezze. »

« Sì, sono tutte sciocchezze. »

« Sono tutte sciocchezze. Soltanto scicocchezze. Non ho paura della pioggia. Non ho paura della pioggia. Oh, oh, Dio, vorrei non avere paura della pioggia. » Stava piangendo. La confortai e smise di piangere. Ma fuori continuava a piovere.

XX

Un giorno andammo alle corse. Venne anche la Ferguson e Crowell Rodgers, il ragazzo che era stato ferito agli occhi dall'esplosione del detonatore dello shrapnel. Dopo colazione le ragazze si vestirono per uscire, mentre io e Crowell stavamo seduti sul letto in camera sua a leggere sul giornale sportivo le precedenti prove dei cavalli e le previsioni. La testa di Crowell era bendata e non gli importava molto di queste corse ma leggeva sempre il giornale sportivo e teneva dietro a tutti i cavalli per far qualcosa. Disse che i cavalli erano scadenti ma non ce n'erano altri. Il vecchio Meyers lo trovava simpatico e gli dava i consigli. Meyers vinceva a quasi tutte le corse, ma non gli piaceva dare consigli per non fare abbassare le quote. La corsa era un imbroglio. Gli uomini che erano stati scacciati da tutte le altre piste venivano a correre in Italia. Le informazioni di Meyers erano buone ma non mi piaceva chiedergliele perché a volte non rispondeva e si vedeva sempre che gli seccava darle ma si sentiva obbligato a darle per tante ragioni; e non gli piaceva farlo tranne che con Crowell. Gli occhi di Crowell erano stati feriti, uno era ferito gravemente, e Meyers soffriva agli occhi e così voleva bene a Crowell. Meyers non diceva mai alla moglie su che cavallo puntava e lei vinceva o perdeva, per lo più perdeva, e non faceva che parlare.

Noi quattro andammo a San Siro in una carrozza scoperta. Era una bella giornata e attraversammo il Parco e seguimmo il tranvai e poi fuori della città dove la strada era polverosa. C'erano ville con le cancellate di ferro e grandi giardini traboccanti di vegetazione, e fossi con l'acqua corrente e orti verdi con la polvere sulle foglie. Attraverso la pianura si vedevano le fattorie e le fertili tenute verdi coi loro canali di irrigazione e le montagne a nord. Molte carrozze entravano nell'ippodromo e gli inservienti al cancello ci lasciarono entrare senza biglietto perché eravamo in uniforme. Scendemmo dalla carrozza; comprammo i programmi e attraversammo a piedi il prato e poi la soffice pista spessa del percorso verso il recinto del peso. Le tribune del *pesage* erano antiche e fatte di legno e i totalizzatori erano sotto le tribune e allineati vicino agli stalli. C'era una folla di soldati lungo lo steccato del prato. Il *pesage* era pieno di gente e facevano passeggiare i cavalli in cerchio sotto gli alberi dietro alla tribuna centrale. Vedemmo gente che conoscevamo e trovammo le seggiole per la Ferguson e Catherine e guardammo i cavalli.

Giravano l'uno dietro l'altro con la testa bassa e i ragazzi di scuderia che li guidavano. Un cavallo, un morello violetto, Crowell giurò che aveva il mantello tinto. Lo guardammo e ci parve possibile. Era uscito poco prima che la campana desse il segnale per l'insellamento. Lo cercammo nel programma dal numero sul braccio del ragazzo di scuderia, ed era iscritto come castrone morello sotto il nome di Japalac. Era una corsa per cavalli che non avessero mai vinto un premio di mille lire e oltre. Catherine era sicura che quel mantello fosse tinto. La Ferguson diceva che non sapeva. Io pensavo che avesse un'aria sospetta. Convenimmo tutti che dovevamo giocarlo e puntammo cento lire in società. Le tabelle mostravano che avrebbe pagato trentacinque a uno. Crowell andò a comprare i biglietti mentre noi guardavamo i fantini fare ancora un giro e poi avviarsi sotto gli alberi verso la pista e di là avvicinarsi a galoppo lento alla svolta ve aveva luogo la partenza.

Salimmo nella tribuna centrale a guardare la corsa. Allora non c'erano i nastri a San Siro e il commissario allineò tutti i cavalli, parevano piccolissimi giù nella pista, e poi diede il via con uno schiocco della lunga frusta. Ci passarono davanti col morello bene in testa e alla curva stava fuggendo davanti agli altri. Lo seguii sulla dirittura opposta col binocolo e vidi che il fantino si sforzava di trattenerlo, ma non riusciva a trattenerlo e quando girarono la curva e imboccarono il rettilineo il morello era a quindici lunghezze davanti agli altri. Continuò a galoppare dopo l'arrivo e infilò la curva.

« Non è magnifico? » disse Catherine. « Guadagneremo tremila lire. Deve essere un cavallo splendido. »

« Spero che il suo mantello non cambi colore prima che paghino » disse Crowell.

« Era proprio un bel cavallo » disse Catherine. « Chissà se Meyers lo ha giocato? »

« Hai il vincente? » gridai a Meyers. Annuì col capo.

« Io no » disse Mrs. Meyers. « Voi, figliuoli, su chi avete giocato? »

« Japalac. »

« Davvero? È trentacinque a uno. »

« Ci piaceva il mantello. »

« A me no. Mi è parso malandato. Mi hanno detto di non giocarlo. »

« Non pagherà molto » disse Meyers.

« È segnato trentacinque a uno, nelle quote » dissi.

« Non pagherà molto. All'ultimo momento » disse Meyers « hanno puntato un mucchio di denaro su di lui. »

« Chi? »

« Kempton e compagni. Vedrete. Non pagherà neanche due a uno. »

« Così non guadagneremo le tremila lire » disse Catherine. « Non mi piacciono questi imbrogli. »

« Prenderemo duecento lire. »

« Ma non è niente. Non ci servirà a niente. Pensavo che ne avremmo guadagnate tremila. »

« È un imbroglio disgustoso » disse la Ferguson.

« Si capisce » disse Catherine. « Se non fosse stato un imbroglio non avremmo neanche puntato. Ma mi sarebbe piaciuto prendere le tremila lire. »

« Scendiamo a bere e a vedere che cosa pagano » disse Crowell. Andammo dove avevano esposto le cifre e la campana suonò di pagare ed esposero 18 e 50 su Japalac vincente. Questo significava che pagavano meno della posta stessa su una scommessa di dieci lire.

Andammo al bar sotto la tribuna centrale e prendemmo un whisky e soda per uno. Incontrammo una coppia di italiani che conoscevamo e McAdams, il vice console, e salirono con noi quando raggiungemmo le ragazze. Gli italiani erano molto cerimoniosi e McAdams tenne compagnia a Catherine quando scendemmo a giocare di nuovo. Meyers era in piedi vicino al totalizzatore.

« Chiedigli che cosa ha giocato » dissi a Crowell.

« Che cosa ha puntato, Mr. Meyers? » chiese Crowell. Meyers prese il programma e indicò il numero cinque con la matita. « Vi dispiace se lo puntiamo anche noi? » chiese Crowell.

« Forza. Forza. Ma non dite a mia moglie che ve l'ho dato. »

« Vuoi bere? » chiesi.

« No, grazie. Non bevo mai. »

Puntammo cinque lire sul cinque vincente e cento sul cinque piazzato e prendemmo un altro whisky e soda per uno. Mi sentivo molto bene e incontrammo un altro paio di italiani che bevvero anche loro con noi e ritornammo dalle ragazze. Anche questi italiani erano molto cerimoniosi e si scambiarono cerimonie coi due che avevamo incontrato prima. Dopo un po' nessuno riusciva a sedersi. Diedi i biglietti a Catherine.

« Che cavallo è? »

« Non lo so. Lo ha scelto Meyers. »

« Non sai neanche il nome? »

« No. Cercalo sul programma. Credo che sia il numero cinque. »

« Hai una fede commovente » disse. Il numero cinque vinse ma non pagò niente. Meyers era seccatissimo.

« Bisogna puntare duecento lire per guadagnarne venti » disse. « Dodici lire per dieci. Non vale la pena. Mia moglie ha perso venti lire. »

« Scendo con te » disse Catherine. Tutti gli italiani si alzarono. Scendemmo nel recinto del peso.

« Ti diverti? » chiese Catherine.

« Sì. Credo di sì. »

« Certo, va molto bene » disse. « Ma caro, non posso sopportare tutta quella gente. »

« Non ce n'è tanta. »

« No. Ma quei Meyers e quell'impiegato di banca con la moglie e il figlio... »

« Accredita le mie tratte a vista » dissi.

« Sì, ma lo farebbe qualcun altro se non lo facesse lui. Quegli ultimi quattro ragazzi erano terribili. »

« Possiamo restare qui fuori e guardare la corsa dallo steccato. »

« Sarà magnifico. E, caro, giochiamo su un cavallo di cui non abbiamo mai sentito parlare e su cui Meyers non giocherà. »

« Bene. »

Puntammo su un cavallo che si chiamava Luce Per Me e arrivò quarto su cinque. Sporgendoci sullo steccato guardammo sfilare i cavalli con gli zoccoli rimbombanti mentre passavano e vedemmo le montagne in lontananza e Milano oltre gli alberi e i campi.

« Mi sento molto meglio » disse Catherine. I cavalli

ritornavano dal cancello bagnati e sudati, coi fantini che cercavano di calmarli ed erano ancora in sella per smontare sotto gli alberi.

« Non vuoi bere qualcosa? Potremmo prendere qualcosa qui e guardare i cavalli. »

« Vado » dissi.

« No, ci penserà il cameriere » disse Catherine. Alzò la mano e il cameriere uscì dal bar della Pagoda accanto agli stalli. Sedemmo a un tavolino rotondo di ferro.

« Non ti piace di più quando siamo soli? »

« Sì » dissi.

« Mi sentivo molto sola quando erano tutti là. »

« È magnifico qui » dissi.

« Sì. È proprio una bella corsa. »

« È divertente. »

« Non guastarti il divertimento per me, caro. Ritornerò appena vuoi. »

« No » dissi. « Stiamo qui a bere. Poi andiamo giù e ci mettiamo vicino all'ostacolo sull'acqua per lo *steeple-chase*. »

« Sei così buono con me » disse.

Dopo esser stati un po' da soli ci fece piacere rivedere gli altri. Ci divertimmo molto.

XXI

In settembre ci furono le prime notti fresche, poi rinfrescarono le giornate e le foglie sugli alberi incominciarono a cambiar colore e ci accorgemmo che l'estate era finita. Il combattimento sul fronte andava molto male e non si riusciva a conquistare il San Gabriele. Il combattimento sull'altopiano della Bainsizza era finito e verso la metà del mese anche il combattimento per il San Gabriele stava per finire. Non riuscivano a conquistarlo. Ettore era ritornato al fronte. I cavalli erano andati a Roma e non c'erano più corse. Anche Crowell era andato a Roma per venir rimandato in America. Vi furono due sommosse in città contro la guerra e una sommossa grave a Torino. Il maggiore inglese al club mi disse che gli italiani avevano perduto centocinquantamila uomini sull'altopiano della Bainsizza e sul San Gabriele. Disse che inoltre ne avevano perduti quarantamila sul Carso. Bevemmo qualcosa e lui continuò a parlare. Disse che qui il combattimento era finito per quell'anno e che gli italiani avevano fatto il passo più lungo della gamba. Disse che l'offensiva delle Fiandre volgeva al peggio. Se uccidevano gli uomini come stavano facendo quest'autunno, gli alleati sarebbero stati fritti entro un anno. Disse che erano tutti fritti ma si sarebbe tirato avanti finché non lo si sapesse. Erano tutti fritti. Si trattava di non ammetterlo. L'ultimo paese a capire che erano fritti avrebbe vinto la guerra. Bevemmo di nuovo. Ero nello Stato Maggiore di qualcuno? No. Lui sì. Erano tutte balle. Eravamo soli nel club affondati in uno dei grandi sofà di cuoio. Aveva gli

stivali di un cuoio opaco liscio ben pulito. Erano bei
stivali. Diceva che erano tutte balle. Pensavano soltanto in divisioni e potenziale umano. Discutevano
sulle divisioni e si limitavano a farle ammazzare quando le ottenevano. Erano tutti fritti. I tedeschi conse-
guivano vittorie. Perdio, erano soldati. L'antico unno
era un soldato. Ma erano fritti anche loro. Eravamo
tutti fritti. Gli chiesi della Russia. Disse che erano
già fritti. Mi sarei accorto presto che erano fritti. Poi
anche gli austriaci erano fritti. Se ottenevano qualche
divisione di unni, ce l'avrebbero fatta. Pensava che a-
vrebbero attaccato quest'autunno? Si capisce che a-
vrebbero attaccato. Gli italiani erano fritti. Lo sape-
vano tutti che erano fritti. L'antico unno sarebbe
sceso attraverso il Trentino e avrebbe tagliato le co-
municazioni a Vicenza e allora cosa sarebbe successo
agli italiani? Lo hanno già provato nel '16, dissi. Non
coi tedeschi. Sì, dissi. Ma probabilmente non lo avrebbero fatto, disse. Era troppo semplice. Avrebbero trovato qualcosa di complicato e sarebbero stati regalmen-
te fritti. Dovevo andare, dissi. Dovevo ritornare in o-
spedale. « Arrivederci » disse. Poi allegramente: « Tutti i migliori auguri ». C'era un gran contrasto tra il
suo pessimismo cosmico e la sua allegria personale.

Mi fermai da un barbiere e mi feci radere e tornai
in ospedale. La gamba andava bene come già da molto. Ero stato visitato tre giorni prima. C'era ancora
da fare qualche applicazione prima che la mia cura al-
l'Ospedale Maggiore fosse finita, e mi avviai nella strada secondaria esercitandomi a non zoppicare. Un vecchio tagliava profili sotto un archivolto. Mi fermai a
guardare. Due ragazze stavano posando e lui tagliava
i loro profili insieme, tagliuzzando svelto e guardan-
dole, col capo piegato da una parte. Le ragazze ridac-
chiavano. Mi mostrò i profili prima di incollarli sulla
carta bianca e li tese alle ragazze.

« Sono belli » disse. « E lei, tenente? »

Le ragazze se ne andarono guardando i loro profili e ridendo. Avevano l'aria simpatica. Una lavorava nella bottiglieria di fronte all'ospedale.

« Bene » dissi.

« Si tolga il berretto. »

« No. Col berretto. »

« Non sarà tanto bella » disse il vecchio « ma » – si illuminò – « sarà più militare. »

Tagliuzzò la carta nera poi separò i due strati e incollò i profili su un cartoncino e me li tese.

« Quant'è? »

« Niente. » Agitò la mano. « Li ho fatti per regalarglieli. »

« Per favore. » Presi qualche moneta di rame. « Per piacere. »

« No. Li ho fatti per piacere. Li regali alla sua ragazza. »

« Tante grazie fino alla prima occasione. »

« Spero di rivederti. »

Proseguii verso l'ospedale. C'era qualche lettera, una ufficiale e qualche altra. Dovevo avere tre settimane di licenza di convalescenza e poi ritornare al fronte. Lessi tutto con cura. Ecco. La licenza di convalescenza incominciava dal quattro ottobre quando era finita la mia cura. Tre settimane erano ventun giorni. Così faceva il venticinque ottobre. Avvertii che sarei uscito e andai in un ristorante nella strada dell'ospedale a cenare e leggere a tavola le mie lettere e il "Corriere della Sera". C'era una lettera del nonno con notizie della famiglia, incoraggiamenti patriottici, una tratta di duecento dollari e qualche ritaglio di giornale; una lettera stupida del cappellano della mensa, una lettera di un tale che conoscevo che volava coi francesi e si era messo in un gruppo strambo e me lo raccontava, un biglietto di Rinaldi che mi chiedeva quanto tempo avrei continuato a restare a Milano e che novità c'erano. Voleva che gli portassi dei dischi e mi accludeva un elenco. Bevvi un fiaschetto di Chianti mentre mangiavo, poi presi un caffè con un bicchiere di cognac, finii il giornale, mi misi le lettere in tasca e lasciai il giornale sul tavolo con la mancia e uscii. In camera mia all'ospedale mi spogliai, misi il pigiama e la vestaglia, abbassai le tende della finestra che dava sul balcone e seduto sul letto lessi i giornali di Boston da un mucchio che Mrs. Meyers aveva lasciato all'ospedale per i suoi ragazzi. La Chicago White Sox stava vincendo la coppa dell'American League e i New York Giants erano in testa alla National League. Il *pitcher*[1] Babe Ruth giocava per Boston. I giornali erano stupidi, le notizie erano locali e rancide e le notizie di guerra erano tutte vecchie. Le notizie americane erano tutte un campo di istruzione. Ero lieto di non essere in un campo di istruzione. Le notizie del baseball erano l'unica cosa che si potesse leggere e non mi interessavano minimamente. Molti giornali insieme tolgono la possibilità di leggere con interesse. Non erano molto recenti ma ne lessi un po'. Mi chiesi se, nel caso l'America entrasse davvero in guerra, avrebbero chiuso le leghe principali. Probabilmente no. A Milano facevano ancora le corse e la guerra non avrebbe potuto andar peggio. In Francia avevano sospeso le corse. Era di lì che veniva il nostro cavallo Japalac. Catherine non incominciava il suo turno fino alle nove. La udii passare quando entrò in servizio e una volta la vidi passare in corridoio. Andò in parecchie altre stanze e finalmente entrò da me.

« Sono in ritardo, caro » disse. « C'era tanto da fare. Come stai? »

Le dissi dei giornali e della licenza.

« Che bellezza » disse. « Dove vuoi andare? »

« In nessun posto. Voglio restar qui. »

« Che sciocchezza. Scegli un posto e verrò anch'io. »

« Come farai? »

« Non lo so. Ma ci riuscirò. »

« Sei magnifica. »

« No, non è vero. Ma non è difficile regolare la propria vita quando non c'è niente da perdere. »

« Che cosa vuoi dire? »

« Niente. Pensavo soltanto a come sembrano piccoli gli ostacoli che una volta erano così grandi. »

« Credevo che potesse esser difficile da organizzare. »

« No, caro. Se è necessario mi limiterò a partire. Ma non si arriverà a questo. »

« Dove dobbiamo andare? »

« Non importa, caro, dovunque tu voglia. Dovunque non ci sia gente che ci conosce. »

« Non t'importa dove andiamo? »

« No. Mi piacerà qualunque posto. »

Pareva agitata e nervosa.

« Che cosa c'è, Catherine? »

« Niente. Proprio niente. »

« Sì, c'è qualche cosa. »

« No, niente. Niente davvero. »

« So che c'è qualcosa. Dimmi cara. Puoi dirmelo. »

« Non ho niente. »

« Dimmi. »

« Non voglio. Ho paura che diventerai infelice e preoccupato. »

« No. Non sarà così. »

« Sicuro? Io non sono preoccupata, ma ho paura che ti preoccupi tu. »

« Non è possibile se non ti preoccupi tu. »

« Non voglio dirtelo. »

« Dimmi. »

« Devo proprio? »

« Sì. »

« Sto per avere un bimbo, caro. Son quasi tre mesi. Non sei preoccupato, vero? Ti prego, ti prego. Non devi preoccuparti. »

« Bene. »

« È tutto a posto? »

« Certo. »

« Ho fatto di tutto. Ho preso di tutto, ma non è servito a niente. »

« Non sono preoccupato. »

« Non ho potuto farci niente, caro, e non mi sono preoccupata. Non devi preoccuparti o starci male. »

« Sono preoccupato solo per te. »

« Appunto. È quello che non devi fare. La gente non fa altro che aver bambini. Tutti hanno bambini. È una cosa naturale. »

« Sei magnifica. »

« No, non è vero. Ma non devi pensarci, caro. Cercherò di non darti noia. So che ti ho dato noia adesso. Ma non sono stata una brava ragazza finora? Non te ne sei mai accorto, vero? »

« No. »

« Sarà sempre così. Tu devi soltanto non preoccuparti. Lo vedo che sei preoccupato. Smetti. Smetti subito. Vuoi bere qualcosa, caro? So che quando bevi diventi sempre allegro. »

« No. Sono allegro. E tu sei magnifica. »

« No, non è vero. Ma farò di tutto per stare con te, se sceglierai un posto dove andare. Deve essere bello, in ottobre. Ci divertiremo, caro, e ti scriverò ogni giorno quando sarai al fronte. »

« E tu dove sarai? »

« Non so ancora. Ma in qualche posto splendido. Poi ci penserò. »

Restammo un momento zitti senza parlare. Catherine era seduta sul letto e io la guardavo ma non ci toccammo. Eravamo divisi come quando entra qualcuno in una stanza e la gente diventa consapevole. Tese la mano e prese la mia.

« Non sei in collera, vero, caro? »

« No. »

« E non ti senti preso in trappola? »

« Forse un poco » dissi « ma non da te. »

« Non volevo dire da me. Non fare lo stupido. Volevo dire in trappola, in genere. »

« Ci si sente sempre presi in trappola biologicamente. »

Rimase a lungo senza muoversi e senza spostare la mano.

« Sempre non è una bella parola. »

« Scusami. »

« Non importa. Ma vedi, non ho mai avuto bambini, e non ho mai amato nessuno. E ho cercato di essere come tu volevi e poi tu dici "sempre". »

« Vorrei tagliarmi la lingua. »

« Oh, caro » ritornò dal mondo dov'era stata. « Non devi badarmi. » Eravamo di nuovo insieme e la consapevolezza era scomparsa. « Siamo davvero la stessa cosa e non dobbiamo fraintenderci di proposito. »

« Non lo faremo. »

« La gente lo fa. Si amano e si fraintendono di proposito e bisticciano e poi d'improvviso non sono la stessa cosa. »

« Noi non bisticceremo. »

« Non dobbiamo farlo. Perché ci siamo solo noi due e nel mondo ci sono tutti gli altri. Se succede qualcosa fra noi siamo finiti e vincono gli altri. »

« Non vinceranno » dissi. « Perché tu sei coraggiosa. Non capita mai niente ai coraggiosi. »

« Muoiono, naturalmente. »

« Ma una volta sola. »

« Non lo so. Chi lo ha detto? »

« Il codardo muore mille morti, il coraggioso una morte sola? »

« Sì. Chi lo ha detto? »

« Non lo so. »

« Probabilmente era un vigliacco » disse. « Sapeva molte cose sui vigliacchi, ma non sapeva niente sui coraggiosi. Un coraggioso muore magari duemila morti se è intelligente. Si limita a non parlarne. »

« Non lo so. È difficile vedere nella testa dei coraggiosi. »

« Sì. È per questo che continuano a esserlo. »

« Tu fai testo. »

« Hai ragione, caro. Me lo sono meritata. »

« Tu sei coraggiosa. »

« No » disse. « Ma vorrei esserlo. »

« Io non lo sono » dissi. « So quello che valgo. Ho vissuto abbastanza per saperlo. Sono come un giocatore di baseball che batte duecentotrenta e sa di non poter fare di più. »

« Che cos'è un giocatore di baseball che batte duecentotrenta? È molto impressionante. »

« Non è vero. Significa un lanciatore mediocre nel baseball. »

« Ma sempre un lanciatore » mi punzecchiò.

« Credo che siamo tutti e due presuntuosi » dissi. « Ma tu sei coraggiosa. »

« No. Ma spero di diventarlo. »

« Siamo tutti e due coraggiosi » dissi. « E io sono coraggiosissimo quando ho bevuto. »

« Siamo straordinari » disse Catherine. Andò all'armadio, mi portò il cognac e un bicchiere. « Bevi, caro » disse. « Sei stato così buono. »

« Veramente non ne ho voglia. »

« Prendine un po'. »

« Va bene. » Riempii di cognac un terzo del bicchiere dell'acqua e lo bevvi.

« Era molto » disse. « So che il cognac è per gli eroi. Ma non dovresti esagerare. »

« Dove andremo dopo la guerra? »

« Probabilmente in un ospizio di poveri vecchi » disse. « Per tre anni ho aspettato molto puerilmente che la guerra finisse a Natale. Ma ora aspetto che nostro figlio diventi colonnello. »

« Forse diventerà generale. »

« Se è una guerra dei cento anni avrà tempo di provare tutti e due i gradi. »

« Non vuoi bere? »

« No. A te fa bene, caro, ti rende contento, ma a me fa solo girare la testa. »

« Non hai mai bevuto cognac? »

« No, caro. Sono una moglie molto all'antica. »

Mi chinai a raccogliere la bottiglia da terra e mi versai un altro bicchiere.

« È meglio che vada a dare un'occhiata ai tuoi compatrioti » disse Catherine. « Potresti leggere il giornale finché ritorno. »

« Devi andare? »

« Adesso o dopo. »

« Bene. Adesso. »

« Torno tra poco. »

« Avrò finito i giornali » dissi.

XXII

Quella notte rinfrescò e l'indomani pioveva. Tornando a casa dall'Ospedale Maggiore pioveva forte e quando arrivai ero bagnato. Su in camera mia la pioggia cadeva insistente sul balcone e il vento la spingeva contro i vetri della finestra. Mi cambiai vestito e bevvi un po' di cognac ma il cognac era cattivo. Quella notte mi sentii male e il mattino, dopo colazione, avevo la nausea.

« Non ci sono dubbi » disse il chirurgo dell'ospedale. « Guardi il bianco degli occhi, signorina. »

La Gage guardò. Mi fecero guardare nello specchio. Il bianco degli occhi era giallo ed era itterizia. Mi durò due settimane. Per questo non passammo insieme la convalescenza. Avevamo pensato di andare a Pallanza sul lago Maggiore. È bello quando d'autunno le foglie cambiano colore. Si possono fare passeggiate e andare a pesca di trote nel lago. Sarebbe stato meglio di Stresa perché a Pallanza c'è meno gente. Stresa è così facile da raggiungere da Milano e c'è sempre gente che si conosce. C'è un bel villaggio a Pallanza e si può andare a remi sulle isole dove vivono i pescatori e sull'isola più grande c'è un ristorante. Ma non ci andammo.

Un giorno mentre ero a letto con l'itterizia, la Van Campen entrò nella stanza, aprì lo sportello dell'armadio e vide le bottiglie vuote. Ne avevo fatto portar via un mucchio dal portiere e credo che lei le avesse viste passare e fosse venuta a cercare se ce n'erano altre. Erano quasi tutte bottiglie di vermut, bottiglie di Marsala, bottiglie di Capri, fiaschi vuoti di Chianti e qualche bottiglia di cognac. Il portiere aveva portato via le bottiglie grosse, quelle che avevano contenuto il vermut e i fiaschi impagliati di Chianti e aveva lasciato per ultime le bottiglie di cognac. Furono le bottiglie di cognac e una bottiglia a forma di orso che aveva contenuto kümmel che la Van Campen trovò. La bottiglia a forma di orso in particolare la fece infuriare. La sollevò. L'orso era seduto sui fianchi con le zampe in su, aveva un tappo nella testa di vetro e qualche cristallo attaccato in fondo. Mi misi a ridere.

« Era kümmel » dissi. « Il miglior kümmel arriva in quelle bottiglie a forma di orso. Arriva dalla Russia. »

« Quelle sono tutte bottiglie di cognac, vero? » chiese la Van Campen.

« Non riesco a vederle tutte » dissi. « Ma probabilmente lo sono. »

« Da quanto tempo dura? »

« Le ho comprate e portate dentro io stesso » dissi. « Ho avuto molte visite di ufficiali italiani e tenevo il cognac per offrirglielo. »

« Lei non ne ha bevuto? » disse.

« Sì. Ne ho bevuto anch'io. »

« Cognac » disse. « Undici bottiglie vuote di cognac e quel liquido dell'orso. »

« Kümmel. »

« Manderò qualcuno a portarle via. Queste sono tutte le bottiglie vuote che ha? »

« Per il momento. »

« E dire che mi faceva pena perché aveva l'itterizia. La pena è qualcosa di sprecato per lei. »

« Grazie. »

« Non si può certo darle torto, se non ha voglia di tornare al fronte. Ma mi pare che avrebbe potuto trovare qualcosa di più intelligente che procurarsi l'itterizia da alcoolismo. »

« Da che cosa? »

« Da alcoolismo. Ha sentito benissimo. » Non dissi niente. « Se non trova qualcos'altro temo che dovrà tornare al fronte quando avrà finito l'itterizia. Non credo che un'itterizia provocata le dia titolo a una licenza di convalescenza. »

« Ah, no? »

« No. »

« Ha mai avuto l'itterizia, Miss Van Campen? »

« No, ma ne ho vista molta. »

« Ha notato come i pazienti sono contenti di averla? »

« Immagino che sia meglio che al fronte. »

« Miss Van Campen » dissi « ha mai conosciuto un uomo che abbia cercato di rendersi inabile prendendosi a calci nello scroto? »

La Van Campen finse di non sentire la domanda. Doveva ignorarla o uscire dalla stanza. Non aveva voglia di uscire perché le ero stato antipatico per tanto tempo e ora stava facendo i conti.

« Ho conosciuto molti uomini che hanno evitato il fronte con ferite volontarie. »

« Non era questa la domanda. Ho visto anch'io ferite volontarie. Le ho chiesto se ha mai conosciuto un uomo che ha cercato di rendersi inabile prendendosi a calci nello scroto. Perché questa è la sensazione più vicina all'itterizia ed è una sensazione che credo poche donne abbiano provato. Per questo le ho chiesto se ha mai avuto l'itterizia, Miss Van Campen perché... » La Van Campen uscì dalla stanza. Più tardi venne la Gage.

« Che cosa ha detto alla Van Campen? Era furiosa. »

« Stavamo facendo un confronto di sensazioni. Stavo per insinuare che non aveva mai provato i dolori del parto... »

« Che scemo » disse la Gage. « Mira al cuoio capelluto. »

« Se l'è già preso » dissi. « Mi ha fatto perdere la licenza e potrebbe anche fare il tentativo di mandarmi alla Corte Marziale. È abbastanza vigliacca. »

« Non le è mai stato simpatico » disse la Gage. « Che cosa è successo? »

« Dice che mi sono ubriacato per farmi venir l'itterizia e non dover ritornare al fronte. »

« Puah! » disse la Gage. « Giurerò che non ha mai bevuto niente. Tutti giureranno che non ha mai bevuto niente. »

« Ha trovato le bottiglie. »

« Le ho detto cento volte di sbarazzarsi delle bottiglie. Dove sono, adesso? »

« Nell'armadio. »

« Ha una valigia? »

« No, le metta nello zaino. »

La Gage mise le bottiglie nello zaino. « Le darò al portiere » disse. Si avviò verso la porta.

« Un momento » disse la Van Campen. « Quelle bottiglie le prendo io. » Era accompagnata dal portiere. « Le raccolga, per favore » disse. « Voglio mostrarle al dottore quando farò il mio rapporto. »

Si avviò nel corridoio. Il portiere portò lo zaino. Sapeva quel che c'era dentro.

Non accadde nulla, tranne che persi la licenza.

XXIII

La sera che dovevo ritornare al fronte mandai il portiere a tenermi un posto sul treno quando arrivava da Torino. Il treno doveva partire a mezzanotte. Era formato a Torino e arrivava a Milano verso le dieci e mezzo di sera e restava in stazione fino all'ora della partenza. Bisognava esser lì quando arrivava per trovare un posto. Il portiere portò con sé un amico, un mitragliere in licenza che lavorava in una sartoria, ed era certo che fra tutti e due avrebbero tenuto un posto. Diedi loro il denaro per i biglietti d'ingresso e feci portar da loro il bagaglio. Era un grosso zaino e due tascapani.

Mi congedai dall'ospedale verso le cinque e uscii. Il portiere mise il mio bagaglio nel suo stanzino e gli dissi che sarei arrivato alla stazione un po' prima di mezzanotte. La moglie mi chiamò "signorino" e pianse. Si asciugò gli occhi e mi strinse la mano e poi ricominciò a piangere. Le battei la mano sulla schiena e lei pianse di nuovo. Mi aveva rammendato la roba ed era una donna molto bassa e tozza, e aveva la faccia contenta e i capelli bianchi. Quando piangeva le si disfaceva tutta la faccia. Andai all'angolo dove c'era la bottiglieria e aspettai dentro guardando dalla finestra. Fuori c'era buio e freddo e nebbia. Pagai il caffè e la grappa e guardai la gente passare nella luce della vetrina. Vidi Catherine e bussai nella vetrina. Lei mi guardò, mi vide e sorrise, e io uscii ad incontrarla. Aveva una mantella blu scura e un cappello morbido di feltro. Passeggiammo insieme lungo il marciapiede oltre la bottiglieria, poi attraverso la piazza del mercato e su per la strada sotto l'archivolto che dava sulla piazza del Duomo. C'erano le rotaie del tram e più in là la cattedrale. Era bianca e umida nella nebbia. Attraversammo le rotaie del tram. Sulla nostra sinistra c'erano i negozi, con le vetrine accese, e l'ingresso alla Galleria. C'era nebbia nella piazza e quando vi arrivammo vicino, la facciata della cattedrale ci parve enorme e la pietra era bagnata.

« Vuoi che entriamo? »

« No » disse Catherine. Continuammo a camminare. C'era un soldato in piedi con la ragazza nell'ombra di un contrafforte di pietra davanti a noi e gli passammo davanti. Erano stretti contro la pietra e lui l'aveva avvolta nella mantellina.

« Sono come noi » dissi.

« Nessuno è come noi » disse Catherine. Non alludeva alla felicità.

« Vorrei che avessero un posto dove andare. »

« Forse non gliene importerebbe niente. »

« Non lo so. Tutti dovrebbero avere un posto dove andare. »

« Hanno la cattedrale » disse Catherine. Ora l'avevamo oltrepassata. Attraversammo l'estremità della piazza e ci voltammo a guardare la cattedrale. Era bella nella nebbia. Eravamo in piedi davanti al negozio di articoli di cuoio. C'erano stivali da cavallo, uno zaino e scarpe da sci in vetrina. Ogni articolo era diviso come in una mostra; lo zaino in mezzo, gli stivali da una parte e gli scarponi dall'altra. Il cuoio era scuro e lucido d'olio come una sella usata. La luce elettrica faceva molti riflessi sull'opaco cuoio oleoso.

« Una volta o l'altra andremo a sciare. »

« Tra due mesi si scierà a Mürren » disse Catherine. « Andiamoci. »

« Va bene » dissi. Oltrepassammo altre vetrine e svoltammo in una strada laterale.

« Non sono mai passata per questa strada. »

« È la strada per cui venivo in ospedale » dissi.
Era una strada stretta e ci tenemmo sulla destra. Molta gente passava nella nebbia. C'erano negozi e tutte
le vetrine erano illuminate. Guardammo in una vetrina una pila di formaggi. Mi fermai davanti a un negozio di armi.

« Vieni un momento. Devo comperare un'arma. »

« Che specie di arma? »

« Una pistola. » Entrammo e mi slacciai il cinturone e lo posai con la fondina vuota sul banco. Due
donne erano dietro al banco. Le donne tirarono fuori
parecchie pistole.

« Deve stare qui dentro » dissi aprendo la fondina.
Era una fondina di cuoio grigio e l'avevo comprata
di seconda mano per portarla in città.

« Hanno delle buone pistole? » chiese Catherine.

« Sono tutte press'a poco lo stesso. Potrei provare
questa? » chiesi alla donna.

« Qui non ho posto per sparare » disse. « Ma è
molto buona. Non si sbaglia con quella. »

La feci scattare a vuoto e spinsi indietro l'otturatore. La molla era piuttosto dura ma rispondeva senza strappi. Mirai e·la feci di nuovo scattare.

« È usata » disse la donna. « Apparteneva a un ufficiale che era un ottimo tiratore. »

« Gliel'aveva venduta lei? »

« Sì. »

« Come l'ha riavuta? »

« Dal suo attendente. »

« Forse riavrà la mia » dissi. « Quanto costa? »

« Cinquanta lire. Pochissimo. »

« Bene. Voglio due caricatòri in più e una scatola
di cartucce. »

Le tirò fuori di sotto il banco. « Ha bisogno di una
sciabola? » chiese. « Ho qualche sciabola usata a buon
prezzo. »

« Vado al fronte » dissi.

« Oh, sì. Allora non ha bisogno di una sciabola » disse.

Pagai le cartucce e la pistola, riempii il caricatore e lo misi a posto, misi la pistola nella fondina vuota, riempii di cartucce gli altri caricatori e li misi negli incavi di cuoio della fondina e poi mi affibbiai il cinturone. La pistola pesava molto sul cinturone. Però, pensai, era meglio avere una pistola d'ordinanza. Si possono sempre trovare i proiettili.

« Ora siamo proprio armati » dissi. « Era una cosa che dovevo ricordar di fare. Qualcuno mi ha preso l'altra mentre andavo all'ospedale. »

« Spero che sia una buona pistola » disse Catherine.

« Desidera altro? » mi chiese la donna.

« Credo di no. »

« La pistola ha una tracolla » disse.

« L'ho notato. » La donna voleva vendermi qualcos'altro.

« Non le serve un fischietto? »

« Non credo. »

La donna salutò e uscimmo sul marciapiede. Catherine guardò la vetrina. La donna guardò fuori e ci fece un inchino.

« A che cosa servono quegli specchietti incastrati nel legno? »

« Servono per attirare gli uccelli. Li fanno frullare nel campo e le allodole li vedono e vengono fuori e gli italiani le uccidono. »

« Sono un popolo ingegnoso » disse Catherine. « Tu in America non spari alle allodole, vero, caro? »

« Non in modo particolare. »

Attraversammo la strada e incominciammo a camminare dall'altra parte.

« Ora sto meglio » disse Catherine. « Stavo malissimo quando siamo usciti. »

« Stiamo sempre bene quando stiamo insieme. »

« Staremo sempre insieme. »

« Sì, a parte il fatto che devo partire a mezzanotte. »

« Non pensarci, caro. »

Camminavamo su per la strada. La nebbia rendeva
gialle le luci.

« Non sei stanco? » chiese Catherine.

« E tu? »

« Io sto bene. È divertente camminare. »

« Ma non camminiamo troppo. »

« No. »

Svoltammo in una strada laterale dove non c'erano
luci e camminammo nella strada. Mi fermai e baciai
Catherine. Mentre la baciavo sentii che mi aveva posato una mano sulla spalla. Si era tirata addosso la
mia mantella in modo che ci coprisse tutt'e due. Eravamo in piedi nella strada contro il muro alto.

« Andiamo da qualche parte » dissi.

« Sì » disse Catherine. Camminammo per la strada
finché sboccò in una strada più larga lungo un canale.
Dall'altra parte c'era un muro di mattoni e delle case.
Davanti a noi, in fondo alla strada, vidi un tram che
attraversava un ponte.

« Possiamo prendere una carrozza a quel ponte »
dissi. Ci fermammo sul ponte nella nebbia ad aspettare una carrozza. Passarono parecchi tram, pieni di
gente che andava a casa. Poi passò una carrozza ma
c'era dentro qualcuno. La nebbia stava diventando
pioggia.

« Si potrebbe camminare e prendere il tram » disse
Catherine.

« Una verrà pure » dissi. « Passano di qui. »

« Eccone una » disse.

Il vetturino fermò il cavallo e abbassò la bandieri-
na di metallo sul tassametro. Il mantice della carrozza era tirato su e c'erano gocce d'acqua sul cappotto
del vetturino. Il cilindro di vernice scintillava nell'umi-

dità. Ci affondammo insieme nel sedile e il mantice della carrozza lo rendeva buio.

« Dove gli hai detto di andare? »

« Alla stazione » dissi. « Davanti alla stazione c'è un albergo dove possiamo andare. »

« Possiamo andare così, senza bagaglio? »

« Sì » dissi.

Fu una lunga passeggiata fino alla stazione per strade laterali nella pioggia.

« Non ceniamo? » chiese Catherine. « Credo che avrò fame. »

« Ceneremo in camera. »

« Non ho niente da mettermi. Non ho neanche una camicia da notte. »

« Ne compreremo una » dissi. E chiamai il vetturino.

« Passa per via Manzoni. » Annuì e svoltò a sinistra al primo angolo. Sulla grande strada Catherine cercò un negozio.

« Eccone uno » disse. Feci fermare il vetturino e Catherine scese, attraversò il marciapiede ed entrò. Mi affondai nella carrozza e l'aspettai. Pioveva e sentivo l'odore della strada bagnata e del cavallo che fumava nella pioggia. Ritornò, con un pacco, risalì e ripartimmo.

« Era carissima, caro » disse « ma è una bellissima camicia da notte. »

Davanti all'albergo chiesi a Catherine di aspettare in carrozza mentre entravo a parlare al direttore. C'era un mucchio di stanze. Allora uscii, pagai il vetturino, e Catherine e io entrammo insieme. Il fattorino in livrea portò il pacchetto. Il direttore si inchinò indicandoci l'ascensore. C'era molto velluto rosso e ottone. Il direttore salì con noi in ascensore.

« Monsieur e Madame desiderano cenare in camera? »

« Sì. Vuole farci portare il menu? » dissi.

« Desiderano qualcosa di speciale per cena? Della cacciagione o un soufflé? »

L'ascensore passò tre piani con un clic a ogni piano, poi clicchettò e si fermò.

« Che cacciagione c'è? »

« Posso preparare un fagiano, o una beccaccia. »

« Beccaccia » dissi. Scendemmo il corridoio. Il tappeto era logoro. Vi erano molte porte. Il direttore si fermò e girò la chiave in una toppa e aprì la porta.

« Ecco. Una bella camera. »

Il ragazzino in livrea posò il pacco sulla tavola in mezzo alla stanza. Il direttore aprì le tende.

« C'è la nebbia fuori » disse. La stanza era arredata in velluto rosso. C'erano molti specchi, due seggiole e un gran letto, con la trapunta di satin. Una porta dava alla stanza da bagno.

« Manderò su il menu » disse il direttore. Si inchinò e uscì.

Mi avvicinai alla finestra e guardai fuori, poi tirai un cordone che chiudeva le tende pesanti di velluto. Catherine era seduta sul letto, e guardava un candeliere di vetro intagliato. Si era levata il cappello e i capelli le splendevano sotto la luce. Si vide in uno specchio e si mise le mani nei capelli. La vidi in altri tre specchi. Non aveva l'aria felice. Lasciò cadere la mantella sul letto.

« Che cosa c'è, cara? »

« Non mi ero mai sentita come una puttana » disse.

Mi avvicinai alla finestra e scostai la tenda e guardai fuori. Non avevo pensato che andasse così.

« Non sei una puttana. »

« Lo so, caro. Ma non è bello sentirsi così. » Aveva la voce asciutta e incolore.

« Era il miglior albergo in cui potessimo andare » dissi. Guardai fuori della finestra. Di là della piazza c'erano le luci della stazione. C'erano carrozze che andavano per la strada e vidi gli alberi nel parco. Le luci dell'albergo splendevano sul selciato bagnato. "Diavolo" pensai "dobbiamo litigare proprio adesso?"

« Vieni qui, per favore » disse Catherine. La voce non era più incolore. « Vieni qui per favore. Sono di nuovo una brava ragazza. » Guardai verso il letto. Stava sorridendo.

Mi avvicinai e sedetti sul letto accanto a lei e la baciai.

« Sei la mia brava ragazza. »

« Sono certamente tua » disse.

Dopo mangiato ci sentivamo bene, e poi eravamo molto felici e presto la stanza ci parve la nostra casa. La mia stanza all'ospedale era stata la nostra casa e anche questa stanza era la nostra casa allo stesso modo.

Catherine tenne la mia giubba sulle spalle mentre mangiavamo. Avevamo una gran fame e il pranzo era buono e bevemmo una bottiglia di Capri e una bottiglia di St. Estephe. Lo bevvi quasi tutto io, ma anche Catherine ne bevve un po' e la fece sentire così bene. Per cena mangiammo la beccaccia con soufflé di patate e purè di castagne e insalata e uno zabaglione per dessert.

« È una bella stanza » disse Catherine. « È una stanza carina. Avremmo dovuto star qui tutto il tempo che siamo stati a Milano. »

« È una stanza buffa, ma è simpatica. »

« Il vizio è una cosa magnifica » disse Catherine. « La gente che vi si getta ha buon gusto. Il velluto rosso è proprio splendido. È quello che ci vuole. E gli specchi sono molto belli. »

« Sei una cara ragazza. »

« Non so come sarebbe una stanza così quando ci si sveglia la mattina. Ma è proprio una stanza splendida. » Versai un altro bicchiere di St. Estephe.

« Vorrei fare qualcosa di veramente colpevole » disse Catherine. « Tutto quello che facciamo sembra così innocente e semplice. Non posso credere che facciamo qualcosa di male. »

« Sei una ragazza straordinaria. »

« Ho soltanto fame. Ho una fame terribile. »

« Sei una brava ragazza semplice » dissi.

« Sono una ragazza semplice. Nessuno l'ha mai capito fuori di te. »

« Una volta, quando ti avevo appena conosciuto, passai un pomeriggio a pensare di andar con te all'albergo Cavour e come sarebbe stato. »

« È stata una bella sfacciataggine. Questo non è il Cavour, vero? »

« No. Non ci avrebbero lasciato entrare. »

« Ci lasceranno entrare una volta o l'altra. Ma questa è la differenza tra noi. Io non ho mai pensato niente. »

« Proprio mai? »

« Pochissimo » disse.

« Oh, sei una cara ragazza. » Versai un altro bicchiere di vino.

« Sono una ragazza molto semplice » disse Catherine.

« Dapprincipio non mi pareva. Credevo che tu fossi matta. »

« Ero un po' matta. Ma non ero matta in un modo complicato. Non ti ho messo in imbarazzo, vero, caro? »

« Il vino è una cosa straordinaria » dissi. « Fa dimenticare tutti i mali. »

« È buono » disse Catherine. « Ma fa molto male alla gotta di mio padre. »

« Tu hai un padre? »

« Sì » disse Catherine. « Ha la gotta. Non è necessario che tu lo conosca. Tu non hai un padre? »

« No » dissi. « Un patrigno. »

« Mi sarà simpatico? »

« Non è necessario che tu lo conosca. »

« Viviamo così bene » disse Catherine. « Ormai non mi interessa altro. Sono così felice sposata con te. »

Il cameriere venne a portar via la roba. Dopo un po' eravamo molto silenziosi e sentivamo la pioggia. Giù sulla strada un'automobile suonò la tromba.

> *« Ma alle mie spalle sento sempre*
> *Del tempo il cocchio che m'incalza »*

dissi.

« Conosco quella poesia » disse Catherine. « È di Marvell. Ma parla di una ragazza che non voleva vivere con un uomo. »

Avevo la mente molto limpida e fredda e volevo parlare di fatti.

« Dove andrai per avere il bambino? »

« Non lo so. Il miglior posto che riuscirò a trovare. »

« Come ti sistemerai? »

« Meglio che potrò. Non preoccuparti, caro. Può darsi che abbiamo molti bambini prima che la guerra sia finita. »

« È quasi ora di andare. »

« Lo so. Puoi dire che è ora, se vuoi. »

« No. »

« Allora non preoccuparti, caro. Siamo stati bene finora, e adesso ti preoccupi. »

« No. Ogni quanto scriverai? »

« Ogni giorno. Ti leggono le lettere? »

« Non conoscono abbastanza l'inglese perché ce ne preoccupiamo. »

« Le farò molto confuse » disse Catherine.

« Ma non troppo confuse. »

« Le farò solo un po' confuse. »

« Temo che dobbiamo muoverci per andare. »

« Bene, caro. »

« Mi dispiace andarmene dalla nostra bella casa. »

« Anche a me. »

« Ma dobbiamo andare. »

« Bene. Ma non restiamo mai a lungo in casa nostra. »

« Ci resteremo. »

« Avrò una bella casa per te, quando tornerai. »

« Forse tornerò presto. »

« Forse avrai una piccola ferita in un piede. »

« O al lobo di un orecchio. »

« No, voglio che le orecchie ti restino come sono. »

« E i piedi no? »

« Quelli sono già stati feriti. »

« Dobbiamo andare, cara, davvero. »

« Bene. Vai avanti. »

XXIV

Scendemmo le scale invece di prendere l'ascensore. Il tappeto delle scale era logoro. Avevo pagato la cena quando l'avevano portata e il cameriere che l'aveva servita era seduto su una seggiola vicino alla porta. Balzò in piedi e si inchinò e andai con lui nella stanza accanto a pagare il conto per la camera. Il direttore mi ricordava come un amico e non aveva voluto il pagamento anticipato, ma quando era andato a dormire si era ricordato di mettere il cameriere di guardia alla porta in modo che non potessi uscire senza pagare. Immagino che questo fosse già successo; anche coi suoi amici. Uno aveva tanti amici in guerra.

Chiesi al cameriere di cercarmi una carrozza e lui prese il pacco di Catherine che avevo in mano e uscì con un ombrello. Di là della vetrata lo vedemmo attraversare la strada nella pioggia. Ritornammo nella stanza laterale a guardar fuori della vetrata.

« Come stai, Cat? »

« Ho sonno. »

« Io mi sento vuoto e ho fame. »

« Hai qualcosa da mangiare? »

« Sì, nel tascapane. »

Vidi la carrozza che si avvicinava. Si fermò, con la testa del cavallo chinata nella pioggia, e il cameriere scese, aprì l'ombrello e venne verso l'albergo. Gli andammo incontro sulla porta e scendemmo sotto l'ombrello per la via bagnata fino alla carrozza ferma al marciapiede rialzato. L'acqua scorreva nella cunetta.

« Il suo pacco è sul sedile » disse il cameriere.

Rimase lì con l'ombrello finché fummo entrati e gli ebbi dato la mancia.

« Tante grazie. Buon viaggio » disse. Il cocchiere alzò le redini e il cavallo partì. Il cameriere si voltò sotto l'ombrello e si avviò verso l'albergo. Scendemmo nella strada e voltammo a sinistra, poi giungemmo girando a destra davanti alla stazione. C'erano due carabinieri in piedi sotto la luce al riparo della pioggia. La luce splendeva sulle loro lucerne. La pioggia era limpida e trasparente contro la luce della stazione. Un facchino uscì dal riparo della stazione con le spalle alzate nella pioggia.

« No » dissi. « Grazie. Non ho bisogno di te. »

Ritornò al riparo dell'archivolto. Mi voltai verso Catherine. Aveva il viso in ombra sotto il mantice della carrozza.

« Potremmo salutarci. »

« Non posso entrare? »

« No. »

« Arrivederci, Cat. »

« Gli dirai di portarmi all'ospedale? »

« Sì. »

Dissi al vetturino l'indirizzo dove andare. Annuì.

« Arrivederci » dissi. « Abbi cura di te e della piccola Catherine. »

« Arrivederci, caro. »

« Arrivederci » dissi. Uscii sotto la pioggia e la carrozza partì. Catherine si affacciò e le vidi la faccia nella luce. Sorrise e mi salutò con la mano. La carrozza salì la strada. Catherine mi fece un gesto verso l'archivolto. Guardai. C'erano soltanto i due carabinieri e l'archivolto. Capii che voleva che mi togliessi dalla pioggia. Mi riparai e rimasi a guardare la carrozza che voltava all'angolo. Poi attraversai la stazione e scesi la banchina fino al treno.

Il portiere era sulla piattaforma e mi cercava. Lo seguii nel treno facendomi largo fra la gente e lungo il corridoio e attraverso una porta fin dove il mitragliere era seduto nell'angolo di uno scompartimento pieno. Il mio zaino e i tascapani erano sulla sua testa nella reticella del bagaglio. C'erano molti uomini in piedi in corridoio e tutti quelli nello scompartimento ci guardarono quando entrammo. Non c'erano abbastanza posti sul treno e tutti mi erano ostili. Il mitragliere si alzò per farmi sedere. Qualcuno mi batté sulla spalla. Mi voltai a guardare. Era un capitano di artiglieria molto alto e scarno con una cicatrice rossa alla mascella. Aveva guardato dal finestrino del corridoio e poi era entrato.

« Che cosa dice? » chiesi. Mi ero voltato; gli ero di fronte. Era più alto di me e aveva il viso molto sottile sotto l'ombra della visiera e la cicatrice era fresca e splendente. Nello scompartimento tutti mi guardarono.

« Non può farlo » disse. « Non è permesso far tenere il posto da un soldato. »

« Io l'ho fatto. »

Inghiottì, e gli vidi il pomo d'Adamo andare su e poi giù. Il mitragliere era in piedi davanti al posto. Altri uomini guardavano attraverso il finestrino. Nello scompartimento nessuno parlò.

« Non ha il diritto di farlo. Io sono arrivato due ore prima di lei. »

« Che cosa vuole? »

« Un posto. »

« Anch'io. »

Lo guardai in faccia e sentii che tutto lo scompartimento era contro di me. Non potevo dargli torto. Lui aveva ragione, ma io volevo il posto. Nessuno disse niente.

"Oh diavolo" pensai.

« Sieda, signor capitano » dissi. Il mitragliere si spostò e l'alto capitano sedette. Mi guardò. Pareva offeso. Ma aveva il posto. « Prendi la mia roba » dissi al mi-

tragliere. Uscimmo in corridoio. Il treno era pieno e
sapevo che non c'era speranza di trovare un posto.
Diedi al portiere e al mitragliere dieci lire per uno.
Attraversarono il corridoio e scesero sulla piattaforma
guardando dai finestrini, ma non c'erano posti.

« Forse qualcuno scenderà a Brescia » disse il portiere.

« A Brescia ne saliranno degli altri » disse il mitragliere. Li salutai e ci stringemmo la mano e se ne andarono. Erano tutt'e due scontenti. Dentro il treno
eravamo tutti in piedi in corridoio quando il treno
partì. Guardai la luce della stazione e lo scalo merci
mentre uscivamo. Continuava a piovere e presto i finestrini furono bagnati e non si riuscì più a veder fuori. Più tardi mi addormentai sul pavimento nel corridoio; mettendo prima il portafoglio con i denari e i
documenti nella camicia e nei calzoni in modo che
fossero dentro la gamba delle mutande. Dormii tutta
la notte, svegliandomi a Brescia e a Verona quando
altra gente salì sul treno, ma riaddormentandomi subito. Avevo la testa su un tascapane e le braccia intorno all'altro e lo zaino a portata di mano e dovevano tutti scavalcarmi se non volevano camminarmi addosso. Lungo tutto il corridoio c'era gente che dormiva per terra. Altri erano in piedi aggrappati alle sbarre del finestrino o appoggiati contro le porte. Quel
treno era sempre pieno.

Libro terzo

XXV

Ora d'autunno gli alberi erano tutti spogli e le strade fangose. Andai da Udine a Gorizia su un camion. Passammo davanti ad altri camion sulla strada e guardai la campagna. I cespugli di more erano spogli e i campi erano bruni. C'erano foglie morte bagnate sulla strada lungo le file di alberi nudi e c'erano uomini che lavoravano sulla strada, riempiendo le carreggiate di pietre che prendevano da mucchi di pietre maciullate sul ciglio della strada fra gli alberi. Si vedeva la città coperta di nebbia che tagliava in due le montagne. Attraversammo il fiume e vidi che era in piena. Aveva piovuto sulle montagne. Arrivammo in città passando davanti alle fabbriche e poi alle case e alle ville e vidi che molte altre case erano state colpite. In una strada stretta passammo accanto a un'ambulanza della Croce Rossa Britannica. Lo chauffeur aveva il berretto, e il viso era magro e molto abbronzato. Non lo conoscevo. Scesi dal camion nella grande piazza davanti alla casa del sindaco, lo chauffeur mi porse lo zaino e io lo indossai e presi un tascapane per parte e mi avviai a piedi verso la villa. Non dava la sensazione di tornare a casa.

Scesi lungo il viale di ghiaia umido guardando la villa tra gli alberi. Le finestre erano tutte chiuse ma la porta era aperta. Entrai e trovai il maggiore seduto a un tavolo e la stanza nuda con le carte geografiche e i fogli di carte dattilografate sulla parete.

« Hello » disse. « Come va? » Era più vecchio e più asciutto.

« Bene » dissi. « Come vanno le cose? »

« È tutto finito » disse. « Si tolga il bottino e si sieda. » Misi lo zaino e i due tascapani per terra; il berretto sullo zaino. Presi l'altra seggiola dalla parete e sedetti accanto al tavolo.

« È stata un'estate dura » disse il maggiore. « Ora si sente in forze? »

« Sì. »

« Ha ricevuto le decorazioni? »

« Sì. Certo. Grazie tante. »

« Faccia vedere. »

Aprii la mantella perché potesse vedere i due nastrini.

« E gli astucci con le medaglie? »

« No. Solo i documenti. »

« Gli astucci verranno dopo. Ci vuole più tempo. »

« Che cosa devo fare? »

« Le macchine sono tutte via. Ce ne sono sei a nord, a Caporetto. Conosce Caporetto? »

« Sì » dissi. Lo ricordavo come un villaggio bianco con un campanile in una valle. Era un villaggio pulito e c'era una bella fontana nella piazza.

« Partono di lì. Ci sono molti malati adesso. La battaglia è finita. »

« Dove sono le altre? »

« Ce n'è due su in montagna e quattro ferme sulla Bainsizza. Le altre due sezioni di sanità sono sul Carso con la Terza Armata. »

« Che cosa devo fare? »

« Può andare a prendere le quattro macchine sulla Bainsizza, se vuole. Gino è lassù da un pezzo. Non è mai stato lassù, vero? »

« No. »

« È stato molto duro. Abbiamo perduto tre macchine. »

« Me l'hanno detto. »

« Sì, Rinaldi gliel'ha scritto. »

« Dov'è Rinaldi? »

« È qui all'ospedale. Ne ha avuto per tutta l'estate e per tutto l'autunno. »

« Lo credo. »

« È stato duro » disse il maggiore. « Non può credere quanto è stato duro. Ho pensato spesso che è stato fortunato a venir ferito in quel momento. »

« So che ho avuto fortuna. »

« L'anno prossimo sarà peggio » disse il maggiore. « Forse attaccheranno adesso. Dicono che devono attaccare, ma non posso crederlo. È troppo tardi. Ha visto il fiume? »

« Sì. È già in piena. »

« Non credo che attaccheranno adesso che sono incominciate le piogge. Presto ci sarà la neve. E i suoi connazionali? Ci saranno altri americani oltre voi? »

« Stanno addestrando un esercito di dieci milioni di uomini. »

« Spero che ce ne manderanno un po'. Ma i francesi se li terranno tutti. Non è mai arrivato nessuno qua. Bene. Rimanga qui stanotte e domani vada con la macchina piccola a mandare indietro Gino. La farò accompagnare da qualcuno che conosce la strada. Gino le dirà ogni cosa. Stanno ancora bombardando un po', ma è ·tutto finito. Avrà voglia di vedere la Bainsizza. »

« Sono lieto di vederla. Sono lieto di essere ritornato con lei, signor maggiore. »

Sorrise. « È molto gentile a dirlo. Sono molto stanco di questa guerra. Se andassi via non credo che ritornerei. »

« È tanto dura? »

« Sì. Anche di più. Vada a pulirsi e poi vada a trovare il suo amico Rinaldi. »

Uscii e mi portai il bagaglio su per le scale. Rinaldi non era in camera ma c'era la sua roba e sedetti sul letto e mi svolsi le fasce e mi tolsi la scarpa del piede destro. Poi mi sdraiai sul letto. Ero stanco e il piede destro mi faceva male. Pareva stupido stare sdraiato sul letto con una scarpa sola, così mi rizzai a slacciarmi l'altra scarpa e la lasciai cadere a terra, poi tornai a sdraiarmi sulla coperta. La stanza era soffocante con la finestra chiusa, ma ero troppo stanco per alzarmi ad aprirla. Vidi che la mia roba era tutta in un angolo della mia stanza. Fuori stava scendendo il buio. Rimasi sul letto e pensai a Catherine e aspettai Rinaldi. Avrei cercato di non pensare a Catherine altro che la notte prima di addormentarmi. Ma ora ero stanco e non c'era niente da fare, così rimasi sdraiato a pensare a lei. Pensavo a lei quando Rinaldi entrò. Era tale e quale. Forse un po' più magro.

« Be', pupo » disse. Mi rizzai a sedere sul letto. Si avvicinò, sedette e mi cinse col braccio. « Bravo vecchio pupo. » Mi diede una manata sulla schiena e io gli presi le due braccia.

« Vecchio pupo » disse. « Fammi vedere il ginocchio. »

« Devo togliermi i calzoni » dissi.

« Togliti i calzoni, pupo, qui siamo tutti amici. Voglio vedere che razza di lavoro ti han fatto » Mi alzai mi tolsi i calzoni e abbassai la ginocchiera. Rinaldi sedette per terra e piegò con garbo il ginocchio avanti e indietro. Abbassò il dito lungo la cicatrice; appoggiò i due pollici sulla rotula; fece girare con garbo il ginocchio sotto le dita.

« È tutta qui l'articolazione che hai? »

« Sì. »

« È un delitto rimandarti indietro. Dovevano aspettare che l'articolazione fosse completa. »

« Va molto meglio di com'era. Era rigido come il legno. »

Rinaldi lo piegò di più. Gli guardai le mani. Aveva belle mani da chirurgo. Gli guardai la sommità della testa, i capelli luccicanti e lisci nella scriminatura. Piegò troppo il ginocchio.

« Ahi » dissi.

« Dovresti continuare con la kinesiterapia » disse Rinaldi.

« Va meglio di come andava. »

« Lo vedo, pupo. È una cosa che so meglio di te. » Si alzò e sedette sul letto. « Il ginocchio è un bel lavoro. » Ne aveva abbastanza del ginocchio.

« Raccontami ogni cosa. »

« Non c'è niente da raccontare » dissi. « Ho fatto una vita tranquilla. »

« Ti comporti come un uomo sposato » disse. « Cosa succede? »

« Niente » dissi. « E a te cosa succede? »

« Questa guerra mi uccide » disse Rinaldi. « Sono molto depresso. » Giunse le mani sul ginocchio.

« Oh » dissi.

« Cosa c'è? Non posso neanche avere impulsi umani? »

« No. Capisco che te la sei passata bene. Raccontami. »

« Ho operato tutta l'estate e tutto l'autunno. Non ho fatto che operare. Faccio il lavoro di tutti. Tutti quelli difficili li lasciano a me. Perdio, pupo, sto diventando un bel chirurgo. »

« Così va meglio. »

« Non penso mai. No, perdio, non penso; opero. »

« Così va bene. »

« Ma ora, pupo, è finita. Ora non opero e sto male come un accidente. È una guerra terribile, pupo, credimi quando te lo dico. Ora fammi stare allegro. Hai portato i dischi? »

« Sì. »

Erano incartati in una scatola di cartone nel sacco. Ero troppo stanco per tirarli fuori.

« Non stai bene neanche tu, pupo? »

« Sto male come un accidente. »

« Questa guerra è terribile » disse Rinaldi. « Su, ora ci ubriachiamo così diventiamo allegri. Poi andiamo a vuotar la cenere.[1] Poi staremo bene. »

« Ho avuto l'itterizia » dissi. « Non posso ubriacarmi. »

« Oh, pupo, come sei tornato. Sei tornato serio e col fegato. Ti dico che questa guerra è un guaio. Ma perché poi la facciamo? »

« Possiamo bere qualcosa. Non voglio ubriacarmi, ma possiamo bere qualcosa. »

Rinaldi attraversò la stanza e prese dal lavabo due bicchieri e una bottiglia di cognac.

« È cognac austriaco » disse. « Sette stelle. È tutto quel che hanno catturato a San Gabriele. »

« Tu ci sei stato? »

« No. Non sono stato in nessun posto. Sono stato tutto il tempo qui a operare. Guarda pupo, questo è il tuo vecchio bicchiere per lavarti i denti. L'ho sempre conservato per ricordarmi di te. »

« Per ricordarti di lavarti i denti. »

« No. Per me ho il mio. Ho conservato questo per ricordarmi dei tuoi tentativi la mattina di toglierti dai denti la Villa Rossa, bestemmiando e mangiando aspirina e imprecando contro le puttane. Ogni volta che vedo quel bicchiere penso a te che cercavi di pulirti la coscienza con lo spazzolino da denti. » Si avvicinò al letto. « Dammi un bacio e dimmi che non sei diventato serio. »

« Non ti bacerò mai. Sei una scimmia. »

« Lo so, sei il tipo del bravo ragazzo anglosassone. Lo so. Sei il ragazzo del rimorso. Lo so. Un giorno o l'altro vedrò gli anglosassoni eliminare la prostituzione con uno spazzolino da denti. »

« Metti un po' di cognac nel bicchiere. »

Toccammo i bicchieri e bevemmo. Rinaldi rise.

« Voglio farti ubriacare e tirarti fuori il fegato e

metterti un buon fegato italiano e farti ritornare un uomo. »

Tesi il bicchiere per un altro po' di cognac. Ormai fuori era buio. Reggendo il bicchiere di cognac andai ad aprire la finestra. Non pioveva più. Fuori faceva più freddo e fra gli alberi c'era un po' di nebbia.

« Non gettare il cognac giù dalla finestra » disse Rinaldi. « Se non puoi bere dallo a me. »

« Va' a farti eccetera » dissi. Ero lieto di rivedere Rinaldi. Aveva passato due anni a canzonarmi e gli avevo sempre voluto bene. Ci capivamo molto bene.

« Sei sposato? » chiese dal letto. Io ero in piedi contro la parete, vicino alla finestra.

« Non ancora. »

« Sei innamorato? »

« Sì. »

« Di quella ragazza inglese? »

« Sì. »

« Povero pupo. È gentile con te? »

« Si capisce. »

« Voglio dire, è gentile con te praticamente parlando? »

« Piantala. »

« Va bene. Vedrai che sono un uomo straordinariamente delicato. Ti ha... »

« Rinin » dissi « per favore, piantala. Se vuoi essere mio amico, piantala. »

« Non *voglio* essere tuo amico, pupo. *Sono* tuo amico. »

« Allora piantala. »

« Va bene. »

Mi avvicinai al letto e sedetti accanto a Rinaldi. Stava guardando il pavimento col bicchiere in mano.

« Capisci com'è, Rinin? »

« Oh, sì. Per tutta la vita ho incontrato soggetti sacri. Ma pochissimi per te. Immagino che devi averne anche tu. » Guardò per terra.

« Tu non ne hai nessuno? »

« No. »

« Proprio nessuno? »

« No. »

« Posso dir questo di tua madre e quest'altro di tua sorella? »

« E quest'altro di *tua sorella* » disse in fretta Rinaldi. Ridemmo insieme.

« Il vecchio superuomo » dissi.

« Forse sono geloso di te » disse Rinaldi.

« No, non è vero. »

« Non in quel senso. In un altro senso. Hai qualche amico sposato? »

« Sì » dissi.

« Io no » disse Rinaldi. « Non ne ho, se si vogliono bene. »

« Perché? »

« Non gli riesco simpatico. »

« Perché? »

« Sono un serpente. Sono il serpente della ragione. »

« Bada che fai un pasticcio. Era la mela, a essere la ragione. »

« No, era il serpente. » Era più allegro.

« Stai meglio quando non pensi troppo profondo » dissi.

« Ti voglio bene, pupo. Mi prendi in giro quando divento un grande pensatore italiano. Ma so molte cose che non riesco a dire. Ne so più di te. »

« Sì. Certo. »

« Ma tu avrai la vita più facile. Anche col rimorso avrai la vita più facile. »

« Non credo. »

« Oh, sì. È vero. Già sono felice soltanto quando lavoro, io. » Guardò di nuovo per terra.

« Supererai questo stato. »

« No. Mi piacciono solo due altre cose; una danneggia il mio lavoro e l'altra è finita in mezz'ora o in un quarto d'ora. A volte prima. »

« A volte molto prima. »

« Forse sono migliorato, pupo. Tu non lo sai. Ma ci sono soltanto queste due cose e il mio lavoro. »

« Troverai altre cose. »

« No. Non troviamo mai niente. Siamo nati con tutto quello che abbiamo e non impariamo mai. Non troviamo mai niente di nuovo. Incominciamo tutti già completi. Dovresti essere contento di non essere latino. »

« Non esiste un latino. Questo è un modo di pensare latino! Tu sei talmente orgoglioso dei tuoi difetti. » Rinaldi alzò gli occhi e rise.

« Ora basta, pupo. Sono stanco di pensare tanto. » Aveva l'aria stanca quando era entrato. « È quasi ora di mangiare. Sono lieto che tu sia tornato. Sei il mio migliore amico e il mio fratello di guerra. »

« Quando mangiano i fratelli di guerra? » chiesi.

« Subito. Beviamo ancora una volta alla salute del tuo fegato. »

« Come San Paolo. »

« Non essere impreciso. Quello era vino, e si trattava dello stomaco. Prendi un po' di vino alla salute del tuo stomaco. »

« Qualunque cosa tu abbia nella bottiglia » dissi. « A qualunque salute ti venga in mente. »

« Alla tua ragazza » disse Rinaldi. Tese il bicchiere.

« Va bene. »

« Non dirò una porcheria su di lei. »

« Non ti ci provare. »

Bevette un po' di cognac. « Sono puro » disse. « Sono come te, pupo. Voglio prendermi anch'io una ragazza inglese. È un fatto che ho conosciuto la tua ragazza prima di te, ma per me era un po' troppo alta. Ragazze alte per sorelle » citò.

« Hai una bella mente pura » dissi.

180 *Ernest Hemingway*

« Vero? Per questo mi chiamano Rinaldo *purissimo.* »

« Rinaldo *sporchissimo.* »

« Su, pupo, andiamo a mangiare finché ho la mente pura. »

Mi lavai, mi pettinai e scendemmo le scale. Rinaldi era leggermente ubriaco. Nella stanza dove mangiavamo, il cibo non era ancora pronto.

« Vado a prendere la bottiglia » disse Rinaldi. Rifece le scale. Io sedetti a tavola e lui ritornò con la bottiglia e riempì a metà di cognac i nostri due bicchieri da acqua.

« Troppo » dissi, e sollevai il bicchiere sospirando alla lampada sulla tavola.

« Non per uno stomaco vuoto. È una cosa magnifica. Brucia completamente lo stomaco. Non c'è niente di peggio per te. »

« Va bene. »

« Autodistruzione giorno per giorno » disse Rinaldi. « Rovina lo stomaco e fa tremare le mani. Quel che ci vuole per un chirurgo. »

« Me lo consigli? »

« Di cuore. Io non uso altro. Bevilo, pupo, e spera di ammalarti. »

Trangugiai mezzo bicchiere. Nell'atrio udii il piantone gridare: « Mensa! Mensa pronta! ».

Entrò il maggiore, ci fece un cenno e sedette. Pareva molto piccolo a tavola.

« Siamo solo noi? » chiese. Il piantone posò la zuppiera e con una mestolata riempì una scodella.

« Solo noi » disse Rinaldi. « A meno che venga il cappellano. Se sapesse che Federico è qui verrebbe anche lui. »

« Dov'è? » chiesi.

« È al 307 » disse il maggiore. Era affaccendato con la sua minestra. Si asciugò la bocca, asciugandosi con cura i baffi grigi girati all'insù. « Credo che verrà. Ho telefonato e gli ho lasciato detto che lei è arrivato. »

« Ho nostalgia del chiasso della mensa » dissi.

« Sì, qui è molto tranquillo » disse il maggiore.

« Ora faccio rumore » disse Rinaldi.

« Bevi un po' di vino, Enrico » disse il maggiore. Mi riempì il bicchiere. Arrivarono gli spaghetti e ci demmo tutti da fare. Stavamo finendo gli spaghetti quando arrivò il cappellano. Era sempre lo stesso, piccolo e bruno e compatto. Mi alzai e ci stringemmo la mano. Mi posò la mano sulla spalla.

« Sono venuto appena ho saputo » disse.

« Si sieda » disse il maggiore. « È in ritardo. »

« Buona sera, cappellano » disse Rinaldi usando la parola inglese. L'aveva imparata dal capitano che punzecchiava il cappellano, che parlava un po' d'inglese.

« Buona sera, Rinaldi » disse il cappellano. Il piantone gli portò la minestra, ma lui disse che avrebbe incominciato con gli spaghetti.

« Come stai? » mi chiese.

« Bene » dissi. « Com'è andata qui? »

« Beva un po' di vino, cappellano » disse Rinaldi. « Prenda un po' di vino alla salute del suo stomaco. È San Paolo, sa. »

« Sì, lo so » disse il cappellano con garbo. Rinaldi gli riempì il bicchiere.

« Quel San Paolo » disse Rinaldi. « È lui che ha combinato tutto il pasticcio. » Il cappellano mi guardò e sorrise. Capii che ora la punzecchiatura non lo toccava.

« Quel San Paolo » disse Rinaldi. « Era un don Giovanni e un donnaiolo, e quando non ce l'ha più fatta ha detto che non stava bene. Quando è finito ha stabilito le regole per noi che ce la facciamo ancora. Non è vero, Federico? »

Il maggiore sorrise. Ora stavamo mangiando stufato di carne.

« Io non discuto mai i santi quando è buio » disse.

Il cappellano alzò lo sguardo dallo stufato e mi sorrise.

« Eccolo, andato col prete » disse Rinaldi. « Dove sono tutti i bei mangiapreti di una volta? Dov'è Cavalcanti? Dov'è Brundi? Dov'è Cesare? Devo mangiarmi questo prete da solo, senza aiuti? »

« È un buon prete » disse il maggiore.

« È un buon prete » disse Rinaldi. « Ma è sempre un prete. Sto cercando di far ritornare la mensa com'era una volta. Voglio far diventar allegro Federico. Vada al diavolo, prete! »

Vidi che il maggiore lo guardò e notò che era ubriaco. La faccia magra era pallida. La linea dei capelli era molto nera contro il bianco della fronte.

« Va bene, Rinaldi » disse il cappellano. « Va bene. »

« Vada al diavolo » disse Rinaldi. « Al diavolo tutta questa maledetta faccenda. » Si abbandonò sulla seggiola.

« Ha fatto uno sforzo e ora è stanco » mi disse il maggiore. Finì la carne e pulì il sugo con un pezzo di pane.

« Non me ne frega niente » disse Rinaldi alla tavola. « All'inferno tutta la storia. » Guardò con sfida intorno alla tavola, con occhi piatti, la faccia pallida.

« Va bene » dissi. « Al diavolo tutta questa maledetta storia. »

« No, no » disse Rinaldi. « Tu non puoi. Tu non puoi. Ti dico che non puoi. Tu sei asciutto e vuoto e non c'è altro. Non c'è altro, te lo dico io. Non c'è un accidente di niente. Lo so, quando finisco di lavorare. »

Il cappellano scosse il capo. Il piantone portò via il piatto dello stufato.

« Perché mangia la carne? » chiese Rinaldi al cappellano. « Non sa che è venerdì? »

« È giovedì » disse il cappellano.

« È una bugia. È venerdì. Sta mangiando il corpo di Nostro Signore. È carne di Dio. È un austriaco, morto. Ecco che cosa sta mangiando. »

« La carne bianca è degli ufficiali » dissi completando l'antico scherzo.

Rinaldi rise. Riempì il bicchiere.

« Non far caso a me » disse. « Sono solo un po' matto. »

« Dovrebbe prendersi una licenza » disse il cappellano.

Il maggiore gli scosse il capo. Rinaldi guardò il cappellano.

« Le pare che dovrei prendermi una licenza? »

Il maggiore scosse il capo al cappellano. Rinaldi guardava il cappellano.

« Se vuole » disse il cappellano. « Soltanto se vuole. »

« Vada al diavolo » disse Rinaldi. « Stanno cercando di sbarazzarsi di me. Tutte le sere cercano di sbarazzarsi di me. Io mi ribello. E se anche l'avessi? Tutti ce l'hanno. Tutto il mondo ce l'ha. La prima cosa » continuò assumendo il tono di un conferenziere « è un foruncoletto. Poi si nota un'eruzione fra le spalle. Poi non si nota niente. Si ripone la fede nel mercurio. »

« O nel *Salvarsan* » lo interruppe tranquillo il maggiore.

« Un prodotto del mercurio » disse Rinaldi. Ora pareva pieno di orgoglio. « Io so qualcosa che vale due volte tanto. Vecchio cappellano » disse « lei non la prenderebbe mai. Pupo la prenderà. È un incidente industriale. Non è che un incidente industriale. »

Il piantone portò il dolce e il caffè. Il dessert era una specie di pudding di pane nero con una salsa dura. La lampada fumava, il fumo nero saliva diritto nel camino.

« Prendi due candele e porta via la lampada » disse

il maggiore. Il piantone portò due candele accese ciascuna su un piattino, e prese con sé la lampada soffiandovi sopra per spegnerla. Ora Rinaldi era tranquillo. Pareva che stesse bene. Si chiacchierò e dopo il caffè andammo tutti nell'atrio.

« Tu vuoi parlare col cappellano. Io devo andare in città » disse Rinaldi. « Buona notte, cappellano. »

« Buona notte, Rinaldi » disse il cappellano.

« A più tardi, Fredi » disse Rinaldi.

« Sì » dissi. « Vieni presto. » Fece una smorfia e uscì. Il maggiore era accanto a noi. « È molto stanco, e oberato di lavoro » disse. « Poi crede di avere la sifilide. Non credo, ma può darsi che ce l'abbia. Si sta curando come se l'avesse. Buona notte. Lei parte prima dell'alba, Henry? »

« Sì. »

« Allora arrivederci » disse. « Buona fortuna. Peduzzi la sveglierà e verrà con lei. »

« Arrivederci, signor maggiore. »

« Arrivederci. Parlano di un'offensiva austriaca, ma io non ci credo. Spero di no, ma comunque non sarà qui. Gino le racconterà ogni cosa. Ora il telefono funziona bene. »

« Chiamerò regolarmente. »

« Sì, per favore. Buona notte. Veda che Rinaldi non beva tanto cognac. »

« Farò il possibile. »

« Buona notte, cappellano. »

« Buona notte, signor maggiore. »

Andò nel suo ufficio.

XXVI

Mi avvicinai alla porta e guardai fuori. Non pioveva più, ma c'era la nebbia.

« Andiamo di sopra? » chiesi al cappellano.

« Non posso fermarmi molto. »

« Andiamo su. »

Salimmo le scale ed entrammo nella mia camera. Mi distesi sul letto di Rinaldi. Il cappellano sedette sulla branda che l'attendente mi aveva preparato. Nella stanza era buio.

« Bene » disse. « Come sta, parlando sul serio? »

« Sto bene. Stasera sono stanco. »

« Anch'io sono stanco, ma senza ragione. »

« E la guerra? »

« Credo che finirà presto. Non so perché, ma lo sento. »

« In che modo lo sente? »

« Sa com'è il maggiore? Così gentile? Molta gente è così adesso. »

« Anche a me pare così » dissi.

« È stata un'estate terribile » disse il cappellano. Era più sicuro di sé adesso di quando me n'ero andato. « Non può credere com'è stato. Ma lei c'è già stato e sa come può essere. Molta gente ha capito solo quest'estate che cos'è la guerra. Ufficiali che credevo non lo avrebbero mai capito, lo capiscono adesso. »

« Che cosa succederà? » Accarezzai la coperta con la mano.

« Non lo so, ma non credo che possa continuare molto. »

« Che cosa succederà? »

« Smetteranno di combattere. »

« Chi? »

« Tutti e due. »

« Speriamo » dissi.

« Non lo crede? »

« Non credo che smetteranno tutti e due insieme di combattere. »

« Neanch'io. Sarebbe pretendere troppo. Ma quando vedo il cambiamento degli uomini, non credo che potrà continuare. »

« Chi ha vinto la battaglia quest'estate? »

« Nessuno. »

« Hanno vinto gli austriaci » dissi. « Non hanno lasciato prendere San Gabriele. Hanno vinto. Non smetteranno di combattere. »

« Se la pensano come noi può darsi che smettano. Hanno provato anche loro. »

« Nessuno ha mai smesso mentre vince. »

« Così mi scoraggia. »

« Io dico solo quel che penso. »

« Allora pensa che continuerà per sempre? Che non succederà mai qualcosa? »

« Non lo so. Penso soltanto che gli austriaci non smetteranno dopo che hanno ottenuto una vittoria. È nella sconfitta che si diventa cristiani. »

« Gli austriaci sono cristiani. Eccetto i bosniaci. »

« Non voglio dire cristiani in senso tecnico. Voglio dire come Nostro Signore. »

Non rispose.

« Ora siamo tutti più gentili perché siamo battuti. Come sarebbe stato Nostro Signore, se Pietro lo avesse salvato nell'orto? »

« Sarebbe stato esattamente lo stesso. »

« Non credo » dissi.

« Lei mi scoraggia » disse. « Credo e prego che qualcosa succeda. L'ho sentito molto vicino. »

« Può darsi che qualcosa succeda » dissi « ma succederà soltanto a noi. Se la pensano come noi, tutto andrà bene. Ma ci hanno battuti. La pensano in un altro modo. »

« Molti soldati l'hanno sempre pensata così. Non è perché sono stati battuti. »

« Sono stati battuti fin dal principio. Sono stati battuti quando li hanno presi dalle loro campagne e li hanno messi nell'esercito. Per questo il contadino è saggio, perché è sconfitto fin dal principio. Mettilo al potere, e vedrai com'è saggio. »

Non rispose. Stava pensando.

« Ora sono scoraggiato » dissi. « Per questo non penso mai a queste cose. Non penso, e poi quando incomincio a parlare dico le cose che ho scoperto nella mia testa senza pensare. »

« Avevo sperato in qualcosa. »

« Sconfitta? »

« No, qualcosa di più. »

« Non c'è niente di più. Tranne la vittoria. Potrebbe essere peggio. »

« Ho sperato molto nella vittoria. »

« Anch'io. »

« Ora non so. »

« Non può essere che una cosa o l'altra. »

« Non credo più alla vittoria. »

« Neanch'io. Ma non credo alla sconfitta. Anche se sarebbe meglio. »

« A che cosa crede? »

« Al sonno » dissi. Si alzò.

« Sono molto spiacente di essere rimasto così a lungo. Ma mi piace tanto parlare con lei. »

« È molto bello essere di nuovo insieme a parlare. Ho detto a quel modo del sonno, ma senza intenzione. »

Ci alzammo e ci stringemmo le mani al buio.

« Ora dormo al 307 » disse.

« Io partirò per il posto di raccolta domattina presto. »

« La vedrò quando torna. »

« Faremo una passeggiata per chiacchierare insieme. » Lo accompagnai alla porta.

« Non scenda » disse. « È molto bello che sia tornato. Anche se non è tanto bello per lei. » Mi posò una mano sulla spalla.

« Va benissimo per me » dissi. « Buona notte. »

« Buona notte. Ciao. »

« Ciao » dissi. Avevo un sonno mortale.

XXVII

Mi svegliai quando entrò Rinaldi ma lui non parlò e io mi riaddormentai. Al mattino mi ero vestito e me ne ero andato prima che facesse chiaro. Rinaldi non si svegliò quando uscii.

Non avevo mai visto la Bainsizza ed era strano salire il pendio dove erano stati gli austriaci, oltre il punto sul fiume dove ero stato ferito. Vi era una strada nuova ripida e molti automezzi. Più in là la strada si appiattiva e vidi boschi e colline ripide nella nebbia. Vi erano boschi che erano stati presi in fretta senza distruzione. Poi più in là, dove la strada non era protetta dalle colline, era mimetizzata. La strada sboccava in un villaggio distrutto. Le linee erano più in là in alto. C'era molta artiglieria intorno. Le case erano molto danneggiate, ma tutto era molto ben organizzato e vi erano indicazioni stradali dovunque. Trovammo Gino e ci diede del caffè, e più tardi andai con lui e conobbi molta gente e vidi i posti di raccolta. Gino disse che le macchine britanniche lavoravano sotto la Bainsizza a Ravne. Aveva molta ammirazione per i britannici. C'era ancora un po' di bombardamenti, disse, ma non molti feriti. Ci sarebbero stati molti malati, ora che erano incominciate le piogge. Si diceva che gli austriaci avrebbero attaccato, ma lui non lo credeva. Si diceva che anche noi si doveva attaccare, ma non avevano portato su truppe nuove, così credeva che anche questo fosse finito. Il cibo era scarso, e sarebbe stato lieto di avere un vero pasto a Gorizia. Che genere di minestra avevo mangiato? Glielo dissi e mi disse che doveva essere magnifico. Fu impressionato specialmente dal *dolce*. Non glielo descrissi nei particolari, gli dissi solo che era un *dolce* e deve aver creduto che fosse qualcosa di più elaborato di un pudding di pane.

Sapevo dove lo avrebbero mandato? Gli dissi di no, ma che qualcuna delle altre macchine era a Caporetto. Sperava di poter andare da quella . parte. Era un bel posticino e gli piaceva la montagna alta che si alzava più in là. Era un ragazzo simpatico e pareva che tutti gli volessero bene. Disse che dove era stato davvero un inferno era a San Gabriele e all'attacco oltre Lom che era andato male. Disse che gli austriaci avevano molta artiglieria nei boschi lungo il crinale di Ternova, oltre e sopra di noi, e di notte bombardavano molto le strade. C'era una batteria di cannoni da marina che gli aveva dato sui nervi. Li avrei riconosciuti per via della traiettoria tesa. Si udiva il colpo e poi il sibilo incominciava quasi istantaneamente. Di solito sparavano due cannoni insieme, uno subito dopo l'altro, e le schegge dell'esplosione erano enormi. Me ne mostrò una, un pezzo di metallo slabbrato e liscio lungo oltre trenta centimetri. Pareva metallo bianco antifrizione.

« Non credo che siano molto efficaci » disse Gino « ma mi fanno paura. Fanno un rumore come se venissero direttamente addosso. C'è il colpo, poi immediatamente il sibilo e l'esplosione. Che cosa conta non venir feriti, se si è spaventati a morte? »

Disse che nelle linee avversarie c'erano dei croati e qualche magiaro. Le nostre truppe erano ancora in posizione di attacco. Non c'era telegrafo per comunicare, né luogo dove ritirarsi se ci fosse stato un attacco austriaco. Vi erano belle posizioni di difesa lungo le montagne basse che sorgevano dal pianoro, ma non era stato fatto nulla per organizzarle a difesa. A ogni modo che cosa mi pareva della Bainsizza?

Mi ero aspettato che fosse più piatta, più come un

altopiano. Non avevo pensato che fosse così frastagliata.

« Altopiano » disse Gino « ma non piano. »

Ritornammo nella cantina della casa dove abitava. Gli dissi che mi pareva che un crinale che si appiattisse sulla cima e avesse pochi scoscendimenti sarebbe stato più facile e più pratico da difendere che una serie di piccole montagne. Non era più difficile attaccare una montagna che una pianura, sostenni. « Dipende dalla montagna » disse. « Guardi il San Gabriele. »

« Sì » dissi. « Ma i guai li hanno avuti in cima dov'è pianura. Hanno trovato abbastanza facile salire in cima. »

« Non tanto facile » disse.

« Sì » dissi « ma quello è stato un caso speciale, perché comunque era una fortezza più che una montagna. Erano anni che gli austriaci continuavano a fortificarla. » Tatticamente parlando, volevo dire che in una guerra in cui ci sia un po' di movimento, una serie di montagne non può esser tenuta come una linea, perché è troppo facile aggirarla. Bisogna avere la possibilità di muoversi e una montagna non è molto mobile. E anche, si sprecano sempre molti colpi sparando sul pendio. Se il fianco venisse aggirato, gli uomini migliori resterebbero sulle montagne più alte. Non credevo in una guerra sulle montagne. Ci avevo pensato molto, dissi. Uno acchiappa una montagna e l'altro ne acchiappa un'altra. Ma quando incomincia davvero qualcosa, devono scendere tutti e due dalle montagne.

« Che cosa farebbe se avesse una frontiera di montagna? » chiese.

« Non ci avevo ancora pensato, dissi, e ci mettemmo a ridere. « Ma » dissi « in passato gli austriaci le prendevano sempre nel quadrilatero intorno a Verona. Li lasciavano scendere alla pianura e poi gliele davano. »

« Sì » disse Gino « ma quelli erano francesi, e i

problemi militari si risolvono più chiaramente quando si combatte nel paese degli altri. »

« Sì » dissi « quando si è nel proprio paese non si può agire in modo molto scientifico. »

« I russi ci sono riusciti, per prendere in trappola Napoleone. »

« Sì, ma avevano molto territorio. Se si cercasse di ritirarsi per prendere Napoleone in trappola in Italia, ci si troverebbe a Brindisi. »

« Una città orrenda » disse Gino. « C'è mai stato? »

« Solo di passaggio. »

« Io sono un patriota » disse Gino. « Ma non mi riesce di amare Brindisi e Taranto. »

« Ama la Bainsizza? » chiesi.

« Il suolo è sacro » disse. « Ma vorrei che coltivassero più patate. Sa, quando siamo venuti qui abbiamo trovato i campi di patate piantate dagli austriaci. »

« È proprio così scarso il cibo? »

« Io personalmente non ho mai avuto abbastanza da mangiare, ma sono un gran mangiatore e non ho patito la fame. La mensa è normale. I reggimenti in linea ricevono cibo molto buono, e quelli alle retrovie non tanto. C'è qualcosa che non va da qualche parte. Dovrebbe esserci un mucchio di cibo. »

« I pescecani lo vendono da qualche altra parte. »

« Sì, danno quel che possono ai battaglioni sulla linea del fronte, ma quelli indietro sono molto scarsi. Hanno mangiato tutte le patate degli austriaci e tutte le castagne dei boschi. Dovrebbero nutrirli meglio. Noi siamo dei gran mangiatori. Sono certo che c'è un mucchio di cibo. È un gran guaio per i soldati aver poco cibo. Ha mai notato che cambiamento fa nel modo di pensare? »

« Sì » dissi « non può far vincere una guerra, ma può farla perdere. »

« Non parliamo di perdere. Si parla abbastanza di

perderla. Quel che si è fatto quest'estate non può esser fatto invano.»

Non dissi niente. Ero sempre imbarazzato dalle parole sacro, glorioso e sacrificio e dall'espressione invano. Le avevamo udite a volte ritti nella pioggia quasi fuori dalla portata della voce, in modo che solo le parole urlate giungevano, e le avevamo lette su proclami che venivano spiaccicati su altri proclami, da un pezzo ormai, e non avevo visto niente di sacro, e le cose gloriose non avevano gloria e i sacrifici erano come i macelli a Chicago se con la carne non si faceva altro che seppellirla. C'erano molte parole che non si riusciva ad ascoltare e si finiva che soltanto i nomi dei luoghi avevano dignità. Anche certi numeri e certe date, e coi nomi dei luoghi erano l'unica cosa che si potesse dire che avesse un significato. Parole astratte come gloria, onore, coraggio o dedizione erano oscene accanto ai nomi concreti dei villaggi, ai numeri delle strade, ai nomi dei fiumi, ai numeri dei reggimenti e alle date. Gino era un patriota, così diceva cose che a volte ci separavano, ma era anche un bravo ragazzo e capivo come fosse un patriota. Era nato così. Partì in macchina con Peduzzi per ritornare a Gorizia.

Tutto quel giorno continuò un temporale. Il vento abbatteva la pioggia e dovunque erano pozzanghere e fango. I calcinacci delle case diroccate erano grigi e bagnati. Sul finire del pomeriggio smise di piovere e dal posto di raccolta numero due vidi la nuda campagna bagnata d'autunno con le nuvole sulle cime delle colline e la paglia bagnata e gocciolante che mimetizzava le strade. Il sole apparve un momento prima di tramontare e splendette sui boschi spogli oltre il crinale. Vi erano molti cannoni austriaci nei boschi su quel crinale, ma soltanto alcuni sparavano. Guardai gli improvvisi sbuffi rotondi di fumo di shrapnel nel cielo sopra una fattoria diroccata vicino a dove era la linea: sbuffi morbidi con un lampo bianco giallastro nel cielo. Si vedeva il lampo, si udiva il colpo, poi si vedeva la palla di fumo contorta e snella nel vento. Vi erano molti proietti di ferro di shrapnel nelle macerie delle case e sulla strada accanto alla casa diroccata dov'era il posto di raccolta, ma non bombardarono vicino al posto di raccolta quel pomeriggio. Caricammo due macchine e scendemmo la strada mimetizzata con teli bagnati e i resti del sole si infiltrarono negli spiragli tra le strisce di rete. Prima che uscissimo sulla strada aperta dietro alla collina, il sole era calato. Scendemmo la strada aperta e mentre, dopo una svolta all'aperto, entrava in una galleria quadrata di reti mimetiche, la pioggia ricominciò.

Durante la notte si levò il vento e alle tre del mattino, con la pioggia che scendeva a strati, vi fu un bombardamento e i croati attraversarono le praterie della montagna e zone boscose fino alla linea del fronte. Combatterono al buio nella pioggia, e un contrattacco di uomini impauriti della seconda linea li respinse. Vi fu un gran bombardare e molti razzi nella pióggia, e fuoco di mitragliatrici e di moschetti lungo la linea. Non ritornarono e fu più tranquillo e tra le raffiche di vento e di pioggia si udiva il rumore di un grande bombardamento lontano, a nord.

I feriti stavano arrivando al posto di raccolta, alcuni portati in barella alcuni a piedi e alcuni trasportati sulle spalle da uomini che venivano attraverso i campi. Erano bagnati fino alle ossa e tutti erano impauriti. Riempimmo due ambulanze di barelle via via che salivano dalla cantina del posto di raccolta, e mentre chiudevo lo sportello della seconda ambulanza e lo assicuravo, sentii la pioggia diventarmi neve sulla faccia. I fiocchi scendevano pesanti e veloci nella pioggia.

Quando giunse l'alba la tempesta infuriava ancora. ma non nevicava più. La neve si scioglieva via via che cadeva sul suolo bagnato e ora pioveva di nuovo. Vi fu un altro attacco subito dopo l'alba, ma non ebbe successo. Aspettammo tutto il giorno un attacco, ma non giunse finché il sole non fu tramontato. Il bombardamento incominciò verso sud, sotto il lungo crinale boscoso dove erano concentrati i cannoni austriaci. Aspettammo un bombardamento ma non venne. Stava diventando buio. Dal campo dietro il villaggio sparavano i cannoni e i proietti, allontanandosi, avevano un suono rassicurante.

Giunse notizia che l'attacco a sud era fallito. Non attaccarono quella notte ma giunse notizia che avevano sfondato a nord. Durante la notte giunse la voce che dovevamo prepararci alla ritirata. Il capitano del posto di raccolta me lo disse. Lo aveva ricevuto dalla brigata. Poco dopo ritornò dal telefono e disse che era una bugia. La brigata aveva ricevuto l'ordine che la linea della Bainsizza venisse difesa a qualunque costo. Chiesi dello sfondamento e disse che aveva sentito alla brigata che gli austriaci avevano sfondato il 27° Corpo d'Armata verso Caporetto. Tutto il giorno vi era stata una grande battaglia nel nord.

« Se quei bastardi li lasciano passare, siamo fritti » disse.

« Sono i tedeschi che attaccano » disse un ufficiale medico. La parola tedeschi era qualcosa di cui aver paura. Non volevamo aver a che fare coi tedeschi.

« Ci sono quindici divisioni di tedeschi » disse l'ufficiale medico. « E hanno sfondato, e noi resteremo tagliati fuori. »

« Alla brigata dicono che questa linea deve venir difesa. Dicono che non hanno sfondato seriamente e che difenderemo una linea sulle montagne da Monte Maggiore. »

« Da chi lo hanno saputo? »

« Dalla Divisione. »

« La voce che dovevamo ritirarci veniva dalla Divisione. »

« Noi dipendiamo dal Corpo d'Armata » dissi. « Ma qui dipendo da lei. Naturalmente se mi dice di andare vado. Ma mi dia ordini precisi. »

« Gli ordini sono di restar qui. Lei prenda i feriti e li porti allo smistamento. »

« A volte li portiamo anche dallo smistamento agli ospedaletti da campo » dissi. « Mi dica, non ho mai visto una ritirata: se c'è una ritirata come si evacuano i feriti? »

« Non si evacuano. Se ne prende più che si può e gli altri si lasciano. »

« Che cosa devo caricare sulle ambulanze? »

« Il materiale sanitario. »

« Va bene » dissi.

La sera dopo incominciò la ritirata. Giunse notizia che i tedeschi e gli austriaci avevano sfondato a nord e scendevano le valli della montagna verso Cividale e Udine. La ritirata fu ordinata, bagnata e torva. Nella notte, procedendo lentamente lungo le strade affollate, oltrepassammo truppe in marcia sotto la pioggia, cannoni, cavalli che tiravano carri, muli, autocarrette, tutti provenienti dal fronte. Non c'era più disordine che in una avanzata.

Quella notte aiutammo a vuotare gli ospedali da campo che erano stati sistemati nei villaggi meno rovinati del pianoro, portando i feriti a Plava sul letto del fiume: e l'indomani arrancammo tutto il giorno nella pioggia per evacuare gli ospedali e lo smistamento di Plava. Pioveva forte e l'Armata della Bainsizza scendeva nel pianoro nella pioggia d'ottobre attraverso il fiume dove in primavera erano incominciate le grandi vittorie di quell'anno. Arrivammo a Gorizia nel pomeriggio dell'indomani. La pioggia era cessata e la città era quasi vuota. Mentre salivamo lungo la strada stavano caricando su un camion le ragazze della casa di tolleranza dei soldati. Erano sette ragazze e avevano addosso cappello e cappotto e portavano delle valigette. Due di loro piangevano. Una delle altre ci sorrise e tirò fuori la lingua agitandola su e giù. Aveva grosse labbra tumide e occhi neri.

Fermai l'ambulanza e scesi a parlare con la matrona. Le ragazze degli ufficiali erano partite la mattina presto, disse. Dove andavano? A Conegliano, disse. L'autocarro partì. La ragazza dalle labbra tumide ci tirò di nuovo fuori la lingua. La matrona ci salutò con la mano. Le due ragazze continuarono a piangere. Le altre guardavano senza interesse la città. Ritornai nell'ambulanza.

« Dovremmo andare con loro » disse Bonello. « Quello sì che sarebbe un bel viaggio. »

« Faremo lo stesso un bel viaggio » dissi.

« Faremo un viaggio d'inferno. »

« È proprio quello che voglio dire » dissi. Infilammo il viale della villa.

« Mi piacerebbe esserci quando qualcuno si arrampicherà sul camion e si darà da fare. »

« Credi che lo faranno? »

« Certo. Quella matrona è conosciuta da tutta la Seconda Armata. »

Eravamo davanti alla villa.

« La chiamano la Madre Superiora » disse Bonello. « Le ragazze sono nuove, ma lei la conoscono tutti. Devono averle portate qui proprio prima della ritirata. »

« Se la vedranno brutta. »

« Te lo dico io che se la vedranno brutta. Mi piacerebbe darci un colpo per niente. Costa troppo caro quel casino. Il governo ci frega. »

« Porta fuori l'ambulanza e falla vedere ai meccanici » dissi. « Che cambino l'olio e controllino il differenziale. Riempila e poi va' a dormire. »

« Sì, signor tenente. »

La villa era vuota. Rinaldi se n'era andato con l'ospedale. Il maggiore se n'era andato trasportando nella macchina dello Stato Maggiore il personale dell'ospedale. Sulla finestra c'era un biglietto per me di riempire le macchine col materiale ammucchiato nell'atrio e procedere per Pordenone. I meccanici se n'erano già andati. Ritornai nella rimessa. Le altre due macchine arrivarono mentre ero lì e gli chauffeurs scesero. Stava ricominciando a piovere.

« Sono talmente... pieno di sonno che ho rischiato tre volte di addormentarmi, venendo da Plava » disse Piani.

« Che cosa si fa, tenente? »

« Cambiamo l'olio, le ingrassiamo, le riempiamo, poi le portiamo davanti all'ingresso e carichiamo la roba che hanno lasciato. »

« Poi si parte? »

« No, si dorme tre ore. »

« Cristo, sono contento di dormire » disse Bonello. « Non riuscivo a star sveglio mentre guidavo. »

« Come va la tua macchina, Ajmo? » chiesi.

« Va bene. »

« Dammi una tuta che ti do una mano con l'olio. »

« Non si disturbi, tenente » disse Ajmo. « È una cosa da niente. Lei vada a fare i suoi bagagli. »

« I miei bagagli sono già fatti » dissi. « Vado a portar fuori la roba che ci hanno lasciato. Portate le macchine appena sono pronte. »

Portarono le macchine davanti all'ingresso della villa e le caricarono col materiale sanitario ammucchiato nell'atrio. Quando fu tutto a posto, le tre macchine rimasero allineate nel viale sotto gli alberi, nella pioggia. Noi entrammo.

« Accendete il fuoco in cucina e asciugatevi la roba » dissi.

« A me non importa di avere i vestiti asciutti » disse Piani. « Voglio dormire. »

« Io dormirò sul letto del maggiore » disse Bonello. « Dormirò dove ronfa il vecchio. »

« A me non importa dove dormo » disse Piani.

« Qui ci sono due letti. » Aprii una porta.

« Non ho mai saputo che cosa ci fosse in quella stanza » disse Bonello.

« Era la stanza di quella faccia di pesce » disse Piani.

« Voi due dormite qui » dissi. « Vi sveglio io. »

« Se dorme troppo ci sveglieranno gli austriaci, tenente » disse Bonello.

« Non dormirò troppo » dissi. « Dov'è Ajmo? »

« È andato in cucina. »

« Su, dormite » dissi.

« Io dormo di certo » disse Piani. « È tutto il giorno che dormo in piedi. Ho la cima della testa che mi sta scendendo sugli occhi. »

« Levati le scarpe » disse Bonello. « È il letto di Faccia di Pesce. »

« Non me ne frega niente di Faccia di Pesce. » Piani si sdraiò sul letto con le scarpe infangate distese e la testa sul braccio. Andai in cucina. Ajmo aveva accesa la stufa e vi aveva messo una pentola d'acqua.

« Pensavo di fare un po' di pastasciutta » disse. « Avremo fame quando ci svegliamo. »

« Non hai sonno, Bartolomeo? »

« Non tanto. Quando l'acqua bolle, vado. Il fuoco si spegnerà. »

« È meglio che tu dorma un po' » dissi. « Possiamo mangiare formaggio e carne d'asino. »

« La pasta va meglio » disse. « Qualcosa di caldo farà bene a quei due anarchici. Lei vada a dormire, tenente. »

« C'è un letto nella stanza del maggiore. »

« Ci dorma lei. »

« No, io vado su nella mia vecchia stanza. Vuoi bere qualcosa, Bartolomeo? »

« Quando andiamo, tenente. Ora non mi servirebbe a niente. »

« Se fra tre ore ti svegli e non ti ho chiamato, svegliami, vuoi? »

« Non ho orologio, tenente. »

« C'è un orologio sul muro nella stanza del maggiore. »

« Va bene. »

Attraversai la sala da pranzo e l'atrio e salii per le scale di marmo nella stanza dove avevo vissuto con Rinaldi. Fuori pioveva. Andai alla finestra e guardai fuori. Scendeva il buio e vidi le tre ambulanze allineate sotto gli alberi. Gli alberi gocciolavano nella pioggia. Faceva freddo e le gocce pendevano dai rami. Ritornai al letto di Rinaldi e mi sdraiai e mi lasciai prendere dal sonno.

Mangiammo in cucina prima di partire. Ajmo aveva un catino di spaghetti con cipolle e carne in scatola tagliata a pezzetti. Sedemmo intorno alla tavola e bevemmo due bottiglie di vino che erano state lasciate nella cantina della villa. Fuori era buio e continuava a piovere. Piani stava molto assonnato a tavola.

« Preferisco una ritirata a un'avanzata » disse Bonello. « Nella ritirata si beve barbera. »

« Lo beviamo adesso. Magari domani si beve l'acqua della pioggia » disse Ajmo.

« Domani saremo a Udine. Berremo champagne. È lì che vivono gl'imboscati. Svegliati, Piani! Berremo champagne domani a Udine! »

« Sono sveglio » disse Piani. Si riempì il piatto di spaghetti e carne. « Non sei riuscito a trovare un po' di salsa di pomodoro, Barto? »

« Non ce n'era » disse Ajmo.

« Berremo champagne a Udine » disse Bonello. Si riempì il bicchiere di barbera rosso e limpido.

« Potremmo bere... prima di Udine » disse Piani.

« Ha mangiato abbastanza, tenente? » chiese Ajmo.

« Moltissimo. Dammi la bottiglia, Bartolomeo. »

« Ho una bottiglia per uno da portare in macchina » disse Ajmo.

« Sei andato a dormire? »

« Non ho bisogno di dormire molto. Ho dormito un po'. »

« Domani dormiremo nel letto del re » disse Bonello. Si sentiva molto bene.

« Forse domani dormiremo in... » disse Piani.

« Dormirò con la regina » disse Bonello. Mi guardò come prendevo lo scherzo.

« Dormirai con... » disse Piani assonnato.

« Questo è un tradimento, tenente » disse Bonello. « Non è un tradimento? »

« Piantala » dissi. « Diventi troppo allegro con un po' di vino. » Fuori pioveva forte. Guardai l'orologio. Erano le nove e mezzo.

« È ora di andare » dissi. Mi alzai.

« Con chi va, tenente? » chiese Bonello.

« Con Ajmo. Poi vieni tu. Poi Piani. Prenderemo la strada per Cormons. »

« Ho paura di addormentarmi » disse Piani.

« Va bene. Verrò con te. Poi Bonello, poi Ajmo. »

« Così va meglio » disse Piani. « Perché ho un tale sonno. »

« Guiderò io, così puoi dormire. »

« No. Posso guidare finché so che qualcuno mi sveglia se mi addormento. »

« Ti sveglierò io. Spegni le luci, Barto. »

« Si potrebbero anche lasciare accese » disse Bonello. « Non avremo mai più da fare in questo posto. »

« Ho una cassetta in camera mia » dissi. « Vuoi aiutarmi a portarla giù, Piani? »

« La prendiamo noi » disse Piani. « Vieni, Aldo. » Uscì nell'atrio con Bonello. Li udii salire le scale.

« Qui era un bel posto » disse Bartolomeo Ajmo. Mise due bottiglie di vino e mezzo formaggio nello zaino. « Non troveremo più un posto così. Dove si ritirano, tenente? »

« Di là del Tagliamento, dicono. L'ospedale e il settore devono essere a Pordenone. »

« Qui è una città più bella di Pordenone. »

« Non conosco Pordenone » dissi. « Ci sono solo passato. »

« Non è un gran che » disse Ajmo.

XXVIII

Quando attraversammo la città era vuota nella pioggia e nel buio tranne per le colonne di truppe e cannoni che procedevano per la strada principale. Vi erano anche molti camion e qualche carretta che conver-
gevano da altre strade sullo stradone. Quando si oltrepassò la conceria e si arrivò nello stradone, le truppe, i camion, le carrette a cavallo e i cannoni costitui-
vano un'unica ampia colonna che si muoveva lentamente. Ci muovevamo lentamente ma saldamente nella
pioggia, col muso del radiatore della nostra ambulanza quasi contro il retrotreno di un camion molto carico, col carico coperto di teli bagnati. Poi il camion si
fermò. L'intera colonna dovette fermarsi. Ripartì, procedemmo un altro poco, poi si fermò. Scesi e andai
avanti tra i camion e le carrette sotto i colli bagnati
dei cavalli. L'interruzione era molto lontana. Lasciai
la strada, attraversai un fosso su una passerella e camminai nel campo di là del fosso. Vedevo la colonna
impantanata fra gli alberi nella pioggia mentre procedevo nel campo. Camminai un chilometro e mezzo. La
colonna non si muoveva ma dall'altra parte di là dei
veicoli impantanati vedevo muovere le truppe. Ritornai alle ambulanze. L'interruzione poteva arrivare fino a Udine. Piani dormiva sul volante. Salii accanto
a lui e mi addormentai anch'io. Parecchie ore dopo
udii il camion davanti a noi far grattare il cambio.
Svegliai Piani e partimmo, procedendo qualche metro,
poi fermandoci, poi riprendendo ad andare. Continuava a piovere.

La colonna si impantanò durante la notte e non ri-

partì. Scesi e andai a trovare Ajmo e Bonello. Bonello
aveva accanto a sé sul sedile della macchina due sergenti del genio. Si misero sull'attenti quando arrivai
io.

« Sono stati lasciati a fare qualcosa a un ponte »
disse Bonello. « Non riescono a trovare il loro reparto, così gli ho dato il passaggio. »

« Col permesso del signor tenente. »

« Col permesso » dissi.

« Il tenente è americano » disse Bonello. « Darebbe
il passaggio a tutti. »

Uno dei due sergenti sorrise. L'altro chiese a Bonello se ero un italiano del Nord o del Sud America.

« Non è italiano. È un inglese nordamericano. »

I sergenti furono cortesi ma non lo credettero. Li
lasciai e ritornai da Ajmo. Aveva due ragazze accanto a sé sul sedile e stava fumando abbandonato nel-
l'angolo.

« Barto, Barto » dissi. Rise.

« Parli lei con loro, tenente » disse. « Io non riesco
a capirle. Ehi! » Posò la mano sulla coscia della ragazza e la strinse in modo cordiale. La ragazza si strinse
addosso lo scialle e gli respinse la mano. « Ehi! » disse. « Di' al tenente come ti chiami e perché sei qui. »

La ragazza mi guardò selvaggiamente. L'altra ragazza tenne gli occhi bassi. La ragazza che mi guardò disse qualcosa in un dialetto di cui non capii una parola. Era grassoccia e bruna e pareva sui sedici anni.

« Sorella? » chiesi, indicando l'altra ragazza.

Lei annuì e sorrise.

« Bene » dissi, e le battei la mano sul ginocchio. La
sentii irrigidirsi quando la toccai. La sorella non alzò
mai gli occhi. Aveva l'aria di essere forse minore di
un anno. Ajmo posò la mano sulla coscia della maggiore e lei la respinse. Allora rise.

« Bravo » disse indicando se stesso. « Bravo » disse
indicando me. « Stai tranquilla. » La ragazza lo guardò

selvaggiamente. Parevano un paio di uccelli selvatici.
  « Perché è venuta su se non le piaccio? » chiese
Ajmo. « Sono venute su appena ho fatto un cenno. »
Si rivolse alla ragazza. « Stai tranquilla » disse. « Non
c'è pericolo di... » usando la parola volgare. « Non c'è
posto per... » Vidi che lei capiva la parola e fu tutto.
Lo guardò con occhi molto spaventati. Si strinse addosso lo scialle. « Macchina tutta piena » disse Ajmo.
« Non c'è pericolo di... Non c'è posto per... » Ogni
volta che Ajmo pronunciava la parola la ragazza si ir-
rigidiva un poco. Poi, sedendo e guardandolo, incominciò a piangere. Le vidi tremare le labbra e poi scendere le lacrime sulle guance grassocce. La sorella senza
alzare lo sguardo le prese la mano e rimasero sedute
vicino. La maggiore, che era stata così selvaggia, incominciò a singhiozzare.
  « Devo averla spaventata » disse Ajmo. « Non volevo spaventarla. »
  Bartolomeo tirò fuori lo zaino e tagliò due pezzi di
formaggio. « Qua » disse. « Smettila di piangere. »
  La maggiore, che era stata così selvaggia, scosse il
capo e continuò a piangere, ma la minore prese il formaggio e cominciò a mangiare. Dopo un po' la minore
offrì alla sorella il secondo pezzo di formaggio e man-
giarono tutt'e due. La maggiore singhiozzò ancora un
po'.
  « Starà bene tra un po' » disse Ajmo. Gli venne
un'idea. « Vergine? » chiese alla ragazza che gli era vicino. Questa annuì energicamente. « Anche vergine? »
chiese indicando la sorella. Le ragazze annuirono tutt'e
due e la maggiore disse qualcosa in dialetto.
  « Va bene » disse Bartolomeo. « Va bene. »
  Le due ragazze parvero rassicurate.
  Le lasciai sedute vicine con Ajmo nell'angolo e ritornai alla macchina di Piani. La colonna dei veicoli
non si muoveva, ma le truppe continuavano a passare
da un lato. Stava ancora piovendo forte e pensai che

qualcuno degli arresti nel movimento della colonna potesse dipendere dall'umidità nell'impianto elettrico di qualche macchina. Più probabilmente dipendevano da cavalli o uomini che si addormentavano. Poi poteva darsi che il traffico venisse bloccato nelle città dove tutti erano svegli. Era la combinazione dei veicoli a cavallo e a motore. Non si aiutavano fra loro. Neanche le carrette dei contadini aiutavano. Quelle erano un paio di belle ragazze, là con Barto. Una ritirata non era luogo per due vergini. Proprio vergini. Probabilmente molto religiose. Se non ci fossero le guerre probabilmente saremmo tutti a letto. A letto appoggio giù la testa. Letto e tavolo. Rigido come un tavolo nel letto. Ora Catherine era sul letto fra due lenzuola, uno sopra e uno sotto. Su che fianco dormiva? Forse non dormiva. Forse era sdraiata e pensava a me. Tira, tira, vento dell'ovest. Bene, tirava e non era una pioggia piccola, ma una pioggia grande quella che veniva giù. Piovve tutta la notte. Si sapeva che pioveva. Guarda. Cristo, se il mio amore fosse tra le mie braccia e io nel mio letto. Se il mio amore Catherine. Se il mio dolce amore Catherine potesse piovere. Tirarla di nuovo contro di me. Be', c'eravamo. Erano stati acchiappati tutti e la pioggia piccola non sarebbe servita a niente. « Buona notte, Catherine » dissi forte. « Spero che tu dorma bene. Se stai troppo scomoda, cara, voltati dall'altra parte » dissi. « Ti prenderò un po' d'acqua fredda. Tra poco sarà mattino e allora andrà meglio. Mi dispiace che tu stia così scomoda. Cerca di dormire, tesoro. »

Avevo sempre dormito, disse. Hai parlato nel sonno. Come stai?

Ma sei davvero qui?

Certo che sono qui. Non ho nessuna intenzione di andarmene. Questo non cambia niente tra noi.

Sei così bella e dolce. Non te ne andrai nella notte, vero?

Certo che non me ne vado. Sono sempre qui. Vengo ogni volta che mi vuoi.

« ... » disse Piani. « Sono ripartiti. »

« Ero intontito » dissi. Guardai l'orologio. Erano le tre del mattino. Tesi il braccio dietro il sedile per prendere la bottiglia di barbera.

« Parlava forte » disse Piani.

« Sognavo in inglese » dissi.

La pioggia stava diminuendo e noi stavamo procedendo. Prima dell'alba ci impantanammo di nuovo e quando fu chiaro eravamo su un piccolo rialzo di terreno e vidi la strada della ritirata che si stendeva lontano, con tutto immobile tranne la fanteria che vi filtrava. Ricominciammo a muoverci ma, vedendo la media di velocità alla luce del giorno, capii che dovevamo riuscire ad abbandonare lo stradone e attraversare la campagna per poter sperare di giungere a Udine.

Durante la notte molti contadini si erano uniti alla colonna dalle strade di campagna, e nella colonna vi erano carri carichi di masserizie domestiche; vi erano specchi che spuntavano tra materassi, e polli e anatre legati ai carri. Sul carro davanti a noi nella pioggia c'era una macchina da cucire. Avevano salvato le cose di maggior valore. Su alcuni carri le donne sedevano rannicchiandosi contro la pioggia e altre camminavano accanto ai carri tenendosi più vicine che potevano alle ruote. Ora nella colonna c'erano dei cani, che non uscivano di sotto ai carrozzoni mentre procedevano. La strada era fangosa, i fossi laterali erano pieni d'acqua, e di là degli alberi che costeggiavano la strada i campi erano troppo intrisi d'acqua per tentare d'attraversarli. Scesi di macchina e risalii la strada cercando un luogo da cui poter guardare oltre per vedere se c'era una via traversa che attraversasse la campagna. Sapevo che c'erano molte vie traverse, ma non ne volevo una chiusa. Non riuscivo a ricordare, perché eravamo sempre passati di corsa sullo stradone e

si assomigliavano tutte. Ora sapevo che dovevamo trovarne una se volevamo salvarci. Nessuno sapeva dove
fossero gli austriaci né come andassero le cose, ma ero
certo che se smetteva di piovere e venivano gli aeroplani su quella colonna sarebbe tutto finito. Bastava
che qualcuno abbandonasse i camion o qualche cavallo venisse ucciso per bloccare del tutto il movimento
sulla strada.

Ora la pioggia non era molto forte, e mi pareva che
il cielo potesse rasserenarsi. Continuai lungo il ciglio
della strada e quando trovai una stradina che portava
a nord tra due campi con una fila d'alberi per parte,
pensai che ci conveniva prenderla e ritornai di corsa
alle macchine. Dissi a Piani di voltare e andai a dirlo
a Bonello e a Ajmo.

« Se conduce da qualche parte, possiamo fare il giro
e tagliare » dissi.

« E questi? » chiese Bonello. I due sergenti erano
accanto a lui sul sedile. Avevano la barba lunga, ma
ancora un'aria militare, alla luce dell'alba.

« Potranno servire a spingere » dissi. Ritornai da
Ajmo e gli dissi che avremmo cercato di attraversare
la campagna.

« E la mia famiglia di vergini? » chiese Ajmo. Le
due ragazze dormivano.

« Non serviranno a niente » dissi. « Ci sarebbe bisogno di qualcuno che possa spingere. »

« Possono star dietro nell'ambulanza » disse Ajmo.
« C'è posto. »

« Va bene, se vuoi tenertele » dissi. « Carica qualcuno che abbia la schiena larga per spingere. »

« Bersaglieri » sorrise Ajmo. « Hanno le schiene più
larghe. Gliele misurano. Come sta, tenente? »

« Bene. E tu? »

« Bene. Ma ho una gran fame. »

« Dovrebbe esserci qualcosa su per quella strada e
ci fermeremo a mangiare. »

« Come va la gamba, tenente? »

« Bene » dissi. In piedi sul predellino guardando avanti, vidi l'ambulanza di Piani infilare la via traversa e avviarsi, visibile attraverso la fila dei rami spogli. Bonello voltò e lo seguì e poi Ajmo voltò a sua volta e seguimmo le due ambulanze lungo la stretta strada fra gli alberi. Conduceva a una fattoria. Trovammo Piani e Bonello fermi nel cortile. La casa era bassa e lunga e aveva un pergolato sulla porta. Vi era un pozzo nel cortile e Piani stava attingendo acqua per riempire il radiatore. Andare così a lungo con le prime marce l'aveva fatta bollire. La fattoria era deserta. Mi voltai a guardare la strada, la fattoria era su una piccola altura sulla pianura e si vedeva la campagna, e vidi la strada, gli alberi, i campi e la fila di alberi lungo lo stradone dove passava la ritirata. I due sergenti davano un'occhiata in casa. Le ragazze erano sveglie e guardavano il cortile, il pozzo e le due grosse ambulanze davanti alla fattoria coi tre chauffeurs al pozzo. Uno dei sergenti uscì con un orologio in mano.

« Rimettilo a posto » dissi. Mi guardò, andò in casa e ritornò senza l'orologio.

« Dov'è il tuo compagno? » chiesi.

« È andato alla latrina. » Salì sul sedile dell'ambulanza. Aveva paura che lo lasciassimo.

« Cosa ne dice di far colazione, tenente? » chiese Bonello. « Si potrebbe mangiare qualcosa. Non si perderebbe molto tempo. »

« Credi che questa strada che scende dall'altra parte conduca in qualche posto? »

« Certo. »

« Bene. Mangiamo. » Piani e Bonello entrarono in casa.

« Venite » disse Ajmo alle ragazze. Tese le mani per aiutarle a scendere. La sorella maggiore scosse la testa. Non sarebbero entrate nella casa deserta. Ci seguirono con lo sguardo.

« Hanno un carattere difficile » disse Ajmo. Entrammo insieme nella fattoria. Era spaziosa e buia, una sensazione di abbandono. Bonello e Piani erano in cucina.

« Non c'è gran che da mangiare » disse Piani. « Hanno portato via tutto. »

Bonello tagliò a fette un grosso formaggio bianco sul tavolo massiccio della cucina.

« Dov'era il formaggio? »

« In cantina. Piani ha trovato anche vino e mele. »

« È una buona colazione. »

Piani stava togliendo il tappo a una grossa damigiana di vino impagliata. Lo assaggiò e ne riempì una pentola di rame.

« Ha un buon odore » disse. « Cerca qualche bicchiere, Barto. »

Entrarono i due sergenti.

« Prendete un po' di formaggio, sergenti » disse Bonello.

« Dobbiamo andare » disse uno dei sergenti agitando il formaggio e bevendo il vino.

« Ora andiamo. Non preoccuparti » disse Bonello.

« L'esercito cammina sullo stomaco » dissi.

« Cosa? » chiese il sergente.

« È meglio mangiare. »

« Sì, ma il tempo è prezioso. »

« Credo che quei bastardi abbiano già mangiato » disse Piani. I sergenti lo guardarono. Non ci potevano soffrire.

« Conosce la strada? » mi chiese uno di loro.

« No » dissi. Si scambiarono uno sguardo.

« È meglio che andiamo » disse il primo.

« Stiamo andando » dissi. Bevvi un'altra tazza di vino rosso. Era molto buono dopo il formaggio e la mela.

« Portate quel formaggio » dissi e uscii. Bonello arrivò con la damigiana di vino.

« È troppo grossa » dissi. La guardò con rimpianto.

« Credo anch'io » disse. « Datemi le borracce da riempire. » Riempì le borracce e un po' di vino si versò sul lastricato di pietra del cortile. Poi prese la damigiana e la rimise dentro la porta.

« Gli austriaci possono trovarla senza sfondare la porta » disse.

« Andiamo » dissi. « Piani e io andremo avanti. » I due genieri erano già seduti vicino a Bonello. Le ragazze mangiavano formaggio e mele. Ajmo stava fumando. Infilammo la nostra stradetta. Mi voltai a guardare le due macchine che seguivano e la fattoria. Era una bella casa bassa di pietra solida e la porta in ferro del pozzo era molto ben lavorata. La strada davanti a noi era stretta e fangosa e c'era una siepe alta ai due lati. Dietro, le macchine seguivano da vicino.

XXIX

A mezzogiorno eravamo impantanati in una strada fangosa, secondo i nostri calcoli a una decina di chilometri da Udine. Nel pomeriggio aveva smesso di piovere e tre volte avevamo sentito venire gli aeroplani, ce li eravamo visti passare sulla testa, li avevamo guardati allontanarsi verso sinistra e li avevamo uditi bombardare lo stradone. Ci eravamo districati in una rete di strade secondarie e avevamo infilato molte strade chiuse ma tornando indietro e trovando altre strade ci eravamo continuamente avvicinati a Udine. Ora la macchina di Ajmo, in una marcia indietro per uscire da una strada chiusa, era finita nella torre molle ai lati e le ruote, girando a vuoto, si erano sempre più sprofondate, finché la macchina appoggiò sul differenziale. Si trattava ora di togliere la terra davanti alle ruote, metterci delle fronde in modo che le catene potessero mordere, e poi spingere finché la macchina fosse sulla strada. Eravamo tutti a terra intorno alla macchina. I due sergenti guardarono la macchina e esaminarono le ruote. Poi si misero a camminare senza dire una parola. Li seguii.

« Venite » dissi. « Tagliate un po' di frasche. »

« Dobbiamo andare » disse uno.

« Spicciatevi » dissi « e tagliate delle frasche. »

« Dobbiamo andare » disse uno. L'altro non disse nulla. Avevano fretta di partire. Non mi guardarono.

« Vi ordino di ritornare alla macchina e di tagliare delle frasche » dissi. Un sergente si voltò. « Dobbiamo andare. Tra un momento sarete tagliati fuori. Non può darci degli ordini. Non è nostro ufficiale. »

« Vi ordino di tagliare delle frasche » dissi.

Si voltarono e incominciarono a camminare giù per la strada.

« Alt » dissi. Continuarono a scendere per la strada fangosa con una siepe per parte. « Vi ordino di fermarvi » gridai. Accelerarono un poco il passo. Aprii la guaina, presi la pistola, mirai quello che aveva parlato di più e sparai. Sbagliai il colpo e incominciarono tutti e due a correre. Sparai tre volte e ne feci cadere uno. L'altro s'infilò nella siepe e scomparve. Gli sparai attraverso la siepe mentre attraversava di corsa i campi. La pistola sparò a vuoto e misi un altro caricatore. Vidi che il secondo sergente era troppo lontano per sparargli. Era lontano oltre i campi, e correva con la testa bassa. Incominciai a riempire il caricatore vuoto. Si avvicinò Bonello.

« Lasci che vada a ammazzarlo » disse.

Gli tesi la pistola e lui scese dove il sergente dei genieri giaceva a faccia in giù attraverso la strada. Bonello si chinò su di lui, appoggiò la pistola alla testa dell'uomo e tirò il grilletto. La pistola non sparò.

« Devi mettere la palla in canna » dissi. Armò la pistola e sparò due volte. Prese il sergente per le gambe e lo spinse su un lato della strada in modo che giacesse accanto alla siepe. Ritornò e mi tese la pistola.

« Quel figlio d'un cane » disse. Guardò il sergente. « Ha visto come gli ho sparato, tenente? »

« Dobbiamo mettere insieme in fretta quelle frasche » dissi. « Quell'altro l'ho colpito? »

« Non credo » disse Ajmo. « Era troppo lontano per poterlo prendere con la pistola. »

« Quel sacco di merda » disse Piani. Stavamo tutti tagliando rami e arbusti. L'ambulanza era stata completamente vuotata. Bonello stava scavando davanti alle ruote. Quando fummo pronti Ajmo accese il motore e innestò la marcia. Le ruote girarono a vuoto, schizzando frasche e fango. Bonello e io spingemmo finché ci scricchiolarono le giunture. La macchina non si mosse.

« Falla andare avanti e indietro, Barto » dissi.

Innestò marcia avanti e marcia indietro. Le ruote si limitarono ad affondare di più. Poi la macchina si appoggiò di nuovo sul differenziale e le ruote girarono a vuoto nei buchi che si erano scavati. Mi rizzai.

« Tentiamo con una fune » dissi.

« Non credo che serva, tenente. Non si può dare un colpo deciso. »

« Dobbiamo provare » dissi. « Non verrà fuori in altro modo. »

Le macchine di Piani e di Bonello potevano muoversi soltanto in avanti lungo la strada stretta. Legammo le macchine insieme e tirammo. Le ruote spingevano soltanto da una parte contro le carreggiate. « Non serve a niente » gridai. « Basta. »

Piani e Bonello scesero dalle macchine e tornarono indietro. Ajmo scese. Le ragazze erano a una quarantina di metri sedute su un muretto.

« Cosa ne dice, tenente? » disse Bonello.

« Scaviamo e tentiamo di nuovo con le frasche » dissi. Guardai la strada. Era colpa mia. Ero io che li avevo condotti qui. Il sole era quasi calato dietro le nuvole e il corpo del sergente giaceva lungo la siepe.

« Mettiamoci sotto la giubba e la mantella » dissi. Bonello andò a prenderle. Io tagliai le frasche e Ajmo e Piani scavarono davanti e in mezzo alle ruote. Tagliai la mantella poi la strappai in due e la distesi sotto le ruote nel fango e poi sopra mucchi di frasche perché le ruote facessero presa. Eravamo pronti a partire e Ajmo salì sul sedile e avviò il motore. Le ruote giravano a vuoto e noi spingemmo e spingemmo. Ma non servì a niente.

« È finita » dissi. « Hai bisogno di qualcosa nella macchina, Barto? »

Ajmo salì con Bonello, col formaggio e due bottiglie di vino e la mantella. Bonello, seduto dietro la ruota, frugava le tasche della giubba del sergente.

« Meglio buttar via la giubba » dissi. « E le vergini di Barto? »

« Possono salire dietro » disse Piani. « Non credo che andremo lontano. »

Aprii lo sportello posteriore dell'ambulanza. « Su » dissi. « Dentro. » Le due ragazze salirono e sedettero nell'angolo. Pareva che non si fossero accorte della sparatoria. Mi voltai a guardare la strada. Il sergente giaceva nella camicia sudicia dalle maniche lunghe. Salii con Piani e accendemmo il motore. Volevo cercar di attraversare il campo. Quando la strada entrò nel campo, scesi e camminai avanti. Se riuscivamo ad attraversare c'era una strada dall'altra parte. Non riuscimmo ad attraversare. Era troppo molle e fangoso per le macchine. Quando furono definitivamente e totalmente impantanate con le ruote sprofondate fino al mozzo, le lasciammo nel campo e ci avviammo a piedi verso Udine.

Quando arrivammo alla strada che riconduceva allo stradone, lo indicai alle due ragazze. « Andate laggiù » dissi. « Incontrerete della gente. » Mi guardarono. Presi il portafogli e diedi loro dieci lire per una. « Andate laggiù » dissi facendo segno. « Amici! Famiglia! »

Non capirono, ma strinsero forte il denaro e incominciarono a scendere la strada. Si voltarono a guardarmi come se avessero paura che potessi riprendermi il denaro. Le guardai scendere la strada strette negli scialli, voltandosi preoccupate a guardarci. I tre chauffeurs ridevano.

« Quanto mi dà per andare in quella direzione, tenente? » chiese Bonello.

« È meglio che siano in un mucchio di gente che sole » dissi.

« Mi dia duecento lire e andrò difilato in Austria »
disse Bonello.

« Te le porterebbero via » disse Piani.

« Forse la guerra sarebbe finita » disse Ajmo. Camminavamo per la strada più in fretta che potevamo.
Il sole cercava di spuntare. Lungo la strada vi erano
siepi di more. Attraverso le siepi vedevo i nostri due
grossi furgoni piantati nel fango. Anche Piani si voltò
a guardare.

« Dovranno costruire una strada per portarli via »
disse.

« Per Cristo, se avessimo la bicicletta » disse Bonello.

« C'è l'uso della bicicletta, in America? » chiese Ajmo.

« Una volta c'era. »

« Qui è una gran cosa » disse Ajmo. « Una bicicletta è una cosa splendida. »

« Per Cristo, se avessimo la bicicletta » disse Bonello. « Non sono un camminatore. »

« Sono spari, quelli? » Mi pareva di udir sparare
a una grande distanza.

« Non lo so » disse Ajmo. Rimase in ascolto.

« Mi pare di sì » disse.

« La prima cosa che vedremo sarà la cavalleria »
disse Piani.

« Non credo che abbiano la cavalleria. »

« Spero di no, per Cristo » disse Bonello. « Non voglio essere infilato in una lancia da una... cavalleria. »

« Ha proprio sparato, a quel sergente, tenente » disse Piani. Camminavamo in fretta.

« L'ho ucciso » disse Bonello. « Non ho mai ucciso
nessuno in questa guerra, e per tutta la vita ho desiderato uccidere un sergente. »

« L'hai ucciso da seduto » disse Piani. « Non correva molto veloce quando l'hai ucciso. »

« Non importa. È una cosa che posso sempre ricordare. Ho ucciso quel... di un sergente. »

« Che cosa dirai in confessione? » chiese Ajmo.

« Dirò "Beneditemi, padre, ho ucciso un sergente". » Risero tutti.

« È un anarchico » disse Piani. « Non va mai in chiesa. »

« Anche Piani è anarchico » disse Bonello.

« Siete anarchici sul serio? » chiesi.

« No, tenente. Siamo socialisti. Siamo di Imola. »

« Non c'è mai stato? »

« No. »

« Per Cristo, è un bel posto, tenente. Ci venga dopo la guerra e le faremo vedere qualcosa. »

« Siete tutti socialisti? »

« Tutti quanti. »

« È una bella città? »

« Magnifica. Non ha mai visto una città così. »

« Come mai siete diventati socialisti? »

« Siamo tutti socialisti. Tutti quanti sono socialisti. Siamo sempre stati socialisti. »

« Venga, tenente. Faremo diventare socialista anche lei. »

La strada svoltò a sinistra e c'era una piccola collina e, di là di un muro di pietra, un frutteto di meli. Quando la strada incominciò a salire, smisero di parlare. Camminammo insieme in fretta contro il tempo.

XXX

Più tardi eravamo su una strada che conduceva a un fiume. Vi era una lunga fila di camion e carrette abbandonate sulla strada che conduceva al ponte. Nessuno era in vista. Il fiume era alto e il ponte era stato fatto saltare nel mezzo; l'arco di pietra era caduto nel fiume e l'acqua bruna lo copriva. Risalimmo la riva cercando un punto per guadare. Più in su sapevo che c'era un ponte ferroviario e pensavo di poter attraversare lassù. Il sentiero era bagnato e fangoso. Non incontrammo truppe; soltanto camion e provviste abbandonate. Lungo la riva del fiume non c'era nulla e nessuno tranne le frasche bagnate e il suolo fangoso. Risalimmo la riva e finalmente vedemmo il ponte ferroviario.

« Che bel ponte » disse Ajmo. Era un ponte di ferro lungo e semplice su ciò che di solito era il letto asciutto di un fiume.

« È meglio che ci sbrighiamo e lo attraversiamo prima che lo facciano saltare » dissi.

« Non c'è nessuno che possa farlo saltare » disse Piani. « Son tutti andati. »

« Probabilmente è minato » disse Bonello. « Vada prima lei, tenente. »

« Sentite l'anarchico » disse Ajmo. « Faccia andar lui per primo. »

« Vado io » dissi. « Per minato che sia, non può saltare sotto una persona sola. »

« Vedete » disse Piani « questo è cervello. Perché non hai un po' di cervello, anarchico? »

« Se avessi cervello non sarei qui » disse Bonello.

« Questa è buona, tenente » disse Ajmo.

« Sì, questa è buona » dissi. Ora eravamo vicini al ponte. Il cielo si era di nuovo rannuvolato e pioveva un poco. Il ponte aveva l'aria di esser lungo e solido. Salimmo sulla scarpata.

« Venite uno alla volta » dissi, e mi avviai attraverso il ponte. Guardai le traversine e le rotaie in cerca dei fili o dei segni dell'esplosivo, ma non vidi niente. Sotto le fessure delle traversine il fiume scorreva fangoso e veloce. Davanti a noi, oltre la campagna bagnata, si vedeva Udine nella pioggia. Traversato il ponte mi voltai a guardare. Un po' più in su del fiume c'era un altro ponte. Mentre guardavo, lo attraversò una macchina giallo fango. I parapetti del ponte erano alti e la macchina, mentre lo attraversava, non si vedeva. Ma vidi le teste dello chauffeur, dell'uomo seduto vicino a lui e di due uomini seduti sul sedile posteriore. Avevano tutti l'elmetto tedesco. Poi la macchina oltrepassò il ponte e scomparve dietro gli alberi e i veicoli abbandonati sulla strada. Feci cenno ad Ajmo che stava attraversando e agli altri due di avvicinarsi. Scesi e mi accoccolai accanto alla scarpata della ferrovia. Ajmo scese vicino a me.

« Hai visto la macchina? » chiesi.

« No, stavamo guardando lei. »

« Una macchina dello Stato Maggiore tedesco ha attraversato quel ponte laggiù. »

« Dello Stato Maggiore? »

« Sì. »

« Maria santa. »

Arrivarono anche gli altri e ci accoccolammo tutti nel fango dietro la scarpata guardando il ponte di là delle rotaie, la fila degli alberi, il fosso e la strada.

« Allora crede che siamo tagliati fuori, tenente? »

« Non lo so. So soltanto che una macchina dello Stato Maggiore tedesco è passata su quella strada. »

« Non si sente qualcosa di strano, tenente? Non le è passato per la testa qualcosa di strano? »

« Non fare lo scemo, Bonello. »

« Cosa ne direste di bere qualcosa? » chiese Piani. « Se siamo tagliati fuori possiamo anche bere. » Sganciò la borraccia e l'aprì.

« Guardate, guardate » disse Ajmo e fece segno verso la strada. Sul parapetto del ponte si vedevano muovere gli elmetti tedeschi. Erano piegati in avanti e procedevano dolcemente, quasi soprannaturali. Quando uscirono dal ponte li vedemmo. Erano truppe in bicicletta. Vidi la faccia dei primi due. Erano rubicondi e pieni di salute. Gli elmetti erano molto calcati sulla fronte e sulle guance. Le carabine erano fissate al telaio della bicicletta. Le bombe a mano erano attaccate a manico in giù ai cinturoni. Avevano gli elmetti e le uniformi grige bagnate, e procedevano spediti guardando di fronte e ai due lati. Ce n'erano due, poi quattro allineati, poi due, poi quasi una dozzina; poi un'altra dozzina, poi uno da solo. Non parlavano ma non avremmo potuto udirli per via del rumore del fiume. Scomparvero in cima alla strada.

« Maria santa » disse Ajmo.

« Erano tedeschi » disse Piani. « Quelli non erano austriaci. »

« Perché non c'è qualcuno a fermarli? » dissi. « Perché non hanno fatto saltare il ponte? Perché non ci sono le mitragliatrici lungo questa scarpata? »

« Ce lo dica lei, tenente » disse Bonello.

Ero furioso.

« Tutta questa maledetta faccenda non ha senso. Laggiù fanno saltare un ponticello. Qui lasciano un ponte sulla strada maestra. Dove sono? Non cercano neanche di fermarli? »

« Ce lo dica lei, tenente » disse Bonello. Tacqui. Non erano affari miei; l'unica cosa che avevo da fare io era raggiungere Pordenone con tre ambulanze. Non

c'ero riuscito. L'unica cosa che dovevo fare adesso era
di andare a Pordenone. Probabilmente non sarei neanche riuscito ad arrivare a Udine. Non mi restava altro
da fare che esser calmo e cercar di non venir ucciso
né catturato.

« Non avevi aperto una borraccia? » chiesi a Piani.
Me la porse. Bevvi un lungo sorso. « Potremmo anche
andare » dissi.

« Ma non c'è fretta. Volete mangiare qualcosa? »

« Non è un posto da fermarcisi » disse Bonello.

« Bene. Andiamo. »

« Dobbiamo stare da questa parte, al riparo? »

« È meglio che andiamo in cima. Può darsi che pas-
sino anche da questo ponte. Non conviene averli sulla testa prima che li vediamo. »

Procedemmo lungo il binario della ferrovia. Ai due
lati si stendeva la pianura bagnata. Di fronte a noi
di là della pianura era la collina di Udine. I tetti precipitavano dal Castello sulla collina. Si vedevano il
campanile e la torre dell'orologio. Nei campi vi erano
molte more. Davanti a noi vidi un luogo dove le rotaie
erano divelte. Anche le traversine erano state divelte
e gettate giù dalla scarpata.

« Giù, giù » disse Ajmo. Ci gettammo a terra accanto alla scarpata. Sulla strada passava un altro gruppo di ciclisti. Sporsi il capo e li vidi proseguire.

« Ci hanno visti ma sono andati avanti » disse Ajmo.

« Qui ci facciamo ammazzare, tenente » disse Bonello.

« Non ci vogliono » dissi. « Cercano qualcos'altro.
Sarebbe più pericoloso se ci arrivassero addosso d'improvviso. »

« Io preferirei togliermi di qui » disse Bonello.

« Va bene. Camminiamo lungo il binario. »

« Crede che ce la facciamo? » chiese Ajmo.

« Certo. Non sono ancora in molti. Passeremo la linea di notte. »

« Che cosa stava facendo quella macchina dello Stato Maggiore? »

« Lo sa Iddio » dissi. Ci avviammo lungo il binario. Bonello, stanco di camminare nel fango della scarpata, venne con noi. La strada ferrata ora si allontanava dallo stradone verso sud, e non potevamo più vedere che cosa succedesse sulla strada. Un ponticello su un canale era saltato in aria ma ci arrampicammo su ciò che restava della testata. Sentimmo sparare sopra di noi.

Salimmo sulla strada ferrata di là del canale. Continuava diretta verso la città oltre i campi piani. Si vedeva la linea dell'altra strada ferrata davanti a noi. Verso nord c'era lo stradone dove avevamo visto i ciclisti, a sud c'era una stradetta secondaria che attraversava i campi tra due file di alberi folti. Pensai che era meglio tagliare verso sud e cercare di aggirare in quel modo la città e attraversare la campagna verso Campoformio e lo stradone al Tagliamento. Potevamo evitare la linea principale della ritirata prendendo le strade secondarie di là da Udine. Sapevo che c'era un mucchio di strade laterali che attraversavano la pianura. Mi avviai giù dalla scarpata.

« Avanti » dissi. Avremmo preso la strada secondaria dirigendoci verso il sud della città. Ci avviammo tutti giù dalla scarpata. Dalla strada secondaria ci spararono. La pallottola finì nel fango della scarpata.

« Tornate indietro » gridai. Mi avviai su per la scarpata, scivolando nel fango. Gli chauffeurs erano là davanti a me. Risalii la scarpata più in fretta che potei. Dai cespugli folti giunsero altri due colpi e Ajmo, mentre attraversava le rotaie, rimase un momento in bilico, esitò e cadde a faccia in giù. Lo attirammo dalla nostra parte e lo voltammo. « Dovrebbe aver la testa verso la collina » dissi. Piani lo spostò. Rimase diste-

so nel fango da un lato della scarpata, coi piedi rivolti
alla base della collina, respirando irregolarmente sangue. Ci acquattammo tutti e tre su di lui nella pioggia. Era stato colpito alla nuca e la pallottola era uscita sotto l'occhio destro. Morì mentre gli arginavo i due
fori. Piani gli posò la testa a terra, gli asciugò la faccia con un pezzo della benda di emergenza, poi non
se ne occupò più.

« Quei... » disse.

« Non erano tedeschi » dissi. « Non possono esserci
tedeschi laggiù. »

« Italiani » disse Piani, usando la parola come un
epiteto. « Italiani. » Bonello non disse nulla, era seduto accanto ad Ajmo senza guardarlo. Piani raccolse
il berretto di Ajmo in fondo alla scarpata dov'era ro-
tolato, e gli coprì la faccia. Prese la borraccia.

« Vuoi bere? » Piani tese a Bonello la borraccia.

« No » disse Bonello. Si rivolse a me. « Poteva suc-
cederci da un momento all'altro, sulle rotaie della
strada ferrata. »

« No » dissi. « È stato perché abbiamo attraversato
il campo. »

Bonello scosse il capo. « Ajmo è morto » disse. « A
chi tocca ora, tenente? Dove andiamo adesso? »

« Erano italiani quelli che hanno sparato, non erano tedeschi. »

« Se erano tedeschi ci ammazzavano tutti » disse Bonello.

« Per noi sono più pericolosi gli italiani dei tedeschi » dissi. « La retroguardia ha paura di tutto. I tedeschi sanno quello che vogliono. »

« Ci pensi sopra, tenente » disse Bonello.

« Dove si va adesso? » chiese Piani.

« È meglio che ci fermiamo in qualche posto finché
è buio. Se riusciamo ad andare a sud siamo a posto. »

« Dovrebbero spararci tutti per dimostrare che ave-

vamo ragione la prima volta » disse Bonello. « Non
ho intenzione di metterli alla prova. »

« Cerchiamo un posto dove fermarci, il più possibile vicino a Udine e poi attraversiamo quando è buio. »

« Allora andiamo » disse Bonello. Scendemmo la
scarpata al lato nord. Mi voltai. Ajmo giaceva nel fango sul fianco della scarpata. Era molto piccolo e aveva le braccia aderenti al corpo, con le gambe strette
nelle fasce e gli scarponi fangosi riuniti e il berretto
sulla faccia. Era proprio morto. Pioveva, gli avevo voluto bene come a uno qualunque dei miei conoscenti,
avevo i suoi documenti in tasca e avrei scritto alla sua
famiglia. Davanti a noi di là dei campi c'era una fattoria. Intorno c'erano degli alberi e gli edifici della
fattoria erano costruiti contro la casa. Al secondo piano c'era un balcone sorretto da colonne.

« È meglio stare un po' divisi » dissi. « Io vado a-
vanti. » Mi avviai verso la fattoria. C'era un sentiero
che attraversava il campo.

Attraversando il campo sapevo solo una cosa, che
qualcuno ci avrebbe sparato dagli alberi della fattoria
o dalla fattoria stessa. Camminai in quella direzione
rendendomene chiaramente conto. Il balcone del secondo piano dava sul fienile e c'era del fieno che spor-
geva tra le colonne. Il cortile era di lastre di pietra e
tutti gli alberi gocciolavano di pioggia. C'era un grosso carro a due ruote vuoto e le stanghe erano ritte
nella pioggia. Arrivai nel cortile, lo attraversai, e mi
fermai al riparo del balcone. La porta della casa era
aperta e io entrai. Bonello e Piani entrarono dietro di
me. Dentro era buio. Ritornai in cucina. Sul grosso
focolare aperto vi erano le ceneri di un fuoco. Le
pentole erano sopra la cenere, ma erano vuote. Mi
guardai attorno ma non riuscii a trovare niente da
mangiare.

« Sarà meglio fermarci nel fienile » dissi. « Credi di

riuscire a trovare qualcosa da mangiare, Piani, per portarlo quassù? »

« Ora do un'occhiata » disse Piani.

« Anch'io » disse Bonello.

« Va bene » dissi. « Io andrò su a vedere il fienile. » Trovai una scala di pietra che saliva dalla stalla sottostante. La stalla aveva un odore asciutto e piacevole nella pioggia. Il bestiame era tutto scomparso, probabilmente trascinato fuori al momento della partenza. Il fienile era mezzo vuoto. Nel tetto c'erano finestre, una bloccata di assi, l'altra era una piccola lucerna al lato nord. Vi era una tramoggia per far scendere il fieno al bestiame. C'erano dei raggi che attraversavano l'apertura fino al pavimento principale dove entravano i carri quando portavano dentro il fieno da ammassare. Udii la pioggia sul tetto e aspirai il fieno e, quando scesi, l'odore pulito di concime secco nella stalla. Si poteva divellere un'asse e guardare dalla finestra a sud che dava nel cortile. L'altra finestra dava sul campo verso nord. Potevamo uscire dalla finestra sul tetto e poi calarci a terra o scendere per la tramoggia del fieno se le scale diventavano impraticabili. Era un grosso fienile e se sentivamo qualcuno potevamo nasconderci nel fieno. Pareva un buon posto. Ero certo che saremmo riusciti a passare a sud se non ci sparavano. Era impossibile che lì ci fossero i tedeschi. Stavano arrivando da nord scendendo la strada da Cividale. Non potevano arrivare da sud. Gli italiani erano ancora più pericolosi. Avevano paura e sparavano su tutto quello che vedevano. L'ultima notte della ritirata circolava la voce che vi fossero molti tedeschi in uniforme italiana mescolati nella ritirata verso nord. Non lo credevo. Era una di quelle cose che si sentono sempre dire in guerra. Era una delle cose che il nemico faceva sempre. Non si conosceva nessuno che fosse andato con l'uniforme tedesca a fare guai. Forse lo avevano fatto, ma pareva difficile. Non

credevo che i tedeschi lo avessero fatto. Non c'era bisogno di far guai nella nostra ritirata. Li facevano la
mole dell'esercito e la scarsità delle strade. Nessuno
dava ordini, compresi i tedeschi. Pure ci avrebbero
sparato prendendoci per tedeschi. Avevano sparato ad
Ajmo. Il fieno aveva un buon odore e a star distesi
nel fienile scomparivano tutti gli anni in mezzo. Eravamo stati sdraiati nel fieno a chiacchierare e sparare
ai passeri con il fucile ad aria quando si affacciavano
nel triangolo tagliato in cima al muro del fienile. Il
fienile non c'era più ora e un anno avevano tagliati i
boschi d'abete e dov'erano stati i boschi c'erano soltanto monconi, rami secchi e fascine. Non si poteva
tornare indietro. Se non si andava avanti che cosa succedeva? Non si tornava mai a Milano. E se si tornava
a Milano che cosa succedeva? Ascoltai la sparatoria
a nord verso Udine. Si distinguevano le mitragliatrici.
Non c'era fuoco d'artiglieria. Era già qualcosa. Dovevano aver preso delle truppe lungo la strada. Guardai giù nella mezza luce del fienile e vidi Piani ritto
sul pavimento. Aveva una lunga salsiccia, una brocca
di qualcosa e due bottiglie di vino sotto il braccio.

« Vieni su » dissi. « C'è lì la scaletta. » Poi capii
che dovevo aiutarlo a portar la roba e scesi. Ero stor-
dito per esser rimasto nel fieno. Mi ero quasi addormentato.

« Dov'è Bonello? » chiesi.

« Ora glielo dico » disse Piani. Salimmo la scaletta.
Arrivati sul fieno posammo ogni cosa. Piani prese il
temperino col cavaturaccioli e cavò il tappo a una bottiglia di vino.

« C'è sopra la cera » disse. « Dev'essere buono. »
Sorrise.

« Dov'è Bonello? » chiesi.

Piani mi guardò.

« Se n'è andato, tenente » disse. « Ha voluto darsi
prigioniero. »

Non dissi niente.

« Aveva paura che ci avrebbero ammazzato. »

Alzai la bottiglia di vino e non dissi niente.

« Vede, non crediamo nella guerra, tenente. »

« Perché non sei andato anche tu? » chiesi.

« Non volevo lasciarla. »

« Dov'è andato? »

« Non lo so, tenente. Se n'è andato. »

« Va bene » dissi. « Vuoi tagliare la salsiccia? »

Piani mi guardò nella penombra.

« L'ho tagliata mentre parlavamo » disse. Sedemmo nel fieno a mangiare la salsiccia e bere il vino. Doveva essere vino conservato per un matrimonio. Era così vecchio che stava perdendo il colore.

« Guarda da quella finestra, Luigi » dissi. « Io guardo dall'altra. »

Avevamo bevuto ciascuno da una bottiglia e presi la mia bottiglia con me e salii e mi distesi sul fieno e guardai dalla finestra stretta la campagna bagnata. Non so che cosa mi aspettassi di vedere, ma non vidi niente tranne i campi e i cespugli nudi di more e la pioggia che cadeva. Bevvi il vino e non mi fece star meglio. Lo avevano conservato troppo ed era andato in pezzi e aveva perduto qualità e colore. Guardai scendere l'oscurità fuori; il buio giunse molto in fretta. Sarebbe stata una notte nera con la pioggia. Quando fu buio non servì più a niente guardare, così ritornai da Piani. Stava dormendo e non lo svegliai ma rimasi un po' seduto accanto a lui. Era grosso e aveva il sonno pesante. Dopo un po' lo svegliai e ci mettemmo in moto.

Fu una notte molto strana. Non so che cosa mi ero aspettato, forse la morte e spari nel buio e corse, ma nulla accadde. Aspettammo, distesi bocconi oltre il fosso lungo lo stradone, che passasse un battaglione tedesco, poi quando furono andati attraversammo la strada e proseguimmo verso nord. Fummo due volte vici-

nissimi ai tedeschi nella pioggia, ma non ci videro.
Oltrepassammo la città verso nord senza vedere italiani, poi dopo un po' raggiungemmo le colonne principali della ritirata e marciammo tutta la notte verso
il Tagliamento. Non mi ero reso conto di come la ritirata fosse gigantesca. L'intera regione si stava spo-
stando insieme all'esercito. Marciammo tutta la notte
tenendo una velocità maggiore di quella dei veicoli.
Mi faceva male la gamba ed ero stanco, ma stavamo
allegri. Pareva così stupido che Bonello avesse deciso
di darsi prigioniero. Non c'era nessun pericolo. Avevamo camminato senza incidenti fra i due eserciti. Se
Ajmo non fosse stato ucciso, non ci sarebbe sembrato
che ci fosse alcun pericolo. Nessuno ci aveva seccato
quando eravamo in piena vista lungo la strada ferrata.
L'uccisione giunse improvvisa e inspiegabile. Mi chiesi dove fosse Bonello.

« Come si sente, tenente? » disse Piani. Stavamo
camminando sul ciglio di una strada affollata di veicoli e di truppe.

« Bene. »

« Io sono stanco di questa marcia. »

« Be', ora non possiamo far altro che marciare. Non
dobbiamo preoccuparci. »

« Bonello è stato uno scemo. »

« È stato uno scemo sul serio. »

« Che cosa gli farà, tenente? »

« Non lo so. »

« Non potrebbe dichiararlo catturato dal nemico? »

« Non lo so. »

« Capisce, se la guerra continua, possono dare dei
fastidi seri alla famiglia. »

« La guerra non continua » disse un soldato. « Stiamo andando a casa. La guerra è finita. »

« Stiamo tutti andando a casa. »

« Venga, tenente » disse Piani. Voleva allontanarsi
da loro.

« Tenente? Chi è un tenente? Abbasso gli ufficiali. »
Piani mi prese per il braccio. « È meglio che la chiami per nome » disse. « Potrebbero darle dei guai. Hanno sparato a qualche ufficiale. » Accelerammo il passo per oltrepassarli.

« Non farò un rapporto che metta nei guai la sua famiglia » dissi continuando la conversazione.

« Se la guerra è finita non importa » disse Piani. « Ma non credo che sia finita. Sarebbe troppo bello se fosse finita. »

« Lo sapremo presto » dissi. « Non credo che sia finita. Credono tutti che sia finita, ma non ci credo. »

« Viva la pace » gridò un soldato. « Andiamo a casa. »

« Sarebbe bello se andassimo tutti a casa » disse Piani. « Le piacerebbe andare a casa? »

« Sì. »

« Non ci andremo mai. Non credo che sia finita. »

« Andiamo a casa » gridò un soldato.

« Hanno buttato via i fucili » disse Piani. « Se li tolgono e li lasciano cadere mentre marciano. Poi gridano. »

« Dovrebbero tenerli, i fucili. »

« Credono che se buttano via i fucili non possano più farli combattere. »

Nel buio e nella pioggia, procedendo sul ciglio della strada vedevo che molti avevano ancora il fucile. Sporgevano sulle mantelline.

« Di che brigata siete? » gridò un ufficiale.

« Brigata di pace » gridò qualcuno. « Brigata della pace. » L'ufficiale non disse niente.

« Che cosa dice? Che cosa dice l'ufficiale? »

« Abbasso l'ufficiale. Viva la pace! »

« Venga » disse Piani. Oltrepassammo due ambulanze inglesi abbandonate nell'interruzione di veicoli.

« Sono di Gorizia » disse Piani. « Conosco le macchine. »

« Sono andati più lontano di noi. »

« Sono partiti prima. »

« Chissà dove sono gli chauffeurs. »

« Avanti, probabilmente. »

« I tedeschi si sono fermati fuori di Udine » dissi.
« Tutta questa gente attraverserà il fiume. »

« Sì » disse Piani. « Per questo credo che la guerra continuerà. »

« I tedeschi potrebbero venire » dissi. « Chissà perché non vengono? »

« Non lo so. Non so niente di questa specie di
guerra. »

« Immagino che debbano aspettare il carriaggio. »

« Non lo so » disse Piani. Quando era solo era molto più garbato. Quando era con gli altri parlava male.

« Sei sposato, Luigi? » chiesi.

« Lo sa che sono sposato. »

« È per questo che non hai voluto darti prigioniero? »

« Questa è una ragione. Lei è sposato, tenente? »

« No. »

« Neanche Bonello. »

« Non si può mai dire sulla gente sposata. Ma a me
pare che uno sposato dovrebbe voler tornare da sua
moglie. »

Avevo voglia di parlare di mogli.

« Sì. »

« Come vanno i piedi? »

« Mi fanno piuttosto male. »

Prima di giorno giungemmo sulla riva del Tagliamento e seguimmo il fiume in piena fino al ponte dove tutto il traffico stava passando.

« Dovrebbero poter resistere a questo fiume » disse
Piani. Nel buio la piena pareva alta. L'acqua turbinava ed era vasta. Il ponte di legno era lungo quasi un
chilometro e il fiume, che di solito correva in canaletti
nel vasto letto petroso, arrivava quasi alle assi di le-

gno. Proseguimmo lungo la riva e ci facemmo strada nella folla che stava attraversando il ponte. Attraversando lentamente nella pioggia col fiume a pochi centimetri dai piedi, schiacciati dalla folla e un cassone d'artiglieria davanti, mi sporsi dal parapetto a guardare il fiume. Ora che non si poteva camminare sul proprio passo mi sentivo stanchissimo. Non c'erano esuberanze nell'attraversare il fiume. Mi chiesi che cosa sarebbe successo se un aeroplano l'avesse bombardato di giorno.

« Piani » dissi.

« Eccomi, tenente. » Era un po' più avanti nella calca. Nessuno parlava. Cercavano tutti di attraversare più presto che potevano: pensavano solo a questo. Eravamo quasi passati. All'estremità del ponte c'erano ufficiali e carabinieri in piedi accanto ai due parapetti con le lampade tascabili. Li vidi profilati contro la linea del cielo. Quando ci avvicinammo vidi un ufficiale indicare un uomo nella colonna. Un carabiniere lo seguì e venne fuori tenendo l'uomo per il braccio. Giungemmo quasi di fronte a loro. Gli ufficiali esaminavano a uno a uno gli uomini della colonna, a volte parlando fra loro, sporgendosi per accendere una lampadina in faccia a qualcuno. Un momento prima che arrivassimo davanti a loro ne tirarono fuori un altro. Lo vidi. Era un tenente colonnello. Vidi le stellette nel quadratino sulla manica mentre gli accendevano addosso una lampadina. Aveva i capelli grigi ed era piccolo e grasso. Il carabiniere lo spinse dietro alla fila degli ufficiali. Quando giungemmo di fronte a loro ne vidi uno o due guardarmi. Poi uno mi indicò e parlò a un carabiniere. Vidi il carabiniere avviarsi verso di me, avvicinarsi attraverso l'orlo della colonna, poi mi sentii prendere per il colletto.

« Cosa vuoi? » dissi, e gli diedi un pugno in faccia. Gli vidi la faccia sotto la lucerna, i baffi arricciati e

il sangue che gli colava sulla guancia. Un altro carabiniere si precipitò verso di noi.

« Cosa vuoi? » dissi. Non rispose. Stava pensando a
come fare per prendermi. Portai il braccio indietro per
sganciare la pistola.

« Non sapete che non potete toccare gli ufficiali? »
L'altro mi afferrò da dietro e mi tirò su il braccio
fino a torcerlo nell'ascella. Mi girai col braccio e l'altro mi afferrò al collo. Gli tirai dei calci negli stinchi
e col ginocchio sinistro lo colpii all'inguine.

« Sparategli se resiste » udii dire da qualcuno.

« Che cos'è questa storia? » cercai di gridare, ma
non avevo una gran voce. Ora mi avevano portato
sul ciglio della strada.

« Sparategli se resiste » disse un ufficiale. « Portatelo indietro. »

« Chi siete? »

« Te ne accorgerai. »

« Chi siete? »

« Polizia militare » disse un altro ufficiale.

« Perché non mi avete chiesto di avvicinarmi, invece di farmi prendere da questi *aeroplani*? »

Non risposero. Non avevano da rispondere. Erano
la polizia militare.

« Portatelo laggiù con gli altri » disse il primo ufficiale. « Vedete. Parla un italiano con un accento... »

« Come te, razza di... » diss⟨

« Portatelo laggiù con gli a⟨   ⟩se il primo ufficiale. Mi portarono dietro alla ⟨⟩⟨⟩ degli ufficiali sotto
la strada verso un gruppo di persone in un campo accanto alla riva del fiume. Mentre ci avvicinavamo si
udirono degli spari. Vidi i lampi dei fuochi e udii
le detonazioni. Ci avvicinammo al gruppo. C'erano
quattro ufficiali in piedi l'uno vicino all'altro, di fronte a un uomo che aveva un carabiniere per parte. Un
gruppo di uomini era lì in piedi sorvegliato dai carabinieri. Altri quattro carabinieri erano in piedi, appog-

giati ai moschetti, vicino agli ufficiali che interrogavano. Erano carabinieri con quei cappelli grandi. I due che mi tenevano mi cacciarono nel gruppo che aspettava di venire interrogato. Guardai quello che gli ufficiali stavano interrogando adesso. Era il piccolo tenente colonnello grigio e grasso che avevano preso nella colonna. Quelli che interrogavano avevano tutta l'efficienza, la freddezza e il controllo di sé degli italiani che sparano senza che nessuno spari a loro.

« Che brigata? »

Gliela disse.

« Reggimento? »

Glielo disse.

‹ Perché non sei col tuo reggimento? »

Glielo disse.

« Non lo sai che un ufficiale deve restare coi suoi uomini? »

Lo sapeva.

Fu tutto. Parlò un altro ufficiale.

« Sei tu e la gente come te che hanno permesso ai barbari di calpestare il sacro suolo della patria. »

« La prego di scusarmi » disse il tenente colonnello.

« È a causa di tradimenti come il tuo che abbiamo perduto il frutto della vittoria. »

« Si è mai trovato in una ritirata? » chiese il colonnello.

« L'Italia non dovrebbe mai ritirarsi. »

Eravamo lì in piedi nella pioggia ad aspettare. Eravamo di fronte agli ufficiali e il prigioniero era davanti a noi leggermente spostato da un lato.

« Se intendete fucilarmi » disse il tenente colonnello « per favore fucilatemi subito senz'altre domande. È stupido fare domande. » Si fece il segno della croce. Gli ufficiali parlarono tra loro. Uno scrisse qualcosa su un notes.

« Abbandono di truppa, condannato alla fucilazione. »

Due carabinieri condussero il tenente colonnello verso la riva del fiume. Camminava nella pioggia, vecchio, a capo scoperto, con un carabiniere per parte. Non vidi la fucilazione ma udii gli spari. Stavano interrogando un altro. Anche questo ufficiale si era allontanato dalle sue truppe. Non gli permisero di dare una spiegazione. Quando lessero la sentenza sul notes pianse e quando lo fucilarono stavano interrogandone un altro. Facevano in modo di essere occupati a interrogare il prossimo mentre veniva fucilato quello che era stato interrogato prima. In questo modo era evidente che non potevano ripensarci. Non sapevo se aspettare l'interrogatorio o tentare subito la fuga. Era evidente che secondo loro ero un tedesco in uniforme italiana, vedevo come lavoravano i loro cervelli; posto che avessero cervelli e che lavorassero. Erano tutti giovanotti e stavano tutti salvando la patria. Il secondo esercito andava ricostituito di là del Tagliamento. Stavano giustiziando gli ufficiali dal grado di maggiore in su che si erano separati dalle loro truppe. Agivano pure in modo sommario con gli agitatori tedeschi in uniforme italiana. Avevano elmetti d'acciaio. Soltanto due di noi avevano l'elmetto. Qualche carabiniere l'aveva. Gli altri carabinieri avevano il cappello grande, la lucerna. Li chiamavamo *aeroplani*. Eravamo in piedi nella pioggia e ci prendevano uno per uno per interrogarci e fucilarci. Finora avevano fucilato tutti quelli che avevano interrogato. Quelli che interrogavano avevano quel bel disinteresse e quella devozione a una rigida giustizia caratteristica degli uomini che si trovano a contatto con la morte senza correre rischi. Stavano interrogando il colonnello di un reggimento di linea. Altri tre ufficiali erano stati aggiunti a noi.

« Dov'era il tuo reggimento? »

Guardai i carabinieri. Guardavano i nuovi venuti. Gli altri guardavano il colonnello. Mi chinai, mi feci largo fra due uomini, e corsi a testa bassa verso il fiume. Inciampai sulla riva e caddi con un tonfo. L'acqua era molto fredda e rimasi sott'acqua finché potei. Mi sentivo trascinare dalla corrente e rimasi sott'acqua finché credetti di non riuscire mai più a venire a galla. Appena venni a galla presi fiato e tornai sotto. Era facile restare sotto con tutti quei vestiti e gli scarponi. Quando venni a galla la seconda volta vidi un trave davanti a me e lo raggiunsi e lo afferrai con una mano. Tenni la testa al riparo, e nemmeno guardai oltre il trave. Non volevo vedere la riva. Avevano sparato mentre correvo e sparato quando venni a galla la prima volta. Li udii quando ero quasi fuori dell'acqua. Ora non sparavano. Il trave dondolava nella corrente e lo tenni con una mano. Guardai la riva. Pareva che si allontanasse molto in fretta. C'era molto legno nel fiume. L'acqua era molto fredda. Passammo la vegetazione di un isolotto a fior d'acqua. Mi ressi al trave con tutt'e due le mani e mi lasciai trascinare. La sponda ormai era scomparsa.

XXXI

Non si sa quanto tempo si resti in un fiume quando la corrente è veloce. Pare che sia molto e magari è molto poco. L'acqua era fredda e in piena e passavano molte cose che erano state strappate alle rive col salire dell'acqua. Ero fortunato ad avere un trave pesante a cui aggrapparmi, e giacevo nell'acqua gelata col mento sul legno tenendomi più comodamente che potevo con le due mani. Avevo paura che mi venissero i crampi e speravo di accostarmi alla sponda. Scendemmo il fiume in una lunga curva. Incominciava a essere abbastanza chiaro, così vedevo i cespugli lungo la riva. Davanti c'era un isolotto coperto di vegetazione e la corrente conduceva alla riva. Mi chiesi se togliermi gli scarponi e i vestiti e cercar di nuotare verso terra, ma decisi di non farlo. Non avevo mai dubitato di raggiungere la riva in un modo o nell'altro e mi sarei trovato male se vi fossi arrivato a piedi nudi. In un modo o nell'altro dovevo arrivare a Mestre.

Guardavo la sponda avvicinarsi poi allontanarsi; poi riavvicinarsi. Galleggiavamo più lentamente. Ora la riva era molto vicina. Vedevo i ramoscelli sui salici. Il trave dondolò lentamente finché la riva fu alle mie spalle e capii che eravamo in un gorgo. Girammo lentamente. Quando rividi la riva, ora molto vicina, cercai di tenere il trave con un braccio e nuotando con l'altro e con le gambe di spingerlo verso la riva, ma non lo feci minimamente avvicinare. Avevo paura di uscire dal gorgo e, tenendo il trave con una mano, tirai su i piedi finché furono contro il fianco del trave e lo spinsi violentemente verso la riva. Vidi i cespugli ma, malgrado tutto il mio peso e la forza che mettevo nel nuotare, la corrente mi trascinava. Pensai allora che avrei anche potuto annegare per via degli scarponi, ma lottai nell'acqua e quando alzai lo sguardo la riva mi veniva incontro e continuai a nuotare in un panico greve finché la raggiunsi. Mi aggrappai al ramo di un salice e non ebbi la forza di alzarmi ma ora sapevo che non sarei annegato. Non mi era mai venuto in mente, sul trave, che avrei potuto annegare. Mi sentivo svuotato e avevo male al ventre e al torace per lo sforzo, e mi reggevo ai rami e aspettai. Quando mi sentii meglio feci forza sui rami del salice e mi riposai di nuovo, con le braccia intorno agli arbusti, tenendomi stretto con le mani ai rami. Poi strisciai fuori, mi aprii la via fra i salici verso la riva. Era quasi l'alba e non si vedeva nessuno. Giacqui bocconi sulla riva ad ascoltare il fiume e la pioggia.

Dopo un po' mi alzai e mi incamminai lungo la riva. Sapevo che non c'erano ponti sul fiume fino a Latisana. Pensai che forse ero di fronte a San Vito. Incominciai a pensare che cosa dovessi fare. Davanti a me c'era un fosso che finiva nel fiume. Mi avviai in quella direzione. Finora non avevo visto nessuno e sedetti accanto a qualche cespuglio lungo la riva del fosso e mi tolsi le scarpe e le vuotai. Mi tolsi la giubba, tolsi il portafogli coi documenti e il denaro tutto bagnato dalla tasca interna e poi strizzai la giubba. Mi tolsi i calzoni e strizzai anche quelli e poi la camicia e la biancheria. Mi battei e stropicciai e rivestii. Avevo perso il berretto.

Prima di rimettermi la giubba strappai le stellette dalle maniche e le misi nella tasca interna col denaro. Il denaro era bagnato ma in ordine. Lo contai. C'erano tremila lire e qualche spicciolo. I vestiti erano bagnati e attaccaticci e mi battei le braccia perché non mi si fermasse la circolazione. Avevo la biancheria di lana e pensavo che muovendomi non avrei preso freddo. Mi avevano tolto la pistola sulla strada e nascosi la fondina sotto la giubba. Non avevo mantellina e faceva freddo nella pioggia. Mi avviai sulla riva del canale. Era l'alba e la campagna era bagnata piatta e lugubre. I campi erano nudi e bagnati. Molto lontano vidi un campanile che si alzava sulla pianura. Giunsi sulla strada, vidi delle truppe che scendevano la strada. Zoppicai lungo il ciglio della strada e mi passarono accanto senza accorgersi di me. Era un distaccamento di mitragliatrici diretto al fiume. Proseguii lungo quella strada.

Quel giorno attraversai la pianura veneta. È una campagna piatta e monotona e sotto la pioggia è ancora più piana. Verso il mare vi sono paludi salate e pochissime strade. Le strade vanno tutte al mare lungo le bocche del fiume e per attraversare la regione bisogna seguire i sentieri lungo i canali. Procedevo nella campagna da nord a sud e avevo attraversato due linee ferroviarie e molte strade e finalmente giunsi alla fine di un sentiero in una linea ferroviaria che costeggiava una palude. Era la linea principale da Venezia a Trieste con una solida scarpata alta, un solido letto stradale e un doppio binario. Un po' più in là sul binario c'era un passaggio a livello e vedevo i soldati di sentinella. Più in su sulla linea c'era un ponte su un fiume che finiva nella palude. Vidi una sentinella anche al ponte. Attraversando il ponte verso nord avevo visto un treno passare su questa linea, visibile da lontano sulla pianura, e pensai che potesse arrivare un treno da Portogruaro. Tenni d'occhio le sentinelle e mi distesi sulla scarpata in modo da vedere le due direzioni delle rotaie. La sentinella sul ponte procedeva lungo la linea verso il punto dov'ero disteso, poi si voltava e ritornava al ponte. Ero disteso e avevo fame e aspettavo un treno. Quello che avevo visto era così lungo che la locomotiva procedeva molto lentamente ed ero sicuro che sarei riuscito a salire. Quan-

do avevo quasi perduto la speranza che ne arrivasse
uno, vidi venire un treno. La locomotiva avvicinando-
si sul rettilineo ingrandì lentamente. Guardai la sentinella sul ponte. Camminava sul parapetto vicino del
ponte ma dall'altra parte del binario. Non avrebbe potuto vedere quando il treno passava. Osservai la locomotiva avvicinarsi. Faceva molta fatica, vidi che vi
erano molti vagoni. Sapevo che dovevano esserci delle
sentinelle sul treno e cercavo di vedere dove fossero,
ma tenendomi nascosto non mi riusciva. La locomotiva giunse al punto dove ero disteso. Quando mi fu
di fronte sbuffante e arrancante perfino in pianura, e
vidi passare il macchinista, mi alzai e mi avvicinai ai
vagoni che passavano. Se le sentinelle mi osservavano
avrei destato meno sospetto stando in piedi accanto
alle rotaie. Passarono parecchi carri merci chiusi. Poi
vidi un vagone basso aperto, di quelli che chiamano
gondole, coperto di teli. Rimasi in piedi finché fu quasi passato, poi feci un balzo e mi afferrai alle sbarre
e mi issai. Strisciai tra la gondola e il riparo del carro
merci che seguiva. Mi pareva che non mi avesse visto nessuno. Mi tenevo aggrappato alle sbarre e ac-
coccolato sui ganci. Eravamo quasi di fronte al ponte.
Ricordai la sentinella. Mentre passavo mi guardò. Era
un ragazzo e l'elmetto era troppo grande per la sua
testa. Lo fissai con disprezzo e lui guardò da un'altra
parte. Pensò che fossi di servizio sul treno.

Eravamo passati. Lo vidi, sempre con l'aria di trovarsi a disagio, guardare gli altri vagoni che passavano e mi curvai per vedere come fossero fissati i teli.
Avevano delle asole ed erano fissati ai bordi con una
corda. Presi il temperino, e tagliai la corda e infilai
dentro un braccio. Vi erano masse dure sotto la tela
indurita dalla pioggia. Guardai in alto e in avanti.
C'era una guardia sul carro merci ma guardava in a-
vanti. Abbandonai la presa delle sbarre e mi gettai
sotto il telo. Battei la fronte sopra qualcosa che mi

diede una botta violenta e mi sentii il sangue in faccia, ma strisciai avanti e mi distesi bocconi. Poi mi voltai e legai il telo.

Ero dentro, sotto il telo coi cannoni. Avevano un odore pulito di olio e di grasso. Restavo disteso ad ascoltare la pioggia sul telo e il ticchettio del vagone sulle rotaie. Entrava un po' di luce e così sdraiato guardai i cannoni. Avevano addosso i loro rivestimenti di tela. Pensai che dovevano essere stati mandati avanti dalla Terza Armata. La fronte mi si era gonfiata e arrestai il sangue rimanendo sdraiato immobile e lasciandolo coagulare. Poi tolsi il sangue asciutto tutto intorno alla ferita. Non era niente. Non avevo fazzoletto ma tastando con le dita mi levai il sangue coagulato con l'acqua della pioggia che gocciolava dai teli e l'asciugai con la manica della giubba. Non volevo essere vistoso. Sapevo che dovevo scendere prima di arrivare a Mestre perché si sarebbero occupati di quei cannoni. Non avevano cannoni da perdere o da dimenticare. Avevo una fame spaventosa.

XXXII

Disteso sul fondo del vagone accanto ai cannoni sotto
i teli, ero bagnato, gelato e molto affamato. Alla fine
mi girai e rimasi bocconi sul ventre con la testa sulle
braccia. Il ginocchio era rigido, ma si era comportato
molto bene. Valentini aveva fatto un bel lavoro. Avevo fatto mezza ritirata a piedi e attraversato un tratto
del Tagliamento a nuoto col suo ginocchio. Era deci-
samente il suo ginocchio. L'altro ginocchio era mio.
I dottori vi fanno qualcosa e così non è più il vostro
corpo. La testa era mia e anche l'interno della pancia.
C'era una gran fame lì dentro. Sentivo tutto girarsi
su se stesso. La testa era mia ma non da usare, non
per pensare, soltanto per ricordare e non ricordare
troppo.

Potevo ricordare Catherine, ma sapevo che sarei im-
pazzito se avessi pensato a lei prima di essere sicuro
di rivederla, così non pensai a lei, soltanto un poco,
soltanto a lei mentre il vagone andava lentamente e
clicchettando, e un po' di luce entrava attraverso i
teli e io ero disteso con Catherine sul fondo del vagone. Era duro come il fondo del vagone star distesi senza pensieri soltanto con sensazioni, dopo essere stato
via tanto tempo, coi vestiti bagnati e il fondo che si
muoveva pochissimo e solo dentro, abbandonato con
gli abiti bagnati e il fondo duro per moglie.

Non si poteva amare il fondo d'un vagone né i cannoni con le coperture di tela e l'odore del metallo
coperto di vasellina o un telo attraverso cui filtrava
la pioggia, anche se è molto bello star sotto i teli e
divertente coi cannoni; ma si amava qualcun altro che

ora non si poteva neanche fingere che ci fosse; e ora si vedeva con grande chiarezza e freddezza: non tanto con freddezza quanto con chiarezza e vuoto. Si vedeva il vuoto distesi lì dentro dopo esser stati presenti nel momento in cui un esercito andava indietro e un altro andava avanti. Si erano perse le macchine e gli uomini come un caporeparto perde la merce del suo reparto in un incendio. Però non c'era l'assicurazione. Ora se ne era fuori. Non c'erano più obblighi. Se si sparasse ai caporeparti dopo un incendio di un reparto perché parlavano con un accento che avevano sempre avuto, non ci si potrebbe certo aspettare che tornassero quando il negozio riaprisse per riprendere gli affari. Cercherebbero un altro impiego; se ci fosse un altro impiego e la polizia non li acchiappasse.

La collera era stata lavata nel fiume coi miei impegni. Questi però erano cessati quando il carabiniere mi aveva messo le mani sul colletto. Mi sarebbe piaciuto togliermi l'uniforme per quanto non m'importasse gran che delle forme esteriori. Mi ero tolto le stellette ma soltanto per comodità. Non era un punto d'onore. Non era contro di esse. Ne avevo abbastanza. Auguravo loro ogni bene. C'erano dei buoni e dei coraggiosi e dei calmi e degli intelligenti e loro le meritavano. Ma non era più affar mio e desideravo che questo maledetto treno arrivasse a Mestre per poter mangiare e smettere di pensare. Dovrei smettere.

Piani avrebbe detto che mi avevano fucilato. Frugavano le tasche e prendevano i documenti della gente prima di fucilarla. Non avevano i miei documenti. Potevano dire che ero annegato. Mi chiesi che cosa avrebbero scritto negli Stati Uniti. Morto in seguito a ferite ed altre scuse. Cristo santo, che fame! Mi chiesi che fine avesse fatto il cappellano della mensa. Rinaldi. Probabilmente era a Pordenone se non si erano ritirati ancora di più. Be', non l'avrei mai più visto ormai. Non avrei più visto nessuno di loro ormai.

Quella vita era finita. Non credevo che avesse la sifilide. Comunque dicono che non è una malattia seria
se si prende per tempo. Ma lui era preoccupato. Lo
sarei anch'io se l'avessi. Chiunque lo sarebbe.

Non ero fatto per pensare. Ero fatto per mangiare.
Dio mio, sì. Mangiare e bere e andare a letto con
Catherine. Magari stasera. No, questo era impossibile.
Ma domani sera, e un buon pasto; le lenzuola e non
andare mai più via se non insieme. Probabilmente dover andare maledettamente in fretta. Sarebbe venuta.
Sapevo che sarebbe venuta. Quando si partiva? A que-·
sto bisognava pensare. Si faceva buio. Stavo disteso a
pensare dove potevamo andare. C'erano molti posti.

Libro quarto

XXXIII

Scesi dal treno a Milano mentre rallentava per entrare in stazione il mattino presto prima che fosse chiaro. Attraversai il binario e sbucai tra le case e scesi nella strada. C'era una bottiglieria aperta ed entrai a prendere un caffè. Odorava di primo mattino, di polvere spazzata, di cucchiai nei bicchieri del caffè e di cerchi bagnati lasciati dai bicchieri di vino. Il padrone era dietro il bar. Due soldati erano seduti a un tavolo. Mi fermai in piedi al bar e bevvi un bicchiere di caffè e mangiai un pezzo di pane. Il caffè era grigio di latte e scostai la crema del latte con un pezzo di pane. Il proprietario mi guardò.

« Vuoi un po' di grappa? »

« No, grazie. »

« Offro io » disse e versò un bicchierino e lo spinse verso di me. « Cosa succede al fronte? »

« Non saprei. »

« Sono ubriachi » disse indicando con la mano i due soldati. Potevo credergli. Ne avevano l'aria.

« Dimmi » disse. « Che cosa succede al fronte? »

« Non so niente del fronte. »

« Ti ho visto scendere dal muro. Sei sceso dal treno. »

« C'è una grande ritirata. »

« Ho letto i giornali. Come va? È finita? »

« Non credo. »

Riempì il bicchiere di grappa versandola da una bottiglia bassa. « Se sei nei guai » disse « posso tenerti qui. »

« Non sono nei guai. »

« Se sei nei guai, rimani qui con me. »

« Ma dove si rimane? »

« In casa. Ce ne stanno molti. Tutti quelli che sono nei guai. »

« Ce ne sono molti nei guai? »

« Dipende dai guai. Sei un sudamericano? »

« No. »

« Parli spagnolo? »

« Un po'. »

Ripulì il banco.

« Ora è difficile lasciare il paese ma non è impossibile. »

« Non ho intenzione di andarmene. »

« Puoi star qui finché vuoi. Vedrai che uomo sono. »

« Stamane devo andare, ma ricorderò l'indirizzo per ritornare. »

Scosse la testa. « Non ritornerai se parli a quel modo. Credevo che tu fossi in veri guai. »

« Non sono nei guai. Ma so valutare l'indirizzo di un amico. »

Misi un biglietto da dieci lire sul banco per il caffè. « Prendi una grappa con me » dissi.

« Non è necessario. »

« Prendila. »

Versò due bicchieri.

« Ricorda » disse. « Vieni qui. Non lasciarti prendere da altra gente. Qui sei al sicuro. »

« Ne sono certo. »

« Ne sei certo? »

« Sì. »

Era molto serio. « Allora lascia che ti dica una cosa. Non andare in giro con quella giubba. »

« Perché? »

« Si vede benissimo sulle maniche dove c'erano le stellette. La stoffa è di un altro colore. » Non dissi niente.

« Se non hai documenti, te ne posso dare io. »

« Che documenti? »

« Una licenza. »

« Non ho bisogno di documenti. Ho i documenti. »

« Va bene » disse. « Ma se hai bisogno di documenti posso procurarti quello che vuoi. »

« Quanto costano questi documenti? »

« Dipende da che documenti sono. Il prezzo è ragionevole. »

« Non ne ho bisogno adesso. »

Si strinse nelle spalle.

« Sono a posto » dissi.

Quando uscii disse: « Non dimenticare questo indirizzo ».

« No. »

« Arrivederci » disse.

« Bene » dissi.

Mi tenni alla larga dalla stazione, dove c'era la polizia militare, e presi una vettura all'estremità del giardino pubblico. Diedi al vetturino l'indirizzo dell'ospedale. All'ospedale andai in portineria. La portinaia mi abbracciò. Suo marito mi strinse la mano.

« È ritornato. È salvo. »

« Sì. »

« Ha fatto colazione? »

« Sì. »

« Come sta, tenente? Come sta? » chiese la moglie.

« Bene. »

« Non vuol fare colazione con noi? »

« No, grazie. Senti, Miss Barkley è qui all'ospedale? »

« Miss Barkley? »

« L'infermiera inglese. »

« La sua ragazza » disse la moglie. Mi diede un colpetto sul braccio e sorrise.

« No » disse il portiere. « È andata via. »

Mi cadde il cuore.

« Sei sicuro? Voglio dire quella signorina alta, bionda. »

« Sono sicurissimo. È andata a Stresa. »

« Quando è andata? »

« È andata due giorni fa con l'altra signora inglese. »

« Bene » dissi. « Devo chiedervi una cosa. Non dite a nessuno che mi avete visto. È molto importante. »

« Non lo dirò a nessuno » disse il portiere. Gli diedi un biglietto da dieci lire. Lo respinse.

« Prometto che non lo dirò a nessuno » disse. « Non voglio denaro. »

« Cosa possiamo fare per lei, signor tenente? » chiese la moglie.

« Soltanto questo » dissi.

« Siamo muti » disse il portiere. « Mi faccia sapere se possiamo fare qualcosa. »

« Sì » dissi. « Arrivederci. Ritornerò. »

Rimasero sulla porta a guardarmi.

Risalii nella vettura e diedi al vetturino l'indirizzo di Simmons, uno dei miei conoscenti che studiava canto.

Simmons abitava molto fuori mano verso Porta Magenta. Era ancora a letto e sonnacchioso quando andai a trovarlo.

« Ti alzi spaventosamente presto, Henry » disse.

« Sono arrivato col treno del mattino. »

« Che cos'è questa storia della ritirata? Eri al fronte? Vuoi una sigaretta? Sono in quella scatola sul tavolo. » Era una grande stanza col letto contro la parete, un piano all'altra estremità e un cassettone e una tavola. Sedetti sulla seggiola accanto al letto. Simmons sedette appoggiato sui cuscini e si mise a fumare.

« Sono in un pasticcio, Sim » dissi.

« Anch'io » disse. « Sono sempre in un pasticcio. Non fumi? »

« No » dissi. « Come si fa per andare in Svizzera? »

« Tu? Gli italiani non ti lasceranno uscire dal paese. »

« Sì. Lo so. Ma gli svizzeri, che cosa farebbero? »

« Ti mettono in un campo d'internamento. »

« Lo so. Ma qual è il meccanismo? »

« Niente. È molto semplice. Puoi andare dove vuoi. Credo che tu debba solo presentarti o qualcosa del genere. Perché? Devi scappare? »

« Niente di preciso ancora. »

« Non dirmelo se non vuoi. Ma sarebbe interessante da sentire. Non succede mai niente qui. Ho fatto un gran fiasco a Piacenza. »

« Mi dispiace tanto. »

« Oh, sì... È andata molto male. Ho anche cantato bene. Tenterò di nuovo qui al Lirico. »

« Mi piacerebbe sentirti. »

« Sei molto gentile. Non sei mica in un guaio serio, vero? »

« Non lo so. »

« Non dirmelo se non vuoi. Come mai non sei su quel maledetto fronte? »

« Credo che sia finita col fronte. »

« Bravo ragazzo. Ho sempre saputo che hai del buon senso. Posso aiutarti in qualche modo? »

« Hai tanto da fare. »

« Neanche per sogno, caro Henry. Neanche per sogno. Sarei felice di far qualcosa. »

« Siamo press'a poco della stessa statura. Vuoi uscire a comprarmi dei vestiti borghesi? Ho molti vestiti, ma sono tutti a Roma. »

« Abitavi là, vero? È un posto schifoso. Come hai fatto a viverci? »

« Volevo diventare architetto. »

« Non è un luogo adatto. Non comprare vestiti. Ti do tutti i vestiti che vuoi. Ti sistemo in un modo che avrai un gran successo. Vai in quello spogliatoio, c'è un armadio. Prendi tutto quello che vuoi. Caro mio, non hai bisogno di comprar vestiti. »

« Preferirei comprarli, Sim. »

« Caro mio, per me è più facile regalarteli che uscir a comprarteli. Hai il passaporto? Non andrai lontano senza il passaporto. »

« Sì. Ho ancora il mio passaporto. »

« Allora vestiti, caro mio, e via nella vecchia Elvezia. »

« Non è così semplice. Prima devo andare a Stresa. »

« L'ideale, caro mio. Non hai che da attraversare a remi. Se non cercassi di cantare verrei con te. »

« Potresti incominciare a fare lo *yodel*. »

« Caro mio, credo proprio che dovrò cominciare. Ma so davvero cantare. Questa è la parte più buffa. »

« Credo bene che sai cantare. »

Si distese sul letto fumando una sigaretta.

« Non crederlo troppo. Però so cantare. È maledettamente buffo, ma è così. Mi piace cantare. Senti. » Ruggì l'*Africana* col collo che gli si gonfiava e le vene che si facevano turgide. « So cantare. Gli piaccia o non gli piaccia. » Guardai dalla finestra. « Vado giù a mandar via la vettura. »

« Torna su, vecchio mio, e faremo colazione. » Scese dal letto, si mise diritto, respirò profondamente e incominciò a fare i piegamenti. Scesi le scale e pagai la vettura.

XXXIV

Con gli abiti borghesi mi sentii in maschera. Da troppo tempo ero in uniforme e avevo perso la sensazione della presa dei vestiti. Mi sentivo cadere i calzoni. Avevo comprato a Milano un biglietto per Stresa.
Avevo comprato anche un cappello nuovo. Il cappello
di Sim non mi andava bene ma il vestito era bello.
Odorava di tabacco e nello scompartimento mentre
guardavo dal finestrino il cappello nuovo era molto
nuovo e il vestito molto vecchio. Quanto a me ero triste quanto la campagna lombarda bagnata che si vedeva fuori attraverso il finestrino. Nello scompartimento
c'era qualche aviatore che non si preoccupava molto
di me. Evitavano di guardarmi e mostravano molto disprezzo per uno in borghese alla mia età. Non mi
sentii insultato. In passato li avrei insultati e incominciato una lite. Scesero a Gallarate e fui lieto di
restar solo. Avevo il giornale ma non lo leggevo perché non volevo leggere cose sulla guerra. Stavo andando a dimenticare la guerra. Avevo fatto una pace separata. Mi sentivo maledettamente solo e fui lieto
quando il treno arrivò a Stresa.

Mi aspettavo di trovare alla stazione i fattorini degli alberghi ma non c'era nessuno. La stagione era finita da molto e nessuno era venuto al treno. Scesi
dal treno con la mia valigia, che era la valigia di Sim,
e molto leggera da portare perché era vuota tranne
per due camicie, e mi fermai sotto il tetto della stazione nella pioggia mentre il treno ripartiva. Incontrai
un uomo nella stazione e gli chiesi se sapeva quali alberghi fossero aperti. Il Grand Hôtel des Iles Borro-

mées era aperto e parecchi albergucci che stavano a-
perti tutto l'anno. Mi avviai nella pioggia verso l'Iles
Borromées portando la valigia. Vidi una carrozza che
scendeva la strada e feci segno al vetturino. Era meglio arrivare in carrozza. Entrammo nel viale del grande albergo, il portiere uscì con l'ombrello e fu molto
gentile.

Presi una buona stanza. Era molto grande e chiara
e guardava sul lago. Le nuvole erano scese sul lago
ma doveva esser bello col sole. Aspettavo mia moglie,
dissi. C'era un gran letto doppio, un letto matrimo-
niale con una coperta di satin. L'albergo era molto
lussuoso. Attraversai i lunghi corridoi, le larghe scale, i saloni fino al bar. Conoscevo il barman ma sedetti
su uno sgabello e mangiai mandorle e patatine fritte.
Il Martini era fresco e pulito.

« Cosa fa qui in borghese? » chiese il barman dopo
avermi mescolato un secondo Martini.

« Sono in licenza. Licenza di convalescenza. »

« Qui non c'è nessuno. Non so perché tengano l'albergo aperto. »

« Sei stato a pescare? »

« Ho preso qualche bel pesce. Andando in giro in
questa stagione si prende qualche bel pesce. »

« Hai ricevuto il tabacco che ti ho mandato? »

« Sì. E lei ha ricevuto la mia cartolina? »

Mi misi a ridere. Non ero riuscito a procurarmi il
tabacco. Voleva tabacco da pipa americano, ma i miei
parenti avevano smesso di spedirne oppure l'avevano
fermato. Comunque non arrivò mai.

« Me ne procurerò un po' da qualche parte » dissi.
« Dimmi, hai visto due ragazze inglesi in città? Sono
arrivate l'altro ieri. »

« Non sono in albergo. »

« Sono infermiere. »

« Ho visto due infermiere. Aspetti un momento, le
saprò dire dove sono. »

« Una è mia moglie » dissi. « Sono venuto qui per incontrarla. »

« L'altra è la mia. »

« Non scherzo. »

« Scusi il mio scherzo stupido » disse. « Non avevo capito. » Se ne andò e rimase via un bel pezzo. Mangiai olive, mandorle salate e chips e mi guardai vestito in borghese nello specchio dietro il bar. Il barman ritornò. « Sono nell'alberghetto vicino alla stazione » disse.

« Non ci sono sandwiches? »

« Ne faccio preparare qualcuno. Capisce, non c'è niente qui, non c'è nessuno. »

« Non c'è proprio nessuno? »

« Sì, ci sono due o tre persone. »

Arrivarono i sandwiches, ne mangiai tre e bevvi un altro paio di Martini. Non avevo mai assaggiato niente di così fresco e pulito. Mi fecero sentire una persona civile. Mi era toccato troppo vino rosso, pane, formaggio, caffè cattivo e grappa. Bevvi su uno sgabello alto davanti al bel mogano, gli ottoni e gli specchi e non pensai a niente. Il barman mi fece qualche domanda.

« Non parlarmi di guerra » dissi. La guerra era molto lontana. Forse non c'era nessuna guerra. Non c'era guerra qui. Allora capii che per me era finita. Ma non avevo la sensazione che fosse proprio finita. Avevo la sensazione di un ragazzo che pensa a ciò che sta succedendo in un certo momento nella scuola che ha marinato.

Catherine e Helen Ferguson stavano cenando quando arrivai al loro albergo. In piedi nell'atrio le vidi a tavola. La faccia di Catherine era rivolta dall'altra parte e vidi la linea dei suoi capelli e della guancia e il bel collo e le spalle. La Ferguson stava parlando. Si interruppe quando entrai.

« Dio mio » disse.

« Hello » dissi.

« Ma sei tu? » disse Catherine. Le si illuminò il viso. Era troppo felice per crederlo. La baciai. Catherine arrossì e sedette a tavola.

« Sei un bel guaio » disse la Ferguson. « Cosa stai a fare qui? Hai mangiato? »

« No. » Entrò la ragazza che serviva e le dissi di portare un piatto anche per me. Catherine continuava a guardarmi con gli occhi felici.

« Che cosa fai in borghese? » chiese la Ferguson.

« Sono entrato nel gabinetto del ministro. »

« Sei in qualche guaio. »

« Allegra, Fergy. Stai allegra un momento. »

« Non mi rallegra affatto vederti. So il guaio in cui hai messo questa ragazza. Non sei uno spettacolo allegro per me. »

Catherine sorrise e mi toccò col piede sotto il tavolo.

« Nessuno mi ha messo in un guaio, Fergy. I guai me li trovo da me. »

« Non lo posso soffrire » disse la Ferguson. « Non ha fatto altro che rovinarti con i suoi trucchi da italiano subdolo. Gli americani sono peggio degli italiani. »

« Gli scozzesi sono gente talmente morale » disse Catherine.

« Non voglio dir questo. Voglio dire quel suo essere subdolo come gli italiani. »

« Sono subdolo, Fergy? »

« Sì, che lo sei. Sei peggio che subdolo. Sei come un serpente. Un serpente in uniforme italiana: con una mantellina intorno al collo. »

« Non ho un'uniforme italiana adesso. »

« Non è che un altro esempio del fatto che sei subdolo. Hai avuto una storia d'amore tutta l'estate e hai reso madre la ragazza e ora immagino che te ne sguscerai via. »

Sorrisi a Catherine e lei mi sorrise.

« Sgusceremo via tutt'e due » dissi.

« Siete tali e quali » disse la Ferguson. « Mi vergogno di te, Catherine Barkley. Non hai pudore e non hai onore e sei subdola come lui. »

« No, Fergy » disse Catherine accarezzandole la mano. « Non accusarmi. Lo sai che ci vogliamo bene. »

« Togli quella mano » disse la Ferguson. Era diventata rossa in faccia. « Se tu avessi un po' di vergogna sarebbe diverso. Ma sei lì con quel bambino da Dio sa quanti mesi e credi che sia uno scherzo e sei tutta un sorriso perché il tuo seduttore è ritornato. Non hai vergogna e non hai sentimento. » Incominciò a piangere. Catherine si alzò e la cinse col braccio. Mentre era in piedi a consolare la Ferguson vidi che il suo corpo non era mutato.

« Oh, basta » singhiozzò la Ferguson. « È terribile. »

« Su, su, Fergy » la confortò Catherine. « Avrò vergogna. Non piangere, Fergy. Non piangere, vecchia Fergy. »

« Non sto piangendo » singhiozzò la Ferguson. « Non piango, è solo questa situazione terribile in cui ti ha cacciata. » Mi guardò. « Ti odio » disse. « Non puoi impedirmi di odiarti. Sporco italiano americano subdolo. » Aveva gli occhi e il naso rossi di pianto.

Catherine mi sorrise.

« Non sorridergli mentre mi tocchi. »

« Sei irragionevole, Fergy. »

« Lo so » singhiozzò la Ferguson. « Non dovete badare a me, nessuno dei due. Sono così sconvolta. Non sono ragionevole. Lo so. Vorrei che foste felici. »

« Siamo felici » disse Catherine. « Sei un tesoro di Fergy. »

La Ferguson ricominciò a piangere. « Non voglio che

siate felici a questo modo. Perché non vi sposate? Non hai un'altra moglie, vero? »

« No » dissi. Catherine rise.

« Non c'è niente da ridere » disse la Ferguson. « Un mucchio di loro hanno altre mogli. »

« Ci sposeremo, Fergy » disse Catherine « se questo ti fa piacere. »

« Non per far piacere a me. Dovresti volerlo tu. »

« Abbiamo avuto tanto da fare. »

« Sì. Lo so. Far bambini. » Pensai che avrebbe ricominciato a piangere ma invece divenne amara. « Immagino che stasera andrai con lui. »

« Sì » disse Catherine. « Se lui mi vuole. »

« E io? »

« Hai paura a restar qui da sola? »

« Sì, ho paura. »

« Allora resto con te. »

« No, va' con lui. Vattene via con lui. Non ne posso più di vedervi. »

« È meglio che finiamo di cenare. »

« No. Andate via subito. »

« Fergy, sii ragionevole. »

« Vi dico di andar via subito. Via tutt'e due. »

« Allora andiamo » dissi. Non ne potevo più di Fergy.

« Volete andarvene. Vedete che volete perfino lasciarmi qui a mangiar da sola. Ho sempre desiderato andare sui laghi italiani ed ecco com'è andata, oh, oh » singhiozzò, poi guardò Catherine e soffocò.

« Ci fermeremo fin dopo cena » disse Catherine. « E non ti lascerò sola se vuoi che rimanga. Non ti lascerò sola, Fergy. »

« No. No. Voglio che tu vada. Voglio che tu vada. » Si asciugò gli occhi. « Sono così irragionevole. Per favore, non badate a me. »

La ragazza che serviva il pranzo era stata sconvolta da tutto quel piangere. Ora, mentre portava il piatto

successivo, parve sollevata nel vedere che le cose andavano meglio.

Quella notte all'albergo, nella nostra stanza col lungo corridoio deserto fuori e le nostre scarpe fuori della porta, un tappeto spesso sul pavimento della stanza, fuori della finestra la pioggia che cadeva e nella
stanza luce e dolcezza e allegria, poi la luce spenta e
questo eccitante, con le lenzuola lisce e il letto comodo, con la sensazione di esser tornati a casa, con la
sensazione di non esser più soli, svegliandosi nella notte per trovare l'altro lì accanto e non lontano; tutte
le altre cose erano irreali. Ci addormentavamo quando eravamo stanchi e se ci svegliavamo si svegliava
anche l'altro e così non eravamo più soli. Spesso un
uomo desidera esser solo e anche una ragazza desidera
esser sola e se si amano sono gelosi di questo l'uno
per l'altro, ma io posso dire sinceramente che per noi
non è mai stato così. Potevamo sentirci soli mentre
eravamo insieme, soli contro gli altri. Mi è capitato
così soltanto una volta. Sono stato solo mentre ero
con molte ragazze e questo è il modo in cui si può essere più soli. Ma noi non eravamo mai soli e non avevamo mai paura quando eravamo insieme. So che la
notte non è come il giorno: che tutte le cose sono diverse, che le cose della notte non si possono spiegare
nel giorno perché allora non esistono, e la notte può
essere un momento terribile per la gente sola quando
la loro solitudine è incominciata. Ma con Catherine
non c'era quasi differenza nella notte tranne che era
anche meglio. Se la gente porta tanto coraggio in questo mondo, il mondo deve ucciderla per spezzarla, così naturalmente la uccide. Il mondo spezza tutti quanti e poi molti sono forti nei punti spezzati. Ma quelli che non spezza li uccide. Uccide imparzialmente i
molto buoni e i molto gentili e i molto coraggiosi. Se

non siete fra questi potete esser certi che ucciderà anche voi, ma non avrà una particolare premura.

Ricordo quando mi svegliai quel mattino. Catherine dormiva e la luce del sole entrava dalla finestra. Non pioveva più e scesi dal letto e attraversai la stanza fino alla finestra. Giù c'erano i giardini, ora spogli ma regolari e belli, i sentieri di ghiaia, gli alberi, il muro di pietra sul lago e il lago nella luce del sole con le montagne in fondo. Rimasi alla finestra a guardar fuori e quando mi voltai vidi che Catherine era sveglia e mi guardava.

« Come stai, caro? » disse. « Non è una bella giornata? »

« Come stai? »

« Sto benissimo. Che bella notte. »

« Vuoi far colazione? »

Voleva far colazione. Lo volevo anch'io, e ce la portarono a letto, col sole di novembre che entrava dalla finestra e il vassoio della colazione sul mio grembo.

« Non vuoi il giornale? Volevi sempre il giornale in ospedale. »

« No » dissi. « Non voglio più il giornale. »

« È stato così brutto che non vuoi neanche leggere ciò che ne dicono? »

« Non voglio leggere quel che ne dicono. »

« Vorrei esser stata con te, per sapere anch'io com'è stato. »

« Te lo racconterò, se riuscirò a capirlo. »

« Ma non ti arrestano se ti prendono senza uniforme? »

« Probabilmente mi fucilano. »

« Allora non bisogna star qui. Andiamo via da questo paese. »

« Avevo pensato a qualcosa del genere. »

« Andiamo via. Caro, non dobbiamo correre rischi

stupidi. Dimmi come hai fatto ad arrivare da Mestre a Milano. »

« Sono venuto in treno. Ero in uniforme allora. »

« Non c'era pericolo? »

« Non molto. Avevo un vecchio foglio di viaggio. Ci ho messo sopra le date a Mestre. »

« Caro, qui possono arrestarti da un momento all'altro. Non voglio. È troppo stupido fare una cosa di questo genere. Cosa faremmo se ti prendessero? »

« Non pensiamoci. Sono stanco di pensare. »

« Che cosa faresti se venissero ad arrestarti? »

« Li ammazzo. »

« Vedi come sei stupido? Non ti lascerò uscire dall'albergo finché non partiremo. »

« Dove andiamo? »

« Per favore non fare così, caro. Andremo dove vuoi, ma per favore, trova un posto per andar via subito. »

« La Svizzera è in fondo al lago, si potrebbe andar lì. »

« Sarà magnifico. »

Fuori scendevano le nuvole e il lago si incupiva.

« Vorrei che non dovessimo sempre vivere come dei criminali » dissi.

« Caro, non fare così. Non hai vissuto molto tempo come un criminale e non viviamo mai come criminali. Avremo una vita così bella. »

« Mi sento un criminale. Ho disertato. »

« Caro, ti prego, sii ragionevole. Non hai disertato. Era solo l'esercito italiano. »

Mi misi a ridere. « Sei straordinaria. Torniamo a letto. Si sta così bene a letto. »

Un momento dopo Catherine disse: « Ti senti ancora come un criminale? ».

« No » dissi. « Non quando sono con te. »

« Sei così stupido » disse. « Ma io baderò a te.

Non è splendido, caro, che non abbia nessuna nausea
al mattino? »

 « È magnifico. »

 « Tu non apprezzi tua moglie. Ma non importa. Ti
porterò in un posto dove non possono arrestarti e allora vivremo così bene. »

 « Andiamo via subito. »

 « Sì, caro. Andrò dovunque, in qualunque momento tu lo voglia. »

 « Non pensiamo a niente. »

 « Va bene. »

XXXV

Catherine andò lungo il lago nel piccolo albergo a trovare la Ferguson e io rimasi nel bar a leggere il giornale. Nel bar c'erano poltrone di cuoio molto comode e rimasi seduto a leggere finché non entrò il barman. L'esercito non si era fermato al Tagliamento. Stava ritirandosi verso il Piave. Ricordavo il Piave. La ferrovia lo attraversava vicino a San Donà salendo al fronte. Era profondo e lento in quel punto e molto stretto. Laggiù c'erano le paludi di zanzare e i canali. C'era qualche bella villa. Una volta prima della guerra andando a Cortina d'Ampezzo l'avevo seguito per parecchie ore fra le colline. Lassù pareva un torrente da trote che scorresse veloce con tratti di acqua bassa e pozze sotto l'ombra delle rocce. La strada se ne allontanava a Cadore. Mi chiesi come avrebbe fatto a scendere l'esercito che era lassù. Entrò il barman.

« È venuto a cercarla il conte Greffi » disse.

« Chi? »

« Il conte Greffi. Ricorda, quel vecchio che era qui l'altra volta. »

« È qui? »

« Sì, è qui con la nipote. Gli ho detto che lei è qui. Vuole giocare a biliardo con lei. »

« Dov'è? »

« Sta facendo una passeggiata. »

« Come sta? »

« Più giovane che mai. Ieri sera prima di cena ha bevuto tre cocktail di champagne. »

« Come va il biliardo? »

« Bene. Mi vince sempre. Quando gli ho detto che

lei è qui era così contento. Non c'è nessuno qui con
cui possa giocare. »

Il conte Greffi aveva novantaquattro anni. Era stato un contemporaneo di Maeterlinck ed era un vecchio
coi capelli e i baffi bianchi e bei modi. Era stato nel
servizio diplomatico tanto dell'Austria che dell'Italia
e i ricevimenti per i suoi compleanni erano i grandi
avvenimenti della società di Milano. Si avviava a diventare centenario e giocava un biliardo sciolto ed elegante in contrasto con la sua fragilità di novantaquat-
trenne. Lo avevo conosciuto quando ero stato a Stresa
un'altra volta fuori stagione e giocando a biliardo avevamo bevuto champagne. Mi parve una cosa splendida e mi diede quindici punti ai cento e mi vinse.

« Perché non mi hai detto prima che era qui? »

« L'ho dimenticato. »

« Chi altri c'è? »

« Nessuno che conosca. Ci sono soltanto sei persone
in tutto. »

« Che cosa fai adesso? »

« Niente. »

« Vieni a pescare. »

« Potrei venire per un'ora. »

« Vieni. Porta la lenza. »

Il barman mise una giacca e uscimmo. Scendemmo
in città e prendemmo una barca e io remai mentre il
barman sedeva a poppa e lanciava la lenza con un'esca
a cucchiaio e un peso al fondo per pescare le trote
del lago. Remammo lungo la spiaggia mentre il barman teneva la canna in mano e dava di quando in
quando qualche balzo in avanti. Dal lago Stresa appariva molto deserta. C'erano le lunghe file di alberi
nudi, i grandi alberghi e le ville chiuse. Remai verso
l'Isola Bella e mi avvicinai ai muraglioni, dove l'acqua
diventava improvvisamente più fonda e si vedeva il
muro di roccia scendere obliquo nell'acqua limpida,
e poi risalii lungo l'Isola dei Pescatori. Il sole era

sotto una nuvola e l'acqua era cupa e liscia e molto
fredda. Niente abboccò, per quanto vedessimo sul-
l'acqua qualche cerchio di pesci che salivano.

Mi avvicinai remando all'Isola dei Pescatori dove
c'erano barche tirate a secco e uomini che rammenda-
vano reti.

« Dobbiamo bere qualcosa? »

« Va bene. »

Portai la barca al molo di pietra e il barman tirò
su la lenza, avvolgendola in fondo alla barca e aggan-
ciando l'esca a cucchiaio sull'orlo della falchetta. Io
scesi e legai la barca. Andammo in un piccolo caffè,
sedemmo a un tavolo di legno nudo e ordinammo del
vermut.

« Si è stancato a remare? »

« No. »

« Al ritorno remo io » disse.

« Mi piace remare. »

« Forse se tiene lei la lenza cambierà la fortuna. »

« Va bene. »

« Mi dica come va la guerra. »

« Fa schifo. »

« Io non ho da andarci. Sono troppo vecchio, come
il conte Greffi. »

« Forse dovrai andarci anche tu. »

« L'anno prossimo richiamano la mia classe, ma io
non ci vado. »

« Che cosa farai? »

« Andrò via dall'Italia. Non voglio andare in guerra. Sono già stato in guerra una volta in Abissinia.
Basta. Perché c'è andato, lei? »

« Non lo so. Sono stato uno scemo. »

« Un altro vermut? »

« Va bene. »

Il barman remò al ritorno. Risalimmo il lago oltre
Stresa pescando e poi scendemmo non lontano dalla
spiaggia. Tenevo la lenza tesa e sentivo il lieve pulsa-

re dell'esca a cucchiaio che si rivoltava mentre guardavo la cupa acqua di novembre del lago e la riva deserta. Il barman remava a vogate lunghe e nella spinta in avanti della barca la lenza vibrava. Una volta qualcosa abboccò: la lenza si indurì d'improvviso e balzò indietro, io tirai e sentii il peso vivo della trota e poi la lenza vibrò di nuovo. L'avevo mancata.

« Era grossa? »

« Piuttosto grossa. »

« Una volta che pescavo da solo mi ero messo la lenza fra i denti e una abboccò e mi portò quasi via la bocca. »

« Il modo migliore è di legarla a una gamba » dissi. « Allora si sente e non si perdono i denti. »

Misi la mano nell'acqua. Era molto fredda. Ora eravamo quasi di fronte all'albergo.

« Devo andare » disse il barman « per trovarmi lì alle undici. *L'heure du cocktail.* »

« Va bene. » Tirai su la lenza e l'avvolsi su un bastone intagliato alle due estremità. Il barman accostò la barca a un piccolo imbarcadero nel muro di pietra e la fissò con catena e lucchetto.

« Le darò la chiave ogni volta che la vuole » disse.

« Grazie. »

Rientrammo in albergo e andammo nel bar. Non avevo voglia di bere di nuovo di mattina così presto e salii in camera. La cameriera aveva appena finito di fare la stanza e Catherine non era ancora tornata. Mi distesi sul letto e cercai di non pensare.

Quando Catherine arrivò tutto era a posto. La Ferguson era sotto, disse. Era venuta per la colazione.

« Sapevo che non ti importava » disse Catherine.

« No » dissi.

« Cosa c'è, caro? »

« Non lo so. »

« Lo so io. Non hai niente da fare. Non hai che me e io me ne vado. »

« È vero. »

« Mi dispiace, caro. So che deve essere terribile non
aver niente da fare all'improvviso. »

« Avevo una vita piena d'ogni cosa » dissi. « Ora se
non sei con me non ho niente al mondo. »

« Ma io sarò con te. Sono andata via solo per due
ore. Non c'è niente che tu possa fare qui? »

« Sono andato a pescare col barman. »

« Ti sei divertito? »

« Sì. »

« Non pensare a me quando non ci sono. »

« Facevo così al fronte. Ma là c'era qualcosa da fare. »

« Otello senza lavoro » scherzò.

« Otello era un negro » dissi. « E poi non sono
geloso. È solo che sono così innamorato di te che non
m'importa di altro. »

« Farai il bravo ragazzo e sarai gentile con la Ferguson? »

« Sono sempre gentile con la Ferguson se non mi
insolentisce. »

« Sii gentile con lei. Pensa a tutto ciò che abbiamo
e che lei non ha. »

« Non credo desideri quello che abbiamo noi. »

« Non capisci gran che, caro, per essere così intelligente. »

« Sarò gentile con lei. »

« So che lo sarai. Sei così caro. »

« Ma poi non si ferma, vero? »

« No. La manderò via. »

« E allora torniamo su. »

« Si capisce. Che cosa credi che desideri fare? »

Scendemmo a far colazione con la Ferguson, Era
molto impressionata dall'albergo e dall'eleganza della
sala da pranzo. Ci servirono una buona colazione con
un paio di bottiglie di Capri bianco. Il conte Greffi
entrò nella sala da pranzo e ci fece un inchino. Aveva

con sé la nipote che assomigliava un poco a mia mamma. Parlai di lui a Catherine e alla Ferguson e Ferguson fu molto impressionata. L'albergo era enorme e imponente e vuoto ma il cibo era buono e il vino molto piacevole e alla fine il vino ci fece sentir tutti molto bene. Catherine non aveva bisogno di sentirsi meglio. Era molto felice. La Ferguson diventò tutta allegra. Mi sentivo molto bene anch'io. Dopo colazione la Ferguson ritornò al suo albergo. Disse che andava a coricarsi un momento dopo colazione.

Sul finire del pomeriggio qualcuno bussò alla porta.

« Chi è? »

« Il conte Greffi desidera sapere se vuole giocare al biliardo con lui. »

Guardai l'orologio; me l'ero tolto ed era sotto il guanciale.

« Devi andare, caro? » sussurrò Catherine.

« Credo che sia meglio. » L'orologio segnava le quattro e un quarto. Ad alta voce dissi: « Di' al conte Greffi che sarò nella sala da biliardo alle cinque ».

Alle cinque meno un quarto baciai Catherine e andai nel bagno a vestirmi. Guardandomi nello specchio per farmi il nodo alla cravatta mi sembrai strano negli abiti borghesi. Dovevo ricordarmi di comprare un po' di camicie e di calze.

« Resterai via molto? » chiese Catherine. Era bella, nel letto. « Vuoi porgermi la spazzola? »

La guardai pettinarsi i capelli, tenendo la testa in modo che il peso dei capelli cadesse tutto da una parte. Fuori era buio e la luce sul capezzale le splendeva sui capelli e sul collo e le spalle. Mi avvicinai e la baciai e le tenni la mano con la spazzola e la testa si affondò nel cuscino. Le baciai il collo e le spalle. Mi sentivo svenire d'amore.

« Non ho voglia d'andare. »

« Non ho voglia che tu vada. »

« Allora non vado. »

« Sì. Vai. È solo per un momento e poi ritorni. »

« Ceniamo di sopra. »

« Svelto e torna presto. »

Trovai il conte Greffi nella sala da biliardo. Stava esercitandosi e aveva un'aria molto fragile sotto la luce che cadeva sul tavolo del biliardo. Su un tavolino da gioco, poco discosto dalla luce, c'era un secchiello d'argento col collo e il turacciolo di due bottiglie di champagne che si affacciavano nel ghiaccio. Il conte Greffi si alzò quando mi avvicinai al tavolo e mi venne incontro. Tese la mano: « Sono così lieto che lei sia qui. È stato molto gentile a scendere per giocare con me ».

« È stato molto gentile da parte sua invitarmi. »

« Come sta? Mi hanno detto che è stato ferito sull'Isonzo. Spero che stia di nuovo bene. »

« Sto benissimo. E lei è stato sempre bene? »

« Oh, io sto sempre bene. Ma invecchio. Ormai scopro i segni dell'età. »

« Non posso crederlo. »

« Sì. Vuol saperne una? Mi riesce più facile parlare italiano. Mi domino, ma quando sono stanco mi accorgo che è molto più facile parlare italiano. Così so che invecchio. »

« Possiamo parlare italiano. Anch'io sono un po' stanco. »

« Oh, ma quando è stanco deve riuscirle più facile parlare inglese. »

« Americano. »

« Sì. Americano. Parli americano, per favore. È una lingua magnifica. »

« Non vedo quasi mai americani. »

« Deve sentirne la mancanza. Si sente sempre la mancanza dei connazionali. Specialmente delle connazionali. Lo so per esperienza. Vogliamo giocare o è troppo stanco? »

« Non sono stanco sul serio. L'ho detto per scherzo. Che handicap mi dà? »

« Ha giocato molto in questo periodo? »

« Neanche una volta. »

« Lei gioca molto bene. Dieci punti ai cento. »

« Vuole adularmi. »

« Quindici? »

« Andrebbe bene ma lei vincerà. »

« Vogliamo giocare per una posta? Ha sempre desiderato giocare per una posta. »

« Credo che sia meglio. »

« Bene. Le do diciotto punti e giochiamo una lira
al punto. »

Giocammo una bella partita di biliardo e con tutto
il mio handicap ai cinquanta vincevo solo di quattro
punti. Il conte Greffi spinse un bottone nel muro per
far venire il barman.

« Apri una bottiglia, per favore » disse. Poi a me:
« Prendiamo un piccolo stimolante ». Il vino era gelato e molto secco e buono.

« Vogliamo parlare italiano? Le dispiacerebbe molto? È la mia grande debolezza, ora. »

Continuammo a giocare sorseggiando il vino tra
un colpo e l'altro, parlando italiano, ma poco, concentrati nel gioco. Il conte Greffi fece il suo centesi-
mo punto e con l'handicap rimasi a novantaquattro.
Sorrise e mi diede un colpetto sulla spalla.

« Ora beviamo l'altra bottiglia e lei mi parla della
guerra. » Aspettò che mi sedessi.

« Di qualcos'altro » dissi.

« Non vuole parlarne? Bene. Che cosa ha letto? »

« Niente » dissi. « Temo di essere molto noioso. »

« No. Ma dovrebbe leggere. »

« Che cosa hanno scritto durante la guerra? »

« C'è *Le Feu* di un francese, Barbusse. Poi c'è *Mr.
Britling Sees Through It.* »

« No, non è vero. »

« Cosa? »

« Non riesce a veder niente. Quei libri erano all'ospedale. »

« Allora ha letto qualcosa. »

« Sì, ma niente di buono. »

« Mi pareva che *Mr. Britling* fosse uno studio molto buono sull'anima della borghesia inglese. »

« Non m'intendo di anima. »

« Povero figliolo. Nessuno di noi s'intende di anima. Lei è *croyant*? »

« Quando è buio. »

Il conte Greffi sorrise e girò il bicchiere fra le dita. « Mi aspettavo di diventare più devoto invecchiando, ma non lo sono diventato » disse. « È un gran peccato. »

« Le piacerebbe vivere dopo la morte? » chiesi. E immediatamente mi sentii uno scemo per aver nominato la morte. Ma non fece caso alla parola.

« Dipenderebbe dalla vita. Questa vita è molto divertente. Mi piacerebbe vivere per sempre » sorrise. « Ci sono quasi riuscito. »

Eravamo affondati nelle grandi poltrone di cuoio con lo champagne nel secchiello del ghiaccio e i bicchieri sulla tavola fra noi.

« Se lei vivrà fino a esser vecchio come me, si accorgerà di molte cose strane. »

« Non ha mai avuto l'aria di esser vecchio. »

« È il corpo che è vecchio. A volte ho paura di spezzarmi un dito come si spezza un bastoncino di gesso. E lo spirito non invecchia e non diventa più saggio. »

« Lei è saggio. »

« No. È il grande inganno: la saggezza dei vecchi. Non diventano saggi. Diventano attenti. »

« Forse è la saggezza. »

« È una saggezza poco attraente. Qual è la cosa che lei apprezza di più? »

« Qualcuno che amo. »

« Per me è lo stesso. Questa non è la saggezza. Lei apprezza la vita? »

« Sì. »

« Anch'io. Perché è la sola cosa che ho. Oltre i ricevimenti per il mio compleanno. » Rise. « Probabilmente lei è più saggio di me. Lei non fa ricevimenti per il suo compleanno. »

Stavamo tutti e due bevendo il vino.

« Che cosa pensa della guerra, sinceramente? » chiesi.

« Penso che è stupida. »

« Chi vincerà? »

« L'Italia. »

« Perché? »

« È la nazione più giovane. »

« Le nazioni giovani vincono sempre le guerre? »

« Per un certo periodo sono adatte per vincerle. »

« E poi cosa succede? »

« Diventano nazioni più vecchie. »

« Ha detto che non è saggio. »

« Caro figliolo, questa non è saggezza. Questo è cinismo. »

« A me pare molto saggio. »

« Non lo è in modo particolare. Potrei citare gli esempi contrari. Ma non è così male. Abbiamo finito lo champagne? »

« Quasi. »

« Vogliamo berne ancora un po'? Poi devo vestirmi. »

« Forse è meglio no, per ora. »

« È sicuro che non ne vuole più? »

« Sì. » Si alzò.

« Spero che avrà molta fortuna e molta felicità e molta molta salute. »

« Grazie. E io spero che lei vivrà per sempre. »

« Grazie. Ho vissuto per sempre. E se un giorno

diventa devoto preghi per me se sono morto. Sto chiedendo a molti amici di farlo. Mi aspettavo di diventare devoto io stesso ma non è successo. » Mi pare che sorridesse con tristezza ma non ne ero certo. Era così vecchio e aveva la faccia molto rugosa: un sorriso smuoveva tante linee da prendere ogni gradazione.

« Può darsi che diventi molto devoto » dissi. « Comunque pregherò per lei. »

« Mi sono sempre aspettato di diventare devoto. Tutta la mia famiglia è morta molto devota. Ma chissà come non è successo. »

« È troppo presto. »

« Forse è troppo tardi. Forse sono sopravvissuto al mio sentimento religioso. »

« Il mio viene soltanto al buio. »

« Ma poi lei è innamorato. Non dimentichi che è un sentimento religioso. »

« Crede? »

« Certo. » Fece un passo verso la tavola. « È stato molto gentile a giocare. »

« Mi ha fatto molto piacere. »

« Saliamo insieme. »

XXXVI

Quella notte vi fu un temporale e mi svegliai per udire la pioggia che sferzava i vetri della finestra. Stava entrando dalla finestra aperta. Qualcuno aveva bussato alla porta. Andai alla porta senza far rumore per non disturbare Catherine e aprii. Era il barman. Aveva il cappotto e teneva in mano il cappello bagnato.

« Posso parlarle, tenente? »

« Cosa è successo? »

« È una cosa molto seria. »

Mi guardai attorno. La stanza era buia. Vidi l'acqua sul pavimento sotto la finestra. « Vieni » dissi. Lo presi per un braccio e lo condussi nel bagno. Chiusi la porta e accesi la luce. Sedetti sull'orlo della vasca. « Cosa è successo, Emilio? Sei nei guai? »

« No. C'è lei, tenente. »

« Sì? »

« L'arresteranno domattina. »

« Sì? »

« Sono venuto a dirglielo. Ero fuori in città e li ho sentiti parlare in un caffè. »

« Capisco. »

Era lì in piedi col cappotto bagnato, il cappello bagnato in mano e non diceva niente.

« Perché mi arrestano? »

« Per qualcosa che riguarda la guerra. »

« Sai per che cosa? »

« No. Ma so che sanno che l'altra volta è venuto qui vestito da ufficiale e ora è qui senza uniforme. Dopo questa ritirata arrestano tutti. »

Pensai un momento.

« A che ora vengono ad arrestarmi? »

« Domattina. Non so a che ora. »

« Che cosa mi consigli di fare? »

Mise il cappello nel lavabo. Era molto bagnato e aveva continuato a sgocciolare sul pavimento.

« Se non ha niente da temere, un arresto non è niente. Ma è sempre spiacevole venire arrestato; specialmente adesso. »

« Non voglio venire arrestato. »

« Allora vada in Svizzera. »

« In che modo? »

« Con la mia barca. »

« C'è il temporale » dissi.

« Il temporale è finito. Sarà dura, ma lei se la caverà. »

« Quando si dovrebbe andare? »

« Subito. Potrebbero venire ad arrestarla presto, domattina. »

« E le valigie? »

« Le prepari. Faccia vestire la signora. Le porterò io. »

« Dove ti troverò? »

« Aspetto qui. Non voglio che mi vedano fuori nell'atrio. »

Aprii la porta, la chiusi ed andai in camera da letto. Catherine era sveglia.

« Cosa c'è, caro? »

« Va tutto bene, Cat » dissi. « Ti piacerebbe vestirti subito e venire in barca fino in Svizzera? »

« A te piacerebbe? »

« No » dissi. « Mi piacerebbe ritornare a letto. »

« Che cosa è successo? »

« Il barman dice che verranno ad arrestarmi domattina. »

« È matto? »

« No. »

« Allora sbrighiamoci, caro, e vestiamoci per poter

partire. » Sedette sull'orlo del letto. Era ancora assonnata. « È nel bagno? »

« Sì. »

« Allora non mi laverò. Per favore, non guardarmi, caro, e in un minuto sarò vestita. »

Vidi la schiena bianca mentre si levava la camicia da notte e poi mi voltai perché così voleva. Incominciava a essere un po' grossa e non voleva che la vedessi. Mi vestii ascoltando la pioggia sulle finestre. Non avevo molto da mettere nella valigia.

« C'è un mucchio di posto nella mia valigia, Cat, se ne hai bisogno. »

« Ho quasi finito » disse. « Caro, sono terribilmente stupida, ma perché il barman è rimasto nel bagno? »

« Psst! Aspetta per portarci giù le valigie. »

« Com'è gentile. »

« È un vecchio amico » dissi. « Una volta gli ho quasi mandato del tabacco da pipa. »

Guardai dalla finestra aperta la notte buia. Non riuscivo a vedere il lago, soltanto il buio e la pioggia, ma il vento si era calmato.

« Sono pronta, caro » disse Catherine.

« Bene. » Andai alla porta del bagno. « Ecco le valigie, Emilio » dissi. Il barman prese le due valigie.

« Siete molto gentile ad aiutarci » disse Catherine.

« Non è niente, signora » disse il barman. « Sono lieto di aiutarvi purché non mi metta nei guai io. Stia a sentire » mi disse. « Porterò queste valigie giù dalla scala di servizio fino alla barca. Lei esca come se andasse a fare una passeggiata. »

« È una bella notte per una passeggiata » disse Catherine.

« È proprio una brutta nottata. »

« Sono contenta di avere l'ombrello » disse Catherine.

Scendemmo il corridoio e le grandi scale dal tappeto fitto. Ai piedi delle scale accanto alla porta il portiere era seduto al suo tavolo.

Parve sorpreso nel vederci.

« Escono, signori? » disse.

« Sì » dissi. « Andiamo a vedere la burrasca sul lago. »

« Non ha un ombrello, signore? »

« No » dissi. « Ho un vestito impermeabile. »

Lo guardò poco convinto. « Prenda un ombrello, signore » disse. Se ne andò e ritornò con un grosso ombrello. « È un po' grande, signore » disse. Gli diedi un biglietto da dieci lire. « Oh, è troppo buono, signore. Grazie tante » disse. Tenne la porta aperta e uscimmo nella pioggia. Sorrise a Catherine e lei gli ricambiò il sorriso. « Non rimangano fuori nel temporale » disse. « Si bagneranno, signori. » Era soltanto il secondo portiere e il suo inglese era ancora tradotto letteralmente.

« Torniamo presto » dissi. Scendemmo il sentiero sotto l'ombrello gigante e uscimmo dai giardini bagnati e bui nella strada e attraversammo la strada fino al sentiero coperto dal pergolato lungo il lago. Il vento ora soffiava verso il lago. Era un vento freddo e umido di novembre e sapevo che sulle montagne stava nevicando. Passammo lungo le barche incatenate agli imbarcaderi lungo la banchina dove avrebbe dovuto essere la barca del barman. L'acqua era cupa contro la pietra. Il barman si affacciò alla fila degli alberi.

« Le valigie sono nella barca » disse.

« Voglio pagarti la barca » dissi.

« Quanto denaro ha? »

« Non molto. »

« Mi mandi il denaro più tardi. Così va bene. »

« Quanto? »

« Quello che vuole. »

« Dimmi quanto. »

« Se tutto va bene mi mandi cinquecento franchi.
Non gliene importerà niente se tutto va bene. »

« Bene. »

« Qui c'è un po' di sandwiches. » Mi tese un pacchetto. « Tutto quello che c'era nel bar. È tutto qui.
Questa è una bottiglia di cognac e questa è una bottiglia di vino. » La misi nella valigia. « Lascia che ti
paghi questa roba. »

« Va bene, mi dia cinquanta lire. »

Gliele diedi. « Il cognac è buono » disse. « Non abbia paura di darlo alla signora. È meglio che salga
in barca. » Tenne la barca che si alzava e cadeva contro il muro di pietra e aiutai Catherine a entrare. Sedette a poppa e si strinse nella mantella.

« Sa dove andare? »

« Nel lago. »

« Sa fin dove? »

« Dopo Luino. »

« Dopo Luino, Cannero, Cannobio, Tranzano. Non
sarà in Svizzera finché non sarà arrivato a Brissago.
Deve passare il Monte Tamara. »

« Che ora è? » chiese Catherine.

« Sono solo le undici » dissi.

« Se non smette mai di remare dovrebbe arrivare alle sette del mattino. »

« È così lontano? »

« Trentacinque chilometri. »

« Come faccio per la direzione? Con questa pioggia ci vorrebbe una bussola. »

« No. Vada all'Isola Bella. Poi dall'altra parte del-
l'Isola Madre vada col vento. Il vento la porterà a
Pallanza. Vedrà le luci. Poi segua la riva. »

« Può darsi che il vento cambi. »

« No » disse. « Questo vento durerà tre giorni. Viene diritto giù dal Mottarone. Lì c'è una latta per vuotare l'acqua. »

« Lascia che ti paghi subito qualcosa per la barca. »

« No, preferisco rischiare. Se tutto va bene mi pagherà più che può. »

« Va bene. »

« Non credo che annegherete. »

« Meno male. »

« Risalga il lago col vento. »

« Bene. » Salii in barca.

« Ha lasciato il denaro per l'albergo? »

« Sì. In una busta in camera. »

« Bene. In bocca al lupo, tenente. »

« In bocca al lupo. Ti ringrazio molto. »

« Non mi ringrazierà, se finirà annegato. »

« Che cosa dice? » chiese Catherine.

« Dice in bocca al lupo. »

« In bocca al lupo » disse Catherine. « Grazie tante. »

« Siete pronti? »

« Sì. »

Si curvò e ci diede una spinta. Immersi i remi nell'acqua poi lo salutai con la mano. Il barman mi ricambiò il gesto. Vidi le luci dell'albergo e remai, remando diritto finché scomparve. Le onde erano grosse ma andavamo col vento.

XXXVII

Remavo nel buio tenendomi il vento in faccia. La pioggia era finita e veniva soltanto di quando in quando a raffiche. Era molto buio e il vento era freddo. Vedevo Catherine a poppa ma non riuscivo a vedere l'acqua nel punto in cui le pale dei remi si tuffavano. I remi erano lunghi e non c'erano gironi di cuoio a impedire che scivolassero. Spingevo, mi rizzavo, mi piegavo in avanti, trovavo l'acqua, affondavo le pale e spingevo, remando più disinvolto che potevo. Non filavo i remi perché il vento era con noi. Sapevo che mi sarebbero venute le vesciche alle mani e volevo evitarlo più che potevo. La barca era leggera e si poteva remare facilmente. Continuai a spingere nell'acqua buia. Non vedevo niente e speravo che presto saremmo arrivati di fronte a Pallanza.

Non vedemmo mai Pallanza. Il vento soffiava sul lago e oltrepassammo il punto che nasconde Pallanza nel buio e non vedemmo mai le luci. Quando finalmente vedemmo qualche luce molto più in su nel lago e vicino a riva, era Intra. Ma per molto tempo non vedemmo luci e neanche vedemmo la riva ma remai ostinatamente nel buio seguendo le onde. A volte nel buio spingevo i remi a vuoto mentre un'onda sollevava la barca. Era molto duro; ma continuai a remare finché d'improvviso fummo vicinissimi a riva contro una punta di roccia che si alzava accanto a noi; le onde vi battevano contro, salivano a coprirla e poi precipitavano indietro. Spinsi forte il remo destro e respinsi l'acqua con l'altro ritornando nel lago; la punta era scomparsa e stavamo risalendo il lago.

« Abbiamo attraversato il lago » dissi a Catherine.

« Non dovevamo vedere Pallanza? »

« L'abbiamo passata. »

« Come stai, caro? »

« Bene. »

« Potrei prendere un momento i remi. »

« No, sto bene. »

« Povera Ferguson » disse Catherine. « Domattina verrà in albergo e le diranno che siamo partiti. »

« Non sono tanto preoccupato di questo » dissi « quanto di arrivare alla parte svizzera del lago prima dell'alba in modo che le guardie doganiere non ci vedano. »

« È ancora lontano? »

« Una trentina di chilometri. »

Remai tutta la notte. Alla fine le mani mi facevano così male che quasi non potevo tenerle sui remi. Varie volte fummo sul punto di venir sbattuti sulla riva. Mi tenevo vicino alla riva perché avevo paura di smarrirmi nel lago e perder tempo. A volte eravamo così vicini che si poteva vedere una fila d'alberi e la strada lungo la riva con le montagne dietro. Non pioveva più e il vento respinse le nuvole finché la luna apparì e guardando indietro vidi la lunga punta nera di Castagnola e il lago con frangenti bianchi e più in là la luna sulle alte montagne di neve. Poi le nuvole tornarono a coprire la luna, e le montagne e il lago scomparvero ma era molto più chiaro di prima e si poteva vedere la riva. La vedevo troppo chiaramente e mi allontanavo dove non avrebbero potuto vedere la barca se lungo la strada di Pallanza ci fosse stata qualche guardia doganiera. Quando la luna ricomparve vedemmo le ville bianche sulla riva sui pendii della montagna e la strada bianca che trapelava tra gli alberi. Continuai ininterrottamente a remare.

Il lago si allargò e sulla riva opposta, ai piedi

delle montagne, vedemmo qualche luce che doveva essere di Luino. Vidi uno spacco cuneiforme tra le montagne sull'altra sponda e pensai che doveva essere Luino. Se lo era, tenevamo una buona media. Rientrai i remi e mi abbandonai sul sedile. Ero molto, molto stanco di remare. Mi facevano male le braccia e le spalle e la schiena e avevo le mani rovinate.

« Potrei tenere l'ombrello » disse Catherine. « Potrebbe farci da vela col vento. »

« Sei capace di stare al timone? »

« Credo di sì. »

« Prendi questo remo e tienlo stretto sotto il braccio, aderente alla barca e usalo da timone e io terrò l'ombrello. » Andai a poppa e le mostrai come doveva tenere il remo. Presi il grosso ombrello che mi aveva dato il portiere e sedetti guardando la prua e lo aprii. Si aprì con uno schiocco. Lo tenni dalle due parti, sedendo a cavalcioni col manico agganciato al sedile. Il vento lo riempì e sentii la barca risucchiata in avanti mentre tenevo più forte che potevo ai due bordi. La barca muoveva in fretta.

« Andiamo in un modo magnifico » disse Catherine. Non riuscivo a veder altro che le stecche dell'ombrello. L'ombrello si tendeva e spingeva e sentivo che trascinava anche noi. Puntai i piedi e tenni stretto, poi improvvisamente si rovesciò; mi sentii battere una stecca sulla fronte, cercai di afferrare la cima che si stava curvando col vento e tutta la baracca si rovesciò e fu capovolta e io fui a cavalcioni del manico di un ombrello capovolto e strappato, dopo aver retto una vela che spingeva piena di vento. Sganciai il manico dal sedile, posai l'ombrello a prua e ritornai da Catherine a prendere il remo. Stava ridendo. Mi prese la mano e continuò a ridere.

« Che cosa c'è? » Presi il remo.

« Eri così buffo mentre tenevi quell'affare. »

« Lo credo bene. »

« Non arrabbiarti, caro. Era così buffo. Pareva che tu fossi largo sei metri ed eri così affettuoso stringendo l'ombrello fra gli orli... » Parve soffocare.

« Ricomincerò a remare. »

« Riposati un momento e bevi qualcosa. È una notte straordinaria e abbiamo fatto un enorme cammino. »

« Devo tener la barca fuori del cavo delle onde. »

« Ora ti do da bere. Poi riposati un momento, caro. »

Rientrai i remi e fecero un po' da vela. Catherine aprì la valigia. Mi tese la bottiglia del cognac. Tolsi il tappo col temperino e bevvi un lungo sorso. Era liscio e caldo e il calore mi attraversò e mi sentii caldo e allegro. « È un buon cognac » dissi. La luna era di nuovo coperta ma vedevo la riva. Pareva che molto più avanti nel lago ci fosse un'altra punta.

« Hai abbastanza caldo, Cat? »

« Sto magnificamente. Sono solo un po' intorpidita. »

« Vuota quell'acqua, così potrai stendere i piedi. »

Poi mi misi a remare e ascoltai gli scalmi e il tuffarsi e grattare della latta sotto il sedile di poppa.

« Vuoi darmi la latta? » dissi. « Vorrei bere. »

« È spaventosamente sporca. »

« Non importa. Ora la risciacquo. »

Udii Catherine risciacquarla oltre il bordo. Poi me la porse piena d'acqua. Avevo sete dopo il cognac e l'acqua era ghiacciata, così ghiacciata che mi fece male ai denti. Guardai la riva. Eravamo più vicini alla punta lunga. Nella baia di fronte c'erano delle luci.

« Grazie » dissi e restituii il secchiello.

« Sarai sempre il benvenuto » disse Chaterine. « Ce n'è ancora, se ne vuoi. »

« Vuoi mangiare qualcosa? »

« No. Tra poco avrò fame. Conserviamo la roba. »

« Bene. »

Ciò che era sembrato una punta era un lungo promontorio alto. Mi spinsi al largo nel lago per oltrepassarlo. Ora il lago era molto più stretto. La luna era di nuovo scomparsa e la guardia di finanza avrebbe visto la nostra barca nera sull'acqua se fosse stata a guardare.

« Come va, Cat? »

« Bene. Dove siamo? »

« Credo che non ci siano più di otto miglia. »

« È molto ancora, povero caro. Non sei morto? »

« No. Sto bene. Mi fanno solo male le·mani. »

Continuammo a salire il lago. C'era uno spacco nella montagna sulla riva destra, uno spianarsi con una bassa linea costiera che pensai fosse Cannobio. Rimasi molto al largo perché era da questo momento in poi che correvamo il pericolo maggiore di incontrare la guardia. C'era una montagna alta a forma di cupola sull'altra sponda, in avanti. Ero stanco. Non era una gran distanza da coprire a remi, ma così fuori allenamento era stata dura. Sapevo che dovevo oltrepassare quella montagna e risalire il lago di almeno cinque miglia prima di giungere in acque svizzere. La luna ormai era quasi calata, ma prima di calare il cielo si rannuvolò di nuovo e c'era molto buio. Rimasi molto al largo nel lago, remando un po', poi fermandomi e tenendo i remi in modo che il vento colpisse le pale.

« Lasciami remare un po' » disse Catherine.

« Credo che tu non debba. »

« Sciocchezze. Mi farà bene. Non mi lascerà essere tanto intorpidita. »

« Credo che tu non possa, Cat. »

« Sciocchezze. Remare con calma fa molto bene a una signora incinta. »

« Bene, allora rema un po' con calma. Io andrò indietro poi tu alzati. Tieni su tutte e due le falchette quando ti alzi. »

Sedetti a poppa col cappotto addosso e il bavero alzato e guardai Catherine remare. Remava molto bene ma i remi erano troppo lunghi e le davano noia. Aprii la valigia e mangiai un paio di sandwiches e bevvi un sorso di cognac. Faceva andare tutto molto meglio e ne bevvi un altro sorso.

« Dimmi quando sei stanca » dissi. Poi un momento dopo: « Bada che il remo non ti batta sul pancino ».

« Se lo facesse » disse Catherine, fra una vogata e l'altra « la vita sarebbe molto più semplice. »

Bevvi un altro sorso di cognac.

« Come va? »

« Bene. »

« Dimmi quando vuoi smettere. »

« Bene. »

Bevvi un altro sorso di cognac, poi mi afferrai alle due falchette della barca e mi avviai in avanti.

« No. Sto benissimo. »

« Ritorna a poppa. Mi sono riposato in un modo straordinario. »

Per un momento col cognac remai con facilità e fermezza. Poi incominciai a mancare i colpi e presto mi limitai a batter l'acqua e a sentire un sottile sapore bruno di bile per aver remato con troppa violenza dopo il cognac.

« Dammi un sorso d'acqua, ti dispiace? » dissi.

« È molto facile » disse Catherine.

Prima dell'alba incominciò a piovigginare. Il vento era calato oppure eravamo protetti dalle montagne che cingevano la curva fatta dal lago. Quando mi accorsi che stava giungendo l'alba mi calmai e remai forte. Non sapevo dove eravamo e volevo entrare nella parte svizzera del lago. Quando incominciò l'alba eravamo vicinissimi alla riva. Vedevo la riva rocciosa e gli alberi.

« Che cos'è? » disse Catherine. Mi appoggiai sui

remi e ascoltai. Era un motoscafo che ronfava sul lago.
Mi avvicinai a riva e mi fermai. Il ronfare si avvicinò; poi vidi il motoscafo nella pioggia un po' dietro
di noi. C'erano quattro guardie di finanza a poppa, coi
cappelli da alpini calcati, i baveri delle mantelline rial-
zati e le carabine appese sulla schiena. Avevano tutti
l'aria assonnata di mattina così presto. Vidi il giallo
sui loro cappelli e le mostrine gialle sui baveri delle
mantelle. Il motoscafo s'avvicinò e scomparve ronfan-
do nella pioggia.

Ritornai al largo nel lago. Se eravamo così vicini al
confine, non volevo esser salutato da una sentinella
sulla strada. Rimasi al largo da dove potevo appena
vedere la riva e remai tre quarti d'ora nella pioggia.
Udimmo un altro motoscafo ma rimasi fermo finché
il rumore del motore morì attraverso il lago.

« Credo che siamo in Svizzera, Cat » dissi.

« Davvero? »

« Non c'è modo di saperlo finché non vediamo le
truppe svizzere. »

« O la marina svizzera. »

« La marina svizzera non è uno scherzo, per noi.
Quell'ultimo motoscafo che abbiamo visto probabilmente era la marina svizzera. »

« Se siamo in Svizzera facciamo una gran colazione.
Hanno panini straordinari e burro e prosciutto, in
Svizzera. »

Ormai era alba piena e cadeva una pioggia sottile.
Il vento continuava a soffiare nella stessa direzione e
si vedevano i frangenti delle onde allontanarsi da noi
e risalire il lago. Ora era certo che eravamo in Svizzera. C'erano molte case tra gli alberi dietro la riva
e un po' discosto dalla riva c'era un villaggio con le
case di pietra, qualche villa sulla collina e una chiesa.
Guardavo la strada che rasentava la riva per vedere
se c'erano guardie ma non ne vidi. La strada ora era

vicinissima al lago e vidi un soldato uscire da un caffè sulla strada. Indossava un'uniforme grigio verde e un elmetto come i tedeschi. Aveva una faccia piena di salute e dei baffetti a spazzolino. Ci guardò.

« Salutalo » dissi a Catherine. Lei gli agitò la mano e il soldato sorrise imbarazzato e rispose agitando la mano. Rallentai. Eravamo di fronte alla riva del villaggio.

« Dobbiamo essere molto dentro il confine » dissi.

« Dobbiamo essere sicuri, caro. Bisogna che non ci riportino alla frontiera. »

« La frontiera è molto lontana. Credo che questa sia la città di dogana. Sono quasi sicuro che è Brissago. »

« Non ci saranno italiani qui? Ce ne sono sempre di due nazionalità nelle città di dogana. »

« Non in tempo di guerra. Non credo che lascino attraversare il confine agli italiani. »

Era un villaggio simpatico. C'erano molte barche da pesca lungo la banchina e reti stese sui rastrelliri. Cadeva una bella pioggia di novembre, ma c'era un'aria allegra e pulita anche con la pioggia.

« Allora vogliamo scendere a far colazione? »

« Bene. »

Spinsi forte sul remo sinistro e mi avvicinai. Poi mi raddrizzai quando fummo vicini alla banchina e portai la barca ben aderente al muro. Rientrai i remi, afferrai un anello di ferro, scesi sulla pietra bagnata ed ero in Svizzera.

Ormeggiai la barca e tesi la mano a Catherine.

« Vieni, Cat. È una sensazione straordinaria. »

« E le valigie? »

« Lasciale in barca. »

Catherine scese ed eravamo in Svizzera insieme.

« Che bel paese » disse.

« Non è straordinario? »

« Andiamo a far colazione. »

« Non è un paese straordinario? Mi piace come me lo sento sotto le scarpe. »

« Sono così intorpidita che non lo sento bene. Ma mi pare un paese splendido. Caro, capisci che siamo qui fuori da quel posto maledetto? »

« Sì. Sul serio. Non ho mai capito niente prima d'ora. »

« Guarda quelle case. Non è una bella piazza? Ecco un posto dove possiamo fare colazione. »

« Non è bella questa pioggia? Non c'è mai stata una pioggia simile in Italia. È una pioggia allegra. »

« E siamo qui, caro! Capisci che siamo qui? »

Entrammo nel caffè e sedemmo a un tavolo di legno tutto lindo. Avevamo gli occhi lucidi di eccitazione. Una splendida donna dall'aria linda con un grembiule venne a chiederci che cosa volevamo.

« Panini e prosciutto e caffè » disse Catherine.

« Mi dispiace, non abbiamo panini in tempo di guerra. »

« Pane, allora. »

« Posso farvelo abbrustolire. »

« Bene. »

« Vorrei anche qualche uovo fritto. »

« Quante uova per il signore? »

« Tre. »

« Prendine quattro, caro. »

« Quattro uova. »

La donna se ne andò. Baciai Catherine e le tenni la mano molto stretta. Ci guardammo e guardammo il locale.

« Caro, caro, non è bello? »

« È straordinario » dissi.

« Non importa che non ci siano panini » disse Catherine. « Ci ho pensato tutta la notte. Ma non importa. Non importa niente. »

« Credo che presto ci arresteranno. »

« Non ci pensare, caro. Prima faremo colazione. Che

cosa importa essere arrestati dopo colazione? E poi non possono farci niente. Siamo cittadini britannici e americani di buone condizioni. »

« Tu hai il passaporto, vero? »

« Certo. Oh, non parliamo di questo. Siamo felici. »

« Non potrei essere più felice » dissi. Una gatta grigia e grossa con la coda ritta come un pennacchio attraversò il pavimento fino al nostro tavolo e mi fece il groppone contro la gamba e ronronò ogni volta che si strofinava. Mi chinai ad accarezzarla. Catherine mi sorrise piena di felicità. « Ecco il caffè » disse.

Ci arrestarono dopo colazione. Facemmo un giretto nel villaggio, poi ritornammo sulla banchina a prender le valigie. Un soldato faceva la guardia alla barca.

« È vostra questa barca? »

« Sì. »

« Da dove venite? »

« Dal lago. »

« Allora devo chiedervi di venire con me. »

« E le valigie? »

« Potete prenderle. »

Presi le valigie e Catherine camminava vicino a me e un soldato ci seguiva avviandoci verso il vecchio ufficio doganale. Nell'ufficio doganale un tenente, molto magro e militaresco, ci interrogò.

« Di che nazionalità siete? »

« Americano e britannica. »

« Fatemi vedere i passaporti. »

Gli diedi il mio e Catherine prese il suo dalla borsa.

Li esaminò a lungo.

« Perché siete entrati in Svizzera a quel modo in barca? »

« Sono uno sportivo » dissi. « Il remo è il mio grande sport. Remo sempre quando posso. »

« Perché siete venuti qui? »

« Per lo sport invernale. Siamo turisti e vogliamo fare lo sport invernale. »

« Questo non è luogo da sport invernale. »

« Lo sappiamo. Vogliamo andare dove fanno lo sport invernale. »

« Cosa facevate in Italia? »

« Io studiavo architettura. Mia cugina studiava arte. »

« Perché ve ne siete andati? »

« Vogliamo fare lo sport invernale. Con la guerra in corso non si può studiare architettura. »

« Per favore, rimanete dove siete » disse il tenente. Ritornò nell'ufficio doganale coi nostri passaporti.

« Sei splendido, caro » disse Catherine. « Continua sulla stessa pista. Vuoi fare lo sport invernale. »

« Sai qualcosa di arte? »

« Rubens » disse Catherine.

« Grande e grosso » dissi.

« Tiziano » disse Catherine.

« Capelli color Tiziano. E Mantegna? »

« Non chiedermi quelli difficili » disse Catherine. « Però lo conosco. Molto amaro. »

« Molto amaro » dissi. « Un mucchio di stigmate. »

« Vedi che brava moglie sarò » disse Catherine. « Potrò parlare d'arte coi tuoi clienti. »

« Eccolo che viene » dissi. Il tenentino scese lungo l'ufficio doganale coi nostri passaporti.

« Dovrò mandarvi a Locarno » disse. « Potete prendere una carrozza e un soldato vi accompagnerà. »

« Bene » dissi. « E la barca? »

« La barca è confiscata. Che cosa avete in quelle valigie? »

Frugò le due valigie e prese la bottiglia di cognac. « Volete bere con me? » chiesi.

« No, grazie. » Si rizzò. « Quanto denaro avete? »

« Duemilacinquecento lire. »

Fu favorevolmente impressionato.

« Quanto ha vostra cugina? »

Catherine aveva milleduecento lire e rotti. Il tenente era soddisfatto. Il suo atteggiamento verso di
noi divenne meno altero.

« Se venite per gli sport d'inverno » disse « Wengen
è il posto adatto. Mio padre ha un bellissimo albergo
a Wengen. È aperto tutto l'anno. »

« Splendido » dissi. « Potreste darmi l'indirizzo? »

« Ve lo scrivo su un biglietto. » Mi tese il biglietto
con molto garbo.

« Il soldato vi accompagnerà a Locarno. Terrà lui i
vostri passaporti. Mi dispiace, ma è necessario. Ho
buone speranze che vi rilascino un visto o un permesso militare a Locarno. »

Stese i due passaporti al soldato e portando le valigie ci avviammo nel villaggio a ordinare una carrozza.
« Hi » gridò il tenente al soldato. Gli disse qualcosa
in dialetto tedesco. Il soldato mise il fucile sulla schiena e prese le valigie.

« È un gran paese » dissi a Catherine.

« E così pratico. »

« Grazie tante » dissi al tenente. Agitò la mano.

« *Service!* » disse. Seguimmo la guardia nel villaggio.

Andammo a Locarno in una carrozza col soldato
seduto a cassetta col vetturino. A Locarno non ci furono difficoltà. Ci interrogarono e furono gentili perché avevamo passaporti e denaro. Ho l'impressione
che non abbiano creduto una parola della storia e
pensavo che era stupido ma pareva un tribunale. Non
ci voleva qualcosa di ragionevole. Ci voleva qualcosa
di tecnico e poi aggrapparcisi senza spiegazioni. Ma
avevamo passaporti e avremmo speso denaro. Così ci
rilasciarono un visto provvisorio. Questo visto poteva
venir ritirato in qualsiasi momento. Dovevamo pre-
sentarci alla polizia dovunque andassimo.

Potevamo andare dove volevamo? Sì. Dove volevamo andare?

« Dove vuoi andare, Cat? »

« Montreux. »

« È un bellissimo posto » disse l'ufficiale. « Credo
che vi piacerà. »

« Qui a Locarno è bellissimo » disse un altro ufficiale. « Sono certo che vi piacerebbe molto qui a Locarno. Locarno è un posto molto simpatico. »

« Vorremmo un posto dove poter fare lo sport invernale. »

« Non ci sono sport invernali a Montreux. »

« Chiedo scusa » disse l'altro ufficiale. « Io sono di
Montreux. Non c'è dubbio che ci sono sport invernali
sulla linea ferroviaria Montreux-Oberland Bernois.
Non puoi negarlo. »

« Non lo nego. Ho detto semplicemente che non c'è
sport invernale a Montreux. »

« È questo che metto in dubbio » disse l'altro ufficiale. « Metto in dubbio questa affermazione. »

« Io insisto su questa affermazione. »

« Metto in dubbio questa affermazione. Ho fatto
la *luge* io stesso nelle strade di Montreux. Non una
ma molte volte. La *luge* è certamente uno sport invernale. »

L'altro ufficiale si voltò verso di me.

« È questa la vostra idea dello sport invernale, signore? Vi dico che stareste benissimo qui a Locarno.
Trovereste un clima salubre e dintorni simpatici. Vi
piacerebbe molto. »

« Il signore ha espresso il desiderio di andare a
Montreux. »

« Che cos'è la *luge*? » chiesi.

« Lo vedi che non ha mai sentito parlare della *luge*! »

Questo importò moltissimo al secondo ufficiale. Ne
fu molto soddisfatto.

« La *luge* » disse il primo ufficiale « è un toboga. »

« Vi prego di distinguere » disse il primo ufficiale scotendo il capo. « Devo dissentire di nuovo. Il toboga è molto diverso dalla *luge*. Il toboga è costruito in Canada con panconcelli piatti. La *luge* è un comune slittino con i pattini. La precisione ha la sua importanza. »

« Non si può andare in toboga? » chiesi.

« Certo che si può andare in toboga » disse il primo ufficiale. « Si può andare benissimo in toboga. A Montreux vendono degli ottimi toboga canadesi. Gli Ochs Brothers vendono toboga. Importano i loro stessi toboga. »

Il secondo ufficiale si voltò da un'altra parte. « Il toboga » disse « esige una pista speciale. Non si potrebbe fare del toboga nelle strade di Montreux. Dove siete scesi, qui? »

« Non lo so » dissi. « Siamo appena arrivati da Brissago. C'è fuori la carrozza. »

« Non sbagliate andando a Montreux » disse il primo ufficiale. « Troverete il clima delizioso e bello. Sarete a due passi dagli sport invernali. »

« Se volete veramente fare dello sport invernale » disse il secondo ufficiale « dovete andare in Engadina o a Mürren. Devo protestare contro il consiglio che vi hanno dato di andare a Montreux per fare lo sport invernale. »

« A Les Avants sopra a Montreux c'è un ottimo sport invernale di ogni genere. » Il campione di Montreux fulminò con lo sguardo il collega.

« Signori » dissi « temo che dobbiamo andare. Mia cugina è molto stanca. Faremo un tentativo a Montreux. »

« Mi congratulo con voi » disse il primo ufficiale stringendomi la mano.

« Credo che rimpiangerete di aver lasciato Locarno » disse il secondo ufficiale. « Comunque andate a presentarvi alla polizia di Montreux. »

« Non avrete fastidi con la polizia » mi assicurò il primo ufficiale. « Troverete tutti gli abitanti estremamente cortesi e cordiali. »

« Grazie molte a tutti e due » dissi. « Terremo preziosi i vostri consigli. »

« Arrivederci » disse Catherine. « Grazie tante a tutti e due. »

Ci fecero un inchino sulla porta, il campione di Locarno un po' freddamente. Scendemmo i gradini e salimmo in carrozza.

« Dio mio, caro » disse Catherine. « Non si poteva venire via un po' prima? » Diedi al vetturino il nome di un albergo consigliato da uno degli ufficiali. Il vetturino prese le redini.

« Hai dimenticato l'esercito » disse Catherine. Il soldato era in piedi accanto alla carrozza. Gli diedi un biglietto da dieci lire. « Non ho ancora denaro svizzero » dissi. Mi ringraziò, salutò e se ne andò. La carrozza si mosse avviandosi verso l'albergo.

« Come mai hai scelto Montreux? » chiesi a Catherine. « Vuoi davvero andarci? »

« Il primo posto che mi è venuto in mente » disse. « Non è brutto. Possiamo trovare un posto su in montagna. »

« Hai sonno? »

« Sto già dormendo. »

« Ora facciamo una bella dormita. Povera Cat, hai passato una brutta nottata. »

« Mi sono divertita » disse Catherine. « Specialmente quando facevi la vela con l'ombrello. »

« Riesci a renderti conto che siamo in Svizzera? »

« No. Ho paura di svegliarmi e accorgermi che non è vero. »

« Anch'io. »

« È vero, no, caro? Non sto andando alla stazione di Milano per vederti partire? »

« Spero di no. »

« Non dirlo. Mi spaventa. Forse è proprio lì che stiamo andando. »

« Sono così intontito che non lo so » dissi.

« Fammi vedere le mani. »

Gliele tesi. Erano tutt'e due sanguinanti.

« Non ho un buco nel fianco » dissi.

« Non essere sacrilego. »

Mi sentivo stanchissimo e svanito. L'esaltazione era tutta scomparsa. La carrozza procedeva lungo la strada.

« Povere mani » disse Catherine.

« Non toccarle » dissi. « Perdio, non so dove siamo. Dove stiamo andando, vetturino? » Il vetturino fermò il cavallo.

« All'Hôtel Métropole. Non è lì che vuole andare? »

« Sì » dissi. « Va tutto bene, Cat. »

« Va tutto bene, caro. Non agitarti. Faremo una bella dormita e domani non ti sentirai più intontito. »

« Sono proprio intontito » dissi. « È come un'opera comica ai tempi nostri. Forse ho fame. »

« Sei soltanto stanco, caro. Poi starai bene. » La carrozza si fermò davanti all'albergo. Qualcuno uscì a prendere le valigie.

« Sto benissimo » dissi. Eravamo sul marciapiede e stavamo entrando in albergo.

« Lo so che stai benissimo. Sei soltanto stanco. Sei stato in piedi tanto tempo. »

« A ogni modo siamo qui. »

« Sì, siamo proprio qui. »

Seguimmo nell'albergo il ragazzo con le valigie.

Libro quinto

XXXVIII

Quell'autunno la neve cadde molto tardi. Abitavamo
in una casa di legno scuro fra i pini sul fianco della
montagna e la notte gelava, così la mattina c'era un
sottile strato di ghiaccio sull'acqua delle due brocche
sul cassettone. La signora Guttingen veniva presto in
camera la mattina a chiudere le finestre e accendere il
fuoco nell'alta stufa di porcellana. Il legno di pino
scoppiettava e crepitava e poi il fuoco rugghiava nella stufa; la seconda volta che la signora Guttingen
veniva nella stanza portava grossi ceppi per il fuoco
e una brocca d'acqua calda. Quando la stanza era calda portava la colazione. Seduti nel letto a mangiare
la colazione vedevamo il lago e le montagne di là del
lago sulla riva francese. C'era la neve sulla cima delle
montagne e il lago aveva il color grigio azzurro del-
l'acciaio.

Fuori, davanti allo chalet, la strada saliva sulla montagna. Le carreggiate e i solchi erano duri come il ferro per il gelo, e la strada si svolgeva ostinata nella foresta su intorno alla montagna fin dove c'erano le praterie, e i granai e le baite nelle praterie sull'orlo dei
boschi che guardavano la valle. Era una valle profonda e in fondo c'era un torrente che scendeva al lago
e quando il vento attraversava la valle si udiva il torrente sulle rocce.

A volte si andava sulla strada per un sentiero attraverso la foresta di pini. Il suolo della foresta era tene-
ro a camminarci; il gelo non riusciva a indurirlo come
la strada. Ma non ci importava che la strada fosse
dura perché avevamo chiodi nelle suole e nei talloni

degli scarponi, e i chiodi dei talloni mordevano le carreggiate gelate e con gli scarponi chiodati era bello
camminare sulla strada e dava vigore. Ma era bello
camminare nei boschi.

Davanti alla casa dove abitavamo la montagna scendeva ripida sulla piccola pianura lungo il lago e sedevamo sulla veranda della casa al sole e si vedeva il
serpeggiare della strada sul fianco della montagna e i
vigneti a terrazza sul fianco della montagna più basso,
con le vigne tutte morte ora per l'inverno e i campi
divisi da muretti di pietre e sotto i vigneti le case della città sulla stretta pianura lungo la riva del lago.
C'era un'isola con due alberi sul lago e gli alberi parevano le doppie vele di una barca da pesca. Sull'altra riva del lago le montagne erano stagliate e ripide
e giù alla fine del lago c'era la pianura della vallata
del Rodano piatta tra due file di montagne; e in cima
alla valle dove le montagne la coprivano c'era il Dent
du Midi. Era una montagna alta e nevosa e dominava
la valle, ma era così lontana che non faceva ombra.

Quando il sole era limpido facevamo colazione sulla veranda, ma le altre volte mangiavamo di sopra in
una cameretta dalle pareti di legno semplice e con una
grossa stufa in un angolo. Compravamo libri e riviste
in città e una copia di "Hoyle" e imparavamo molti
giochi a carte da farsi in due. La stanzetta con la stufa era la nostra camera di soggiorno. C'erano due poltrone comode e una tavola per i libri e le riviste e gio-
cavamo a carte sulla tavola da pranzo quando era stata
sparecchiata. I due Guttingen vivevano di sotto e a
volte la sera li sentivamo parlare ed erano anche loro
molto felici insieme. Lui aveva fatto il cameriere e
lei aveva lavorato come domestica nello stesso albergo
e avevano risparmiato il loro denaro per comprare questa casa. Avevano un figlio che studiava per diventare capocameriere. Era in un albergo a Zurigo. Di sotto c'era una sala dove vendevano vino e birra e a

volte la sera udivamo carri fermarsi fuori sulla strada e uomini che salivano i gradini per andare in sala
a bere.

C'era una cassa di legna nell'anticamera fuori del
soggiorno e di lì attingevo per tenere il fuoco acceso.
Ma non stavamo alzati fino a tardi la notte. Andavamo
a letto al buio nella grande stanza e quando mi ero
spogliato aprivo le finestre e vedevo la notte e le stelle fredde e i pini sotto la finestra e poi andavo a letto
più presto che potevo. Era bello nel letto con l'aria
così fredda e limpida e la notte fuori della finestra.
Dormivamo bene, e se mi svegliavo la notte sapevo
che era per un unico motivo e scostavo il piumino,
piano per non svegliare Catherine e poi tornavo a dormire caldo e con la nuova leggerezza delle coperte
sottili. La guerra sembrava lontana come le partite di
football di una squadra indifferente. Ma sapevo dai
giornali che stavano ancora combattendo nelle montagne perché la neve non veniva.

A volte scendevamo la montagna fino a Montreux.
C'era un sentiero che scendeva la montagna ma era ri-
pido, e così di solito prendevamo la strada e scendevamo sulla vasta strada dura fra i campi e poi in basso tra i muretti di pietra delle vigne, e giù giù fra le
case dei villaggi che si incontravano per via. C'erano
tre villaggi: Chernex, Fontanivant, e un altro che non
ricordo. Poi lungo la strada passavamo davanti a un
vecchio château quadrato di pietra a strapiombo sul
fianco della montagna con le terrazze di viti, ogni vite
legata a un bastone per non cadere, vigne secche e
brune e la terra pronta per la neve e il lago in fondo
piatto e grigio come l'acciaio. La strada scendeva a
pendenza dolce sotto lo château e poi svoltava a destra e scendeva ripida e lastricata di ciottoli a Montreux.

Non conoscevamo nessuno a Montreux. Passeggia-

vamo lungo il lago e vedevamo i cigni e i gabbiani e
le starne che si alzavano in volo quando ci avvicinavamo e strillavano guardando l'acqua. Al largo del lago
c'erano stormi di colombi piccoli e neri che nuotando lasciavano scie nell'acqua. In città passeggiavamo
nella strada principale e guardavamo le vetrine dei
negozi. C'erano molti grossi alberghi chiusi ma quasi
tutti i negozi erano aperti e la gente era molto lieta
di vederci. C'era un bravo parrucchiere dove Catherine andava a farsi lavare i capelli. La donna che diri-
geva era molto allegra ed era la sola persona che conoscevamo a Montreux. Mentre Catherine era dentro
io andavo in una birreria e bevevo birra scura di Mo-
naco e leggevo i giornali. Leggevo il "Corriere della
Sera" e i giornali inglesi e americani che arrivavano
da Parigi. Tutte le inserzioni pubblicitarie erano coperte di nero, probabilmente per impedire comunica-
zioni col nemico. I giornali erano una cattiva lettura.
Tutto andava molto male da tutte le parti. Ero abbandonato in un angolo con un grosso boccale di birra scura e un pacco aperto di carta impermeabile e
mangiavo i *pretzels* per il sapore salato e per il pro-
fumo che davano alla birra e leggevo del disastro.
Pensai che Catherine venisse ma non veniva, così rimisi i giornali sulla rastrelliera, pagai la birra e risalii la strada per cercarla. La giornata era fredda e buia
e invernale e la pietra delle case aveva l'aria di essere
fredda. Catherine era ancora nel negozio del parrucchiere. La donna le ondulava i capelli. Sedetti nella
cabina e aspettai. Era interessante guardare e Catherine sorrideva e mi parlava e la mia voce era un po'
spessa per l'eccitazione. I ferri facevano un piacevole
clicchettio e vedevo Catherine in tre specchi e nella
cabina era piacevole e caldo. Poi la donna tirò su i
capelli di Catherine e Catherine si guardò nello specchio e li cambiò un poco togliendo e mettendo forci-

ne; poi si alzò. « Mi dispiace di aver impiegato troppo tempo. »

« A Monsieur interessava molto. Non è vero, Monsieur? » sorrise la donna.

« Sì » dissi.

Uscimmo per la strada. Faceva un freddo da inverno e il vento soffiava. « Oh, cara, ti amo tanto » dissi.

« Non è bello? » disse Catherine. « Guarda. Andiamo in un posto a bere della birra invece del è. Fa
molto bene alla piccola Catherine. La fa restare piccola. »

« La piccola Catherine » dicevo. « Quella fannul-
lona. »

« È molto brava » disse Catherine. « Dà così poca
noia. Il dottore dice che la birra mi farà bene e la farà restare piccola. »

« Se riesce a farla restare abbastanza piccola e sarà
un maschio, magari potrà fare il fantino. »

« Se avremo davvero questo bambino, dovremo sposarci » disse Catherine. Eravamo nella birreria al tavolo d'angolo. Fuori calava il buio. Era ancora presto
ma il giorno era scuro e il crepuscolo scendeva presto.

« Sposiamoci subito » dissi.

« No » disse Catherine. « È troppo imbarazzante,
adesso. È troppo visibile. Non voglio andare davanti
a nessuno a sposarmi in questo stato. »

« Vorrei che fossimo già sposati. »

« Credo che sarebbe stato meglio. Ma quando avremmo potuto farlo, caro? »

« Non lo so. »

« Io so solo una cosa. Non mi sposerò in questo
stupendo stato matronale. »

« Non sei matronale. »

« Oh, sì, lo sono, caro. La pettinatrice mi ha chiesto
se era il primo. Ho mentito e ho detto di no. Che
avevamo due bimbi e due bimbe. »

« Quando ci sposiamo? »

« Appena sono di nuovo magra. Avremo un matrimonio splendido e tutti penseranno che bella coppia giovane. »

« E non sei preoccupata? »

« Caro, perché dovrei essere preoccupata? La sola volta che mi sono sentita male è stato quando a Milano mi è parso di essere una prostituta e durò soltanto cinque minuti e poi c'era la mobilia della stanza. Non sono una buona moglie? »

« Sei una moglie magnifica. »

« Allora non essere tanto pignolo, caro. Ti sposerò appena sarò di nuovo magra. »

« Va bene. »

« Credi che dovrei bere un'altra birra? Il dottore ha detto che ho i fianchi un po' stretti, ed è meglio se faccio restare piccola Catherine. »

« Che cos'altro ha detto? » Ero preoccupato.

« Niente. Ho una magnifica pressione del sangue, caro. Ha ammirato molto la mia pressione del sangue. »

« Che cosa ha detto, che sei troppo stretta di fianchi? »

« Niente, proprio niente. Ha detto che non devo sciare. »

« Ha ragione. »

« Ha detto che è troppo tardi per cominciare se non ho mai sciato. Ha detto che potrei sciare se non cadessi. »

« È un buontempone. »

« È davvero molto simpatico. Lo chiameremo quando nasce il bambino. »

« Gli hai chiesto se è meglio che ti sposi? »

« No. Gli ho detto che siamo sposati da quattro anni. Vedi, caro, se ti sposo diventerò americana, e in qualunque momento ci sposiamo, secondo la legge americana il bambino diventerà legittimo. »

« Dove l'hai scoperto? »

« Nel "World Almanac" di New York, in biblioteca. »

« Sei una ragazza straordinaria. »

« Sarò molto lieta di essere americana. E andremo in America, vero, caro? Voglio vedere le cascate del Niagara. »

« Sei una brava ragazza. »

« C'è un'altra cosa che voglio vedere ma non riesco a ricordarla. »

« I mattatoi? »

« No. Non riesco a ricordarla. »

« Il Woolworth Building? »

« No. »

« Il Grand Canyon? »

« No. Ma mi piacerebbe vederlo. »

« Che cos'era? »

« Il Golden Gate! È questo che voglio vedere. Dov'è il Golden Gate? »

« A San Francisco. »

« Allora andiamo lì. Comunque voglio vedere San Francisco. »

« Bene. Ci andremo. »

« Per ora andiamo in montagna. Vuoi? Vogliamo prendere la M.O.B.? » [1]

« C'è un treno poco dopo le cinque. »

« Prendiamo quello. »

« Bene. Prima bevo un'altra birra. »

Quando uscimmo per salire la strada e le scale che conducevano alla stazione faceva molto freddo. Un vento freddo scendeva nella valle del Rodano. Le vetrine dei negozi erano illuminate e salimmo la ripida scalinata di pietra che conduceva alla strada superiore, poi un'altra scalinata fino alla stazione. Il treno elettrico stava aspettando con tutte le luci accese. C'era un quadrante che mostrava l'ora della partenza. Le lancette dell'orologio indicavano dieci minuti do-

po le cinque. Guardai l'orologio della stazione. Erano
le cinque e cinque. Mentre salivamo vidi il meccanico
e il conducente uscire dall'osteria della stazione. Sedemmo e aprimmo il finestrino. Il treno era riscaldato elettricamente e soffocante, ma l'aria fredda entrò
dal finestrino.

« Sei stanca, Cat? » chiesi.

« No. Sto magnificamente. »

« Non è un viaggio lungo. »

« Mi piace viaggiare » disse. « Non preoccuparti per
me, caro. Sto bene. »

La neve non cadde fino a tre giorni prima di Natale. Una mattina ci svegliammo che stava nevicando.
Restammo a letto col fuoco che rugghiava nella stufa
a guardare cadere la neve. La signora Guttingen portò via i vassoi della colazione e mise altra legna nella
stufa. Era una grossa tempesta di neve. Disse che era
incominciata verso mezzanotte. Andai alla finestra a
guardar fuori ma non riuscii a vedere di là della strada. C'era un vento forte e nevicava follemente. Ritornai a letto e restammo sdraiati a chiacchierare.

« Peccato che non possa sciare » disse Catherine.
« È una porcheria non saper sciare. »

« Prenderemo uno slittino e verremo giù per la strada. Non sarà peggio che andare in una macchina. »

« Non sarà violento? »

« Proviamo. »

« Spero che non sia troppo violento. »

« Dopo un po' facciamo un giretto nella neve. »

« Prima di colazione » disse Catherine « così ci verrà appetito. »

« Io ho sempre fame. »

« Anch'io. »

Uscimmo nella neve ma se ne era ammassata tanta
che non potemmo andare lontano. Andai avanti e battei una pista fino alla stazione, ma quando arrivam-

mo là avevamo camminato abbastanza. La neve turbinava tanto che non potevamo quasi vedere ed entrammo nell'alberghetto vicino alla stazione e ci ripulimmo con una scopa e sedemmo su una panca a prendere il vermut.

« È una gran tempesta » disse la cameriera.

« Sì. »

« La neve è venuta tardi quest'anno. »

« Sì. »

« Chissà se posso mangiare una tavoletta di cioccolata » disse Catherine « o se è troppo vicina a colazione? Ho sempre fame. »

« Su, mangiala » dissi.

« Ne prenderò una con le nocciole » disse Catherine.

« È molto buona » disse la cameriera. « È quella che preferisco. »

« Io prendo un altro vermut » dissi.

Quando uscimmo per risalire la strada la nostra pista era piena di neve. Vi erano solo lievi tracce dove erano stati i buchi. La neve ci soffiava in faccia accecandoci quasi. Ci ripulimmo e entrammo a far colazione. Ci servì la colazione il signor Guttingen.

« Domani si scierà » disse. « Sa sciare, signor Henry? »

« No. Ma voglio imparare. »

« Imparerà molto facilmente. Mio figlio sarà qui per Natale e le insegnerà. »

« Benissimo. Quando arriva? »

« Domani sera. »

Dopo colazione, quando fummo seduti nella stanzetta accanto alla stufa a guardar fuori dalla finestra la neve che cadeva, Catherine disse: « Non ti piacerebbe andare a fare un viaggetto da solo, caro, con uomini, a sciare? »

« No. Perché? »

« Credo che a volte tu abbia voglia di vedere altra gente oltre me. »

« Tu hai voglia di vedere altra gente? »

« No. »

« Neanch'io. »

« Lo so. Ma tu sei diverso. Io devo avere un bimbo e mi basta non aver niente da fare. So che sono terribilmente stupida e parlo troppo e credo che dovresti andartene per non stancarti di me. »

« Vuoi che me ne vada? »

« No. Voglio che tu rimanga. »

« È proprio quello che farò. »

« Vieni qui » disse « che voglio sentire il tuo bernoccolo. È un gran bernoccolo. » Vi fece passare sopra il dito. « Caro, perché non ti fai crescere la barba? »

« Ti piacerebbe? »

« Sarebbe buffo. Mi piacerebbe vederti con la barba. »

« Bene. Me la farò crescere. Incomincerò da questo momento. È una buona idea. Mi darà qualcosa da fare. »

« Sei preoccupato perché non hai niente da fare? »

« No. Mi piace. Ho una vita così bella. E tu no? »

« Ho una vita bellissima. Ma avevo paura perché ora sono grossa, e forse ti secca. »

« Oh, Cat. Non sai come sono pazzo di te. »

« Anche così? »

« Come sei. Sto così bene. Non viviamo contenti? »

« Io sì, ma pensavo che forse tu fossi irrequieto. »

« No. A volte penso al fronte e alla gente che conosco, ma non me ne importa niente. Non penso gran che a niente. »

« Che cosa pensi? »

« A Rinaldi e al cappellano e a un mucchio di gente che conosco. Ma non penso molto a loro. Non voglio pensare alla guerra. Per me la guerra è finita. »

« A che cosa stai pensando, adesso? »

« A niente. »

« Sì, stavi pensando a qualcosa. Dimmelo. »

« Pensavo se Rinaldi aveva la sifilide. »

« Nient'altro? »

« No. »

« Ce l'ha? »

« Non lo so. »

« Sono lieta che tu non l'abbia. Hai mai avuto niente del genere? »

« Ho avuto la gonorrea. »

« Non voglio che tu me ne parli. Ti ha dato molta noia, caro? »

« Molta. »

« Vorrei averla avuta anch'io. »

« No. Non è vero. »

« Sì, è vero. Vorrei averla avuta anch'io per essere come te. Vorrei essere andata con tutte le tue ragazze per prenderle in giro con te. »

« È una bella prospettiva. »

« Non è una bella prospettiva che tu abbia avuto la gonorrea. »

« Lo so. Guarda la neve, adesso. »

« Preferisco guardare te. Caro, perché non ti fai crescere i capelli? »

« Come, crescere? »

« Solo crescere un po'. »

« Sono lunghi abbastanza, mi pare. »

« No, falli crescere un po', e io mi faccio tagliare i miei e saremo proprio eguali, solo una bionda e uno nero. »

« Non voglio che ti tagli i capelli. »

« Sarebbe divertente. Sono stanca di averli. Sono un fastidio tremendo a letto la notte. »

« Mi piacciono. »

« Non ti piacerebbero corti? »

« Forse. Mi piacciono come sono. »

« Può darsi che siano carini, corti. Poi saremmo eguali. Oh caro, ti desidero tanto che vorrei anche essere te. »

« Lo sei. Siamo la stessa cosa. »

« Lo so. Di notte lo siamo. »

« Di notte è straordinario. »

« Voglio che ci mescoliamo sempre di più. Non voglio che tu te ne vada. L'ho solo detto. Vai, se vuoi andare. Ma ritorna presto. Caro, è come se non vivessi, se non sono con te. »

« Non me ne andrò mai » dissi. « Non so far niente senza di te. Non vivo più. »

« Voglio che tu viva. Voglio che tu viva contento. Ma vivremo insieme, vero? »

« E ora vuoi che smetta di farmi crescere la barba o devo continuare? »

« Continua. Falla crescere. Sarà divertente. Forse sarà cresciuta per il nuovo anno. »

« Ora vuoi giocare agli scacchi? »

« Preferirei giocare con te. »

« No. Giochiamo agli scacchi. »

« E dopo giochiamo? »

« Sì. »

« Bene. » Presi la scacchiera e misi a posto i pezzi. Fuori continuava a nevicare forte.

Una volta durante la notte mi svegliai e sentii che anche Catherine era sveglia. La luna splendeva nella finestra e faceva delle ombre sul letto dalle strisce dei vetri.

« Sei sveglio, tesoro? »

« Sì. Non dormi? »

« Mi sono svegliata pensando a com'ero quasi matta quando ti ho conosciuto. Ricordi? »

« Eri solo un po' matta. »

« Non sarò mai più così. Sono straordinaria adesso. Dici così bene straordinaria. Di' straordinaria. »

« Straordinaria. »

« Oh, come sei caro. E io non sono matta. Sono solo tanto, tanto, tanto felice. »

« Dormi ancora » dissi.

« Bene. Addormentiamoci esattamente nello stesso momento. »

« Bene. »

Ma non ci addormentammo nello stesso momento. Rimasi sveglio a lungo a pensare alle cose e a guardar dormire Catherine con la luna in faccia. E poi mi addormentai anch'io.

XXXIX

Verso la metà di gennaio avevo la barba e l'inverno si era avviato in chiare giornate fredde e in rigide notti fredde. Potevamo di nuovo camminare sulla strada. La neve era battuta dura e liscia dalle slitte del fieno e della legna e dai tronchi che venivano trascinati giù dalla montagna. La neve copriva tutta la regione fin quasi a Montreux. Le montagne sull'altra riva del lago erano tutte bianche e la pianura della valle del Rodano era coperta. Facevamo lunghe passeggiate sull'altro fianco della montagna fino a Bains d'Alliez. Catherine portava scarponi chiodati e la mantella e un bastone dalla punta d'acciaio acuminata. Con la mantella non si vedeva che era grossa e non camminavamo troppo in fretta ma ci fermavamo e sedevamo sui tronchi lungo il ciglio della strada a riposare quando era stanca.

A Bains d'Alliez c'era un albergo tra gli alberi dove i taglialegna si fermavano a bere, e andavano dentro a scaldarsi alla stufa e bere vino rosso caldo con dentro spezie e limone. Lo chiamavano *Glühwein*, e andava benissimo per scaldarsi e far festa. La locanda era buia e fumosa e poi quando si usciva l'aria fredda entrava violenta nei polmoni e intorpidiva la punta del naso mentre si respirava. Ci si voltava a guardare l'albergo con la luce che usciva dalle finestre e i cavalli dei taglialegna che battevano le zampe a terra e scrollavano la testa per star caldi. Avevano il ghiaccio sui peli del muso e con l'alito facevano pennacchi di ghiaccio nell'aria. Risalendo verso casa la strada era liscia e sdrucciolevole e il ghiaccio reso arancione dai cavalli finché il sentiero della legna svoltava. Allora la strada era neve compatta e pulita e conduceva tra i boschi e due volte tornando a casa alla sera vedemmo le volpi.

Era un bel paese e ogni volta che uscivamo c'era da divertirsi.

« Hai una barba splendida, adesso » disse Catherine. « Sembri proprio un taglialegna. Hai visto quello con gli orecchini d'oro? »

« È un cacciatore di camosci » dissi. « Li portano perché dicono che aiutano a sentir meglio. »

« Davvero? Non ci credo. Credo che li portino per far vedere che sono cacciatori di camosci. Ci sono dei camosci da queste parti? »

« Sì, dietro il Dent du Jaman. »

« È stato divertente vedere la volpe. »

« Quando dorme si fa girare intorno la coda per star calda. »

« Dev'essere una sensazione magnifica. »

« Ho sempre desiderato avere una coda così. Non sarebbe divertente se avessimo una spazzolina come le volpi? »

« Sarebbe molto difficile vestirsi. »

« Ci si potrebbero far fare apposta i vestiti, oppure vivere in un paese dove non avesse importanza. »

« Viviamo in un paese dove niente ha importanza. Non è straordinario che non vediamo mai nessuno? Hai voglia di veder qualcuno, caro? »

« No. »

« Vogliamo sederci qui un momento? Sono un po' stanca. »

Sedemmo vicini sui tronchi. Davanti a noi la strada scendeva nella foresta.

« Non si metterà fra noi, vero? Il marmocchio. »

« No. Non lo lasceremo. »

« Come stiamo a denaro? »

« Ne abbiamo un mucchio. Hanno accettato l'ultima tratta a vista. »

« Non cercheranno di venirti a prendere, i tuoi, ora che sanno che sei in Svizzera? »

« È probabile. Scriverò qualcosa. »

« Non hai ancora scritto? »

« No. Soltanto la tratta a vista. »

« Grazie a Dio non sono la tua famiglia. »

« Manderò un telegramma. »

« Non t'importa niente di loro? »

« Mi importava, ma abbiamo bisticciato talmente che è tutto finito. »

« Credo che potrei voler loro bene. Probabilmente vorrei loro molto bene. »

« Non parliamo di loro, se no incomincerò a preoccuparmi. » Dopo un po' dissi: « Andiamo, se ti sei riposata ».

« Sono riposata. »

Scendemmo lungo la strada. Ora era buio e la neve ci cigolava sotto gli scarponi. La notte era secca e fredda e limpidissima.

« Mi piace la tua barba » disse Catherine. « È un gran successo. Pare così dura e ruvida e invece è morbidissima e così piacevole. »

« Ti piaccio di più con la barba che senza? »

« Credo di sì. Sai, caro, non mi taglierò i capelli finché non è nata Catherine. Sono troppo grossa e matronale, adesso. Ma quando sarà nata e sarò tornata sottile li taglierò e così ti sembrerò una ragazza nuova e diversa. Andremo insieme a tagliarli, oppure andrò sola e verrò a farti una sorpresa. »

Non dissi niente.

« Non dirai mica che non vuoi, vero? »

« No. Credo che sarà divertente. »

« Oh, sei così caro. E forse starò bene, caro, e sarò così magra e interessante e ti innamorerai di nuovo di me. »

« Diavolo » dissi. « Ti amo già abbastanza adesso. Che cosa vuoi fare? Rovinarmi? »

« Sì. Voglio rovinarti. »

« Bene » dissi. « È quello che voglio anch'io. »

XL

Eravamo contenti. Passammo i mesi di gennaio e di febbraio e l'inverno fu molto bello e noi eravamo molto felici. C'erano stati brevi disgeli quando il vento soffiò caldo e la neve si ammorbidì e l'aria pareva di primavera, ma sempre il freddo limpido e duro era ricominciato ed era ritornato l'inverno. A marzo venne la prima interruzione dell'inverno. Durante la notte cominciò a piovere. Piovve tutta la mattina e trasformò la neve in fanghiglia e rese melanconico il fianco della montagna. C'erano nuvole sul lago e sulla valle. Pioveva in alta montagna. Catherine aveva soprascarpe pesanti e io gli stivaletti di gomma del signor Guttingen e andammo alla stazione sotto un ombrello attraverso la fanghiglia e l'acqua corrente che stava spazzando il ghiaccio dalle strade per fermarci al caffè a prendere un vermut prima di colazione. Fuori sentivamo la pioggia.

« Credi che dobbiamo spostarci in città? »

« Cosa ti pare? » chiese Catherine.

« Se l'inverno è finito e la pioggia continua, non sarà più divertente quassù. Quanto manca alla piccola Catherine? »

« Press'a poco un mese. Forse un po' di più. »

« Potremmo scendere e stabilirci a Montreux. »

« Perché non andiamo a Losanna? È lì che c'è l'ospedale. »

« Bene. Ma pensavo che forse è una città troppo grande. »

« Possiamo star soli anche in una città più grande. E Losanna dev'essere bella. »

« Quando andiamo? »

« Non importa. Quando vuoi, caro. Non voglio andarmene di qui se non vuoi. »

« Guardiamo come si mette il tempo. »

Piovve per tre giorni. La neve ora era tutta scomparsa sul fianco della montagna sotto la stazione. La strada era un torrente di neve fangosa. C'era troppa umidità e fanghiglia per uscire. Al mattino del terzo giorno di pioggia decidemmo di andare in città.

« Va bene, signor Henry » disse Guttingen. « Non è necessario che mi diate il preavviso. Non pensavo che rimaneste, ora che è venuto il brutto tempo. »

« Comunque dobbiamo essere vicini all'ospedale, per via di Madame » dissi.

« Capisco » disse. « Avete intenzione di ritornare col bambino? »

« Sì, se avrete posto. »

« Potreste ritornare a primavera quando sarà bello e godervelo. Possiamo mettere il bambino e la bambinaia nella sala che ora è chiusa e lei e Madame potreste avere la stessa stanza che guarda il lago. »

« Scriverò prima di venire » dissi. Facemmo le valigie e partimmo col treno del pomeriggio. I Guttingen ci accompagnarono alla stazione e portarono giù il bagaglio su una slitta nella fanghiglia. Si fermarono vicino alla stazione nella pioggia salutandoci con le mani.

« Erano molto cari » disse Catherine.

« Erano molto gentili con noi. »

Prendemmo il treno per Losanna da Montreux. Guardando dal finestrino il luogo dove avevamo vissuto non si riuscivano a vedere le montagne per via delle nuvole. Il treno fermò a Vevey, poi proseguì oltrepassando il lago da una parte e dall'altra i bui campi e i boschi spogli e le case bagnate. Arrivammo a Losanna e andammo in un albergo di media categoria. Pioveva ancora mentre passavamo per le strade e nel portone da carrozze dell'albergo. Il portiere con le chiavi d'ottone sui risvolti, l'ascensore, i tappeti sui pavimenti e i lavabi bianchi con gli impianti lucci- canti, il letto d'ottone, la grande camera da letto co- moda, tutto parve un grande lusso dopo i Guttingen. Le finestre della stanza davano su un giardino bagnato cintato da un muro che terminava in una ringhiera di ferro. Di là della strada molto ripida c'era un altro albergo con un muro e un giardino simile. Guardai la pioggia cadere nella fontana del giardino.

Catherine accese tutte le luci e incominciò a disfa- re i bagagli. Ordinai un whisky e soda e mi sdraiai sul letto a leggere i giornali che avevo comprato alla stazione. Era il marzo del 1918 e l'offensiva tedesca era incominciata in Francia. Bevevo whisky e soda e leggevo mentre Catherine disfaceva i bagagli e gira- va per la stanza.

« Sai che cosa devo comprare, caro? »

« Che cosa? »

« Vestiti da bambino. È difficile arrivare a questo punto senza vestiti da bambino. »

« Puoi comprarli. »

« Lo so. È quello che farò domattina. Mi informerò di quel che occorre. »

« Dovresti saperlo. Eri infermiera. »

« Ma c'erano così pochi soldati ad aver bambini in ospedale. »

« C'ero io. »

Mi colpì col cuscino e rovesciò whisky e soda.

« Te ne ordino un altro » disse. « Mi dispiace di averlo rovesciato. »

« Non ce n'era quasi più. Su, vieni a letto. »

« No. Devo cercar di far sembrare qualcosa questa stanza. »

« Sembrare che cosa? »

« La nostra casa. »

« Attacca le bandierine alleate. »

« Oh, stai zitto. »

« Dillo di nuovo. »

« Stai zitto. »

« Lo hai detto con tanta cautela » dissi « come se volessi non offendere qualcuno. »

« Non voglio infatti. »

« Allora vieni a letto. »

« Bene. » Si avvicinò a sedere sul letto. « So che non ti piaccio, caro. Sono come un grosso barile di farina. »

« No, non è vero. Sei bella e cara. »

« Sono solo un brutto coso che tu hai sposato. »

« No, non è vero. Sei sempre più bella. »

« Ma tornerò magra, caro. »

« Sei magra adesso. »

« Hai bevuto. »

« Soltanto un whisky e soda. »

« Eccone un altro che viene » disse. « E poi potremmo farci portar su la cena. »

« È una buona idea. »

« Poi non usciamo, vero? Staremo a casa, stasera. »

« A giocare » dissi.

« Berrò un po' di vino » disse Catherine. « Non mi farà male. Forse riusciamo a trovare un po' del nostro Capri bianco. »

« Certo che ci riusciremo » dissi. « In un albergo di questa categoria hanno certo i vini italiani. »

Il cameriere bussò alla porta. Portò il whisky in un bicchiere col ghiaccio e vicino al bicchiere sul vassoio una bottiglietta di soda.

« Grazie » dissi. « Mettila lì. Per favore, facci portare due cene e due bottiglie di Capri bianco secco in ghiaccio. »

« Desiderano incominciare la cena con la minestra? »

« Vuoi minestra, Cat? »

« Sì, per favore. »

« Porta la minestra per uno. »

« Grazie, signore. » Uscì e chiuse la porta. Io ritornai ai giornali e alla guerra nei giornali e versai lentamente la soda sul ghiaccio nel whisky. Avrei dovuto dire che non mettessero ghiaccio nel whisky. Far portare whisky separatamente. Così si poteva vedere quanto whisky c'era e non sarebbe stato troppo allungato d'improvviso con soda. Mi sarei comprato una bottiglia di whisky e mi sarei fatto portare il ghiaccio e soda. Questa era una soluzione di buon senso. Il buon whisky è molto piacevole. È una delle parti piacevoli della vita.

« A che cosa pensi, caro? »

« Al whisky. »

« Whisky come? »

« Che è una bella cosa. »

Catherine fece una smorfia. « Bene » disse.

Rimanemmo in quell'albergo tre settimane. Non era male: la sala da pranzo di solito era vuota e per lo più la sera mangiavamo in camera. Andavamo a spasso per la città e scendevamo in funicolare a Ouchy e passeggiavamo lungo il lago. Il clima si intiepidì ed era come primavera. Avremmo voluto ritornare in montagna ma la primavera durò pochi giorni e poi ricominciò il rigore crudo della fine dell'inverno. Catherine comprava le cose di cui aveva bisogno per il bambino su in città. Io andavo in palestra sotto i portici ad allenarmi alla boxe. Di solito vi andavo al mattino mentre Catherine rimaneva a letto fino a tardi. Nei giorni di falsa primavera era molto bello dopo la boxe e una doccia camminare nelle strade annusando la primavera nell'aria e fermarsi in un caffè e sedersi a guardare la gente e leggere il giornale e bere il vermut; poi scendere in albergo e far colazione con Catherine. Il professore della palestra di boxe aveva i baffi ed era molto preciso e saltellante e andava in pezzi se lo si attaccava. Ma era bello in pale-

stra. L'aria e la luce erano buone e lavoravo sodo, sal-
tando sulla corda, allenandomi allo specchio, facendo esercizi addominali disteso sul pavimento in una
macchia di luce che entrava dalla finestra e qualche
volta spaventando il professore quando si tirava di
boxe. Le prime volte non riuscii a esercitarmi allo
specchio davanti al lungo specchio stretto perché mi
pareva così strano veder tirare di boxe un uomo con
la barba. Ma alla fine pensai soltanto che era buffo.
Avrei voluto tagliarmi la barba appena incominciai a
far la boxe ma Catherine non mi lasciò.

A volte Catherine e io andavamo a fare qualche
passeggiata in carrozza in campagna. Era bello in carrozza quando i giorni erano sereni e trovammo due
bei posti dove potevamo fermarci a mangiare. Ora Catherine non poteva più camminare molto e mi piaceva andare in carrozza con lei nelle strade di campagna. Quando era una bella giornata passavamo ore
splendide e non ci fu mai tra noi una nube. Sapeva-
mo ormai che il bambino era molto vicino e questo ci
dava la sensazione come se qualcosa ci incalzasse e
non potessimo più perdere tempo insieme.

XLI

Una mattina mi svegliai verso le tre sentendo Catherine che si agitava nel letto.

« Come stai, Cat? »

« Ho avuto qualche dolore, caro. »

« Regolari? »

« No, non molto. »

« Se diventano regolari andiamo in ospedale. »

Avevo un gran sonno e mi riaddormentai. Poco dopo mi svegliai di nuovo.

« Forse è meglio che tu chiami il dottore » disse Catherine. « Credo che ci siamo. »

Andai al telefono e chiamai il dottore. « Ogni quanto vengono i dolori? » chiese.

« Ogni quanto vengono, Cat? »

« Credo ogni quarto d'ora. »

« Allora è meglio che andiate all'ospedale » disse il dottore. « Mi vesto e ci vado subito anch'io. »

Attaccai il ricevitore e chiamai il garage della stazione perché mi mandasse un tassì. Per molto tempo non rispose nessuno. Poi finalmente trovai uno che promise di mandarmi subito un tassì. Catherine si stava vestendo. La valigia con tutte le cose necessarie in ospedale e la roba del bambino era già pronta. Fuori in corridoio suonai per l'ascensore. Nessuno rispose. Scesi abbasso. Non c'era nessuno sotto tranne la guardia di notte. Portai io stesso l'ascensore di sopra, vi misi dentro la valigia di Catherine, lei entrò e scendemmo. La guardia di notte ci aprì la porta e sedemmo fuori sulle lastre di pietra accanto ai gradini che conducevano al viale ad aspettare il tassì. La not-

te era limpida e piena di stelle. Catherine era molto
agitata.

« Sono così contenta che sia incominciato. Ora tra
poco sarà tutto finito. »

« Sei una brava ragazza coraggiosa. »

« Non ho paura. Però vorrei che il tassì arrivasse. »

Lo udimmo salire la strada e vedemmo i fari. Svoltò nel viale e aiutai Catherine ad entrare e il meccanico mise la valigia davanti.

« Andiamo all'ospedale » dissi.

Uscimmo dal viale e ci avviammo sulla collina.

Alla porta c'era una donna che scrisse il nome, l'età,
l'indirizzo, la paternità e la religione di Catherine in
un libro. Catherine disse che non aveva religione e la
donna tirò una linea nello spazio dietro questa parola. Si denunciò come Catherine Henry.

« Ora la conduco in camera sua » disse. Salimmo
in ascensore. La donna lo fece fermare e uscimmo e
la seguimmo in un corridoio. Catherine si teneva stretta al mio braccio.

« Questa è la stanza » disse la donna. « Vuole per
favore spogliarsi e mettersi a letto? Ecco la camicia
da notte. »

« Ho la mia camicia da notte » disse Catherine.

« È meglio che si metta questa » disse la donna.

Uscii e sedetti su una seggiola in corridoio.

« Ora può entrare » disse la donna dalla porta. Catherine era distesa in un lettino stretto e aveva una
camicia semplice, tagliata a angoli retti, che pareva
fatta da un lenzuolo grezzo. Mi sorrise.

« Ora ho dei bei dolori » disse. La donna le teneva il polso e registrava i dolori con un orologio.

« Questo è stato grosso » disse Catherine. Glielo
vidi in viso.

« Dov'è il dottore? » chiesi alla donna.

« È giù che dorme. Verrà qui appena è necessario. »

« Ora devo fare qualcosa a Madame » disse l'infermiera. « Per favore, vuol tornar fuori un momento? »

Uscii in corridoio. Era un corridoio lungo con due finestre e tutte le porte chiuse. Odorava di ospedale. Sedetti sulla seggiola e guardai il pavimento e pregai per Catherine.

« Può entrare » disse l'infermiera. Entrai.

« Hello, caro » disse Catherine.

« Come va? »

« Sono molto frequenti adesso. » Il viso le si contrasse. Poi sorrise.

« Questo era molto forte. Vuole mettermi di nuovo la mano dietro la schiena, infermiera? »

« Se può aiutarla » disse l'infermiera.

« Tu vai, caro » disse Catherine. « Va' a mangiare qualcosa. L'infermiera dice che può durare un pezzo così. »

« Il primo parto di solito è lungo » disse l'infermiera.

« Ti prego, va' a mangiare qualcosa » disse Catherine. « Sto bene, davvero. »

« Mi fermo ancora un momento » dissi.

I dolori vennero molto regolarmente, poi diminuirono. Catherine era molto agitata. Quando i dolori erano forti li chiamava buoni. Quando incominciarono a calare fu delusa e umiliata.

« Vai caro » disse. « Credo che non fai altro che rendermi autocosciente. » Il viso le si tese. « Ecco. Questo era meglio. Vorrei tanto essere una buona moglie e avere questo bambino senza tante storie. Per favore, va' a far colazione, caro, e poi ritorna. Non mi mancherai. L'infermiera è splendida. »

« Ha tutto il tempo che vuole per la colazione » disse l'infermiera.

« Allora vado. Ciao, tesoro. »

« Ciao » disse Catherine. « E mangia bene anche per me. »

« Dove posso far colazione? » chiesi all'infermiera.

« C'è un caffè nella piazza in fondo alla strada » disse. « Dovrebbe essere aperto. »

Fuori stava diventando chiaro. Scesi la strada vuota fino al caffè. C'era una lampada alla finestra. Entrai, mi fermai al bar di zinco e un vecchio mi servì un bicchiere di vino bianco e una brioche. La brioche era del giorno prima. La inzuppai nel vino e poi bevvi un bicchiere di caffè.

« Cosa fa qui a quest'ora? » chiese il vecchio.

« Mia moglie sta partorendo all'ospedale. »

« Oh! Tanti auguri. »

« Dammi un altro bicchiere di vino. »

Lo versò dalla bottiglia, versandone un poco in modo che un po' scorse sullo zinco. Bevvi questo bicchiere, pagai e uscii. Fuori per la strada c'erano le pattumiere delle case che aspettavano lo spazzino. Un cane stava annusando una pattumiera.

« Cosa vuoi? » chiesi e guardai nella pattumiera per vedere se c'era qualcosa che potessi prendere per lui; in cima non c'erano altro che fondi di caffè, polvere e qualche fiore secco.

« Non c'è niente, cane » dissi. Il cane attraversò la strada. Salii le scale dell'ospedale fino al piano dov'era Catherine e scesi il corridoio fino alla sua stanza. Bussai alla porta. Nessuno rispose. Aprii la porta; nella stanza non c'era che la valigia di Catherine su una seggiola e la sua vestaglia appesa a un gancio sulla parete. Andai su e giù in corridoio in cerca di qualcuno. Trovai un'infermiera.

« Dov'è Madame Henry? »

« Una signora è stata portata proprio adesso nella sala di parto. »

« Dov'è? »

« L'accompagno. »

Mi condusse fino alla fine del corridoio. La porta della stanza era socchiusa. Vidi Catherine distesa su un tavolo, coperta da un lenzuolo. L'infermiera era da una parte e il dottore dall'altra accanto a qualche cilindro. Il dottore reggeva una maschera di gomma attaccata a un tubo.

« Le do un camice in modo che possa entrare » disse l'infermiera. « Entri qui, per favore. »

Mi fece indossare un camice bianco e lo fissò alla nuca con uno spillo di sicurezza.

« Ora può entrare. » Entrai nella stanza.

« Hello, caro » disse Catherine con voce forzata. « Non sto combinando gran che. »

« Lei è il signor Henry? » chiese il dottore.

« Sì. Come vanno le cose, dottore? »

« Le cose vanno molto bene » disse il dottore. « Siamo venuti qui perché è facile dare l'etere per i dolori. »

« Lo vorrei adesso » disse Catherine. Il dottore le mise la maschera di gomma sul viso, girò un quadrante e guardai Catherine respirare profondamente e rapidamente. Poi respinse la maschera. Il dottore chiuse il galletto.

« Non era molto forte. Ne ho avuto uno molto forte poco fa. Il dottore mi ha aiutato a uscirne, vero, dottore? » Aveva una voce strana. Si alzava sulla parola dottore.

Il dottore sorrise.

« Lo vorrei di nuovo » disse Catherine. Si strinse la gomma sulla faccia e respirò in fretta. La udii gemere un poco. Poi respinse la maschera e sorrise.

« Questo era grosso » disse. « Era proprio grosso. Non preoccuparti, caro. Vai via. Va' di nuovo a mangiare. »

« Rimango » dissi.

Eravamo andati in ospedale verso le tre del mattino. A mezzogiorno Catherine era ancora in sala. I dolori erano di nuovo diminuiti. Aveva l'aria molto stanca e sfinita ma era ancora allegra.

« Non sono buona a niente, caro » disse. « Mi dispiace tanto. Pensavo che sarebbe stato così facile. Ora... eccone uno... » Tese la mano a prendere la maschera e se la tenne sulla faccia. Il dottore mosse il quadrante e la sorvegliò. Finì in un momento.

« Non era gran che » disse Catherine. Sorrise. « Sono pazza per l'etere. È magnifico. »

« Ne porteremo un po' a casa » dissi.

« *Eccone uno* » disse Catherine in fretta. Il dottore girò il quadrante e guardò l'orologio.

« Qual è l'intervallo, adesso? » dissi.

« Un minuto circa. »

« Non fa colazione? »

« Tra poco » disse.

« Deve mangiare qualcosa, dottore » disse Catherine. « Mi dispiace di impiegare tanto tempo. Non può darmi l'etere mio marito? »

« Se vuole » disse il dottore. « Bisogna metterlo sul due. »

« Capisco » dissi. C'era un indicatore su un quadrante che si girava con una maniglia.

« *Adesso* » disse Catherine. Si tenne la maschera stretta sul viso. Girai il quadrante sul numero due e quando Catherine posò la maschera tornai a spostarlo. Era molto gentile da parte del dottore lasciarmi fare qualcosa.

« Lo hai fatto tu, caro? » chiese Catherine. Mi accarezzò il polso.

« Certo. »

« Sei così bello. » Era un po' ubriaca di etere.

« Io mangerò su un vassoio nella stanza vicina » disse il dottore. « Potete chiamarmi in qualsiasi momento. » Mentre il tempo passava lo guardai mangiare, poi dopo un po' lo vidi sdraiato a fumare una sigaretta. Catherine era molto stanca.

« Credi che riuscirò a averlo, questo bambino? » chiese.

« Sì, si capisce. »

« Mi sforzo più che posso. Spingo in giù ma se ne va. *Eccolo. Dammi.* »

Alle due uscii a far colazione. C'era poca gente nel caffè, seduta col caffè e bicchieri di Kirsch o Marc sulle tavole. Sedetti a un tavolo. « Posso mangiare? » chiesi a un cameriere.

« È passata l'ora della colazione. »

« Non c'è niente di pronto a tutte le ore? »

« Posso darle una *choucroute.* »

« Dammi *choucroute* e birra. »

« Mezza o intera? »

« Mezza chiara. »

Il cameriere portò un piatto di *sauerkraut* con una fetta di prosciutto in cima e una salsiccia sepolta nel cavolo caldo inzuppato di vino. Mangiai e bevvi la birra. Avevo molta fame. Guardai la gente ai tavoli del caffè. A un tavolo stavano giocando a carte. Due uomini al tavolo vicino al mio parlavano e fumavano. Il caffè era pieno di fumo. Dietro al bar di zinco dove avevo fatto colazione, c'erano adesso tre persone: il vecchio, una donna grassa vestita di nero seduta dietro al banco che teneva nota di tutto ciò che veniva servito ai tavoli, e un ragazzo col grembiule. Mi chiesi quanti figli avesse la donna e come le era andata.

Finita la *choucroute* ritornai in ospedale. Ora la strada era tutta pulita. Non c'erano pattumiere fuori. La giornata era nuvolosa ma il sole si sforzava di uscire. Salii in ascensore, uscii e scesi il corridoio fino alla camera di Catherine dove avevo lasciato il camice bianco. Me lo misi e lo appuntai alla nuca. Mi guardai allo specchio e mi vidi come un falso dottore con la barba. Scesi il corridoio fino alla sala. La porta era chiusa e bussai. Nessuno rispose, così girai la maniglia ed entrai. Il dottore era seduto accanto a Catherine. L'infermiera stava facendo qualcosa all'altra estremità della stanza.

« Ecco suo marito » disse il dottore.

« Oh, caro, ho il dottore più straordinario del mondo » disse Catherine con voce molto strana. « Mi racconta le storie più straordinarie del mondo e quando il dolore è troppo forte mi toglie completamente di conoscenza. È straordinario. Lei è straordinario, dottore. »

« Sei ubriaca » dissi.

« Lo so » disse Catherine « ma non dovresti dirlo. » Poi: « *Dammi. Dammi* ».

Afferrò la maschera e respirò un breve respiro ansante, facendo clicchettare il respiratore. Poi diede un lungo sospiro e il dottore tese la mano a sinistra e alzò la maschera.

« Questo era molto grosso » disse Catherine. Aveva una voce molto strana. « Non morirò più, caro. È passato quando dovevo morire. Sei contento? »

« Non farlo tornare più. »

« No. Ma non ho paura. Non morirò, caro. »

« Non farà una stupidaggine simile » disse il dottore. « Vuol morire e lasciare suo marito? »

« Oh, no. Non morirò. Non posso morire. È stupido morire. Eccolo. *Dammi*. »

Dopo un po' il dottore disse: « Uscite un momento, signor Henry: vorrei visitarla ».

« Vuol vedere come mi comporto » disse Catherine. « Puoi ritornare dopo, caro; vero, dottore? »

« Sì » disse il dottore. « La manderò a chiamare quando può tornare. »

Uscii dalla porta e scesi il corridoio fino alla stanza dove Catherine doveva venire quando fosse nato il bambino. Sedetti su una seggiola e guardai la stanza. Avevo in tasca il giornale che avevo comprato quando ero uscito a far colazione e lo lessi. Fuori incomincia-

va a far buio e accesi la luce per leggere. Dopo un
po' smisi di leggere e spensi la luce e guardai fuori
calare il buio. Mi chiesi perché il dottore non mi
mandava a chiamare. Forse era meglio che non ci
fossi. Forse voleva che stessi via un po'. Guardai l'o-
rologio. Se non mi mandava a chiamare fra dieci minuti sarei andato comunque.

Povera, povera cara Cat. E questo era il prezzo che
pagavi per essere venuta a letto con me. Questa era
la fine della trappola. Questo era il risultato della
gente che si ama. Grazie a Dio per l'etere, comunque.
Come doveva essere prima che ci fossero gli anesteti-
ci? Quando incominciava si era nel turbine. Catherine
era stata bene durante la gravidanza. Non era andata
male. Non aveva quasi avuto nausea. Non era stata
a disagio che all'ultimo momento. Così adesso l'avevano presa, alla fine. Non si scampa mai da niente.
Altro che scampare! Sarebbe stato lo stesso se ci fossimo sposati cinquanta volte. E se morisse? Non morirà. Non si muore più di parto, oggigiorno. Questo
era quel che pensavano tutti i mariti. Sì, ma se morisse? Non morirà. Sta soltanto male. Il primo parto
di solito è lungo. Sta soltanto male. Dopo si dirà come stava male, e Catherine dirà che non stava poi
tanto male. Ma se morisse? Non può morire. Sì, ma se
morisse? Non può ti dico. Non fare lo scemo. È soltanto un brutto momento. È soltanto la natura che le
fa passare un inferno. È solo il primo parto, che è
quasi sempre lungo. Sì, ma se morisse? Non può morire. Perché dovrebbe morire? Che ragione c'è perché
muoia? Deve soltanto nascere un bambino, il sottopro-
dotto di belle nottate a Milano. Dà del disturbo a nascere e poi lo si cura e magari gli si vuol bene. Ma se
morisse? Non morirà. Ma se morisse? Non morirà. Sta
bene. Ma se morisse? Non può morire. Ma se morisse? Eh, allora? Se morisse?

Il dottore entrò nella stanza.

« Come va, dottore? »

« Non va » disse.

« Come, non va? »

« Non va. L'ho visitata... » Espose il risultato della visita. « Da allora ho aspettato per vedere, ma non va. »

« Che cosa consiglia? »

« Ci sono due cose. O un intervento serio col forcipe che può lacerare ed essere molto pericoloso oltre a poter far male al bambino, oppure un cesareo. »

« Che pericolo c'è col cesareo? » Ma se morisse!

« Non sarebbe molto maggiore del pericolo di un parto normale. »

« Lo farebbe lei stesso? »

« Sì. Può occorrere un'ora per preparare tutto e trovare la gente di cui ho bisogno. Forse un po' meno. »

« Che cosa pensa? »

« Consiglierei il taglio cesareo. »

« Che conseguenze ha? »

« Nessuna. C'è solo la cicatrice. »

« E l'infezione? »

« Il pericolo è minore di quello di un parto col forcipe. »

« E se si andasse avanti senza far niente? »

« Si dovrebbe finire per fare qualcosa. La signora Henry sta già perdendo gran parte della sua forza. Più presto si opera e meglio è. »

« Operi più presto che può. »

« Vado a dare le istruzioni. »

Andai in sala. L'infermiera era con Catherine che era distesa sul tavolo, grossa sotto il lenzuolo, pallidissima e stanca.

« Gli hai detto di farlo? » chiese.

« Sì. »

« Non è magnifico? Ora sarà tutto finito tra un'ora.

Non ne posso più, caro. Sono tutta a pezzi. *Per favore
dammi.* Non serve. Oh, non serve! »

« Respira profondamente. »

« Sto respirando. Oh, non serve più. Non serve! »

« Prenda un altro cilindro » dissi all'infermiera.

« Questo è un cilindro nuovo. »

« Sono una scema, caro » disse Catherine. « Ma non
serve più. » Incominciò a piangere. « Oh, desideravo
tanto avere questo bambino senza dar noia a nessuno,
e ora non ne posso più e sono tutta a pezzi e non
serve. Oh, caro, non serve più a niente. Non m'importa di morire purché finisca. Oh, per favore, caro,
per favore fallo finire. *Eccolo. Oh, oh, oh!* » Respirò
singhiozzando nella maschera. « Non serve. Non serve. Non mi badare, caro, per favore, non piangere.
Non mi badare. Sono solo tutta a pezzi. Povero caro.
Ti amo tanto e tornerò in ordine. Tornerò in ordine
stavolta. *Non possono darmi qualcosa?* Se potessero
darmi qualcosa. »

« Ora lo faccio servire. Lo apro tutto. »

« Dammelo adesso. »

Girai il quadrante fino in fondo e mentre respirava
forte e profondamente la mano le si rilassò sulla
maschera. Chiusi l'etere, le tolsi la maschera. Ritornò
da un lungo viaggio.

« Com'era bello, caro. Oh, sei così buono con me. »

« Sii coraggiosa, perché non posso farlo sempre. Potrebbe ucciderti. »

« Non sono più coraggiosa, caro. Sono tutta rotta.
Mi hanno rotta. Ora lo so. »

« Per tutte è così. »

« Ma è terribile. Si va avanti finché si è rotte. »

« Tra un'ora sarà finito. »

« Non è bello? Caro, non morirò, vero? »

« No. Ti prometto di no. »

« Perché non voglio morire e lasciarti, ma sono
così stanca e sento che sto per morire. »

« Che sciocchezza. Tutte sentono così. »

« A volte so che sto per morire. »

« Non morirai. Non puoi. »

« Ma se morissi? »

« Non ti lascerò. »

« Dammi presto. *Dammi!* »

Poi, dopo: « Non morirò. Non mi lascerò morire ».

« Si capisce che non morirai. »

« Starai con me? »

« Non ad assistere. »

« No, solo per esserci. »

« Certo. Starò qui sempre. »

« Sei così buono con me. Dammi. Dammene di più. *Non serve!* »

Girai il quadrante sul tre e poi sul quattro. Avrei voluto che tornasse il dottore. Avevo paura dei numeri sopra il due.

Finalmente venne un dottore con due infermiere e misero Catherine su una barella a ruote e ci avviammo in corridoio. Il carrello scivolò rapidamente in corridoio e in ascensore dove tutti dovettero pigiarsi contro la parete per fare posto; poi su, poi una porta aperta e poi fuori dell'ascensore e giù per il corridoio sulle ruote di gomma nella sala operatoria. Non riconobbi il dottore col cappuccio e la maschera. C'era un altro dottore e altre infermiere.

« *Devono darmi qualcosa* » disse Catherine. « *Devono darmi qualcosa*. Oh, per favore, dottore, me ne dia abbastanza che mi serva! »

Un dottore le mise una maschera sulla faccia e io guardai attraverso la porta e vidi il piccolo anfiteatro luminoso della sala operatoria.

« Può entrare dall'altra porta e sedersi lassù » mi disse una infermiera. C'era qualche panca dietro a una ringhiera che dava sul tavolo bianco e la lampada. Guardai Catherine. Aveva la maschera sulla faccia e

ora era pallida. Spinsero avanti il carrello. Mi voltai
e scesi nel corridoio. Due infermiere correvano verso
l'ingresso alla galleria.

« È un cesareo » disse una. « Faranno un cesareo. »
L'altra rise. « Arriviamo in tempo. Non è una fortuna? » Entrarono nella porta che dava alla galleria.

Giunse un'altra infermiera. Anche lei correva.

« Entri di qui. Entri pure » disse.

« Rimango fuori. »

Entrò di corsa. Passeggiai su e giù in corridoio. Avevo paura di entrare. Guardai dalla finestra. Era buio,
ma nella luce che usciva dalla finestra vidi che pioveva. Andai in una stanza in fondo al corridoio e guardai i cartellini sulle bottiglie nell'armadio di vetro.
Poi uscii e rimasi in piedi nel corridoio vuoto e guardai la porta della sala operatoria.

Uscì un dottore seguito da un'infermiera. Reggeva
fra le mani qualcosa che pareva un coniglio scuoiato
di fresco e attraversò di corsa il corridoio ed entrò da
un'altra porta. Mi avvicinai alla porta dov'era entrato e li trovai nella stanza, intenti a lavorare su un
bambino appena nato.

Il dottore lo sollevò per farmelo vedere. Lo prese
per i piedi e lo batté.

« Sta bene? »

« È magnifico. Peserà cinque chili. »

Non sentivo niente per lui. Pareva che non avesse
niente a che fare con me. Non provai niente di pa-
terno.

« Non è orgoglioso di suo figlio? » chiese l'infermiera. Lo stavano lavando e avvolgendo in qualcosa.
Vidi la faccina scura e le mani scure ma non lo vidi
muoversi e non lo udii piangere. Il dottore ricominciò
a fargli qualcosa. Sembrava agitato.

« No » dissi. « Ha quasi ucciso sua madre. »

« Non è colpa di questo tesorino. Non voleva un
maschio? »

« No » dissi. Il dottore era affaccendato con lui. Lo
prese per i piedi e lo batté. Non mi fermai a guardare.
Uscii in corridoio. Ora potevo andare a vedere. Entrai
dalla porta e scesi un poco in galleria. Le infermiere
sedute alla ringhiera mi fecero cenno di andare accanto a loro. Scossi il capo. Vedevo abbastanza di
dov'ero.

Pensai che Catherine fosse morta. Aveva il viso grigio, la parte di viso che potevo vedere.

Laggiù, sotto la luce, il dottore cuciva la ferita grande, lunga, dagli orli alti, squarciata dai ferri. Un altro
dottore con la maschera dava l'anestetico. Due infermiere con la maschera porgevano degli oggetti. Pareva un disegno dell'Inquisizione. Capii mentre guardavo che avrei potuto guardare tutto, ma fui lieto di
non averlo fatto. Non credo che avrei potuto guardare
mentre tagliavano, ma guardai la ferita chiusa in una
costa dal bordo alto con punti abili che parevano quelli di un ciabattino e fui contento. Quando la ferita
fu chiusa uscii in corridoio e ricominciai a passeggiare su e giù. Dopo un po' il dottore uscì.

« Come sta? »

« Bene. Ha guardato? »

Aveva l'aria stanca.

« Ho visto cucire. Il taglio pareva molto lungo. »

« Le è sembrato? »

« Sì. Ma la cicatrice si appiattirà? »

« Oh, sì. »

Dopo un po' portarono fuori il carrello e lo spinsero rapidamente in corridoio fino all'ascensore. Lo seguii. Catherine gemeva. Di sotto la misero nel letto
della sua camera. Sedetti su una seggiola ai piedi del
letto. C'era una infermiera in camera. Mi alzai e rimasi in piedi accanto al letto. Era buio nella stanza.
Catherine tese la mano. « Ciao, caro » disse. Aveva
una voce debolissima e stanca.

« Ciao, tesoro. »

« Che cos'era? »

« Psst... Non parli » disse l'infermiera.

« Un maschio. È lungo e largo e bruno. »

« Sta bene? »

« Sì » dissi « benissimo. »

Vidi che l'infermiera mi diede uno sguardo strano.

« Sono terribilmente stanca » disse Catherine « e mi fa un male d'inferno. Tu stai bene, caro? »

« Benissimo. Non parlare. »

« Sei stato così caro con me. Oh, caro, mi fa un male terribile. Com'è? »

« Sembra un coniglio scuoiato con una faccia da vecchio grinzoso. »

« Deve andarsene » disse l'infermiera. « Madame Henry non deve parlare. »

« Starò fuori » dissi.

« Vada a mangiare. »

« No. Starò fuori. » Baciai Catherine. Era molto grigia e debole e stanca.

« Posso parlarle un momento? » dissi all'infermiera.

Uscì in corridoio con me. Mi allontanai un poco in corridoio.

« Cos'è successo al bambino? » chiesi.

« Non lo sapeva? »

« No. »

« Non era vivo. »

« Era morto? »

« Non sono riusciti a farlo respirare. Aveva il cordone intorno al collo o qualcosa del genere. »

« Così è morto. »

« Sì. È un tale peccato. Era un così bel bambino. Credevo che lo sapesse. »

« No » dissi. « È meglio che ritorni da Madame. »

Sedetti sulla seggiola davanti alla tavola dove da una parte c'erano i rapporti delle infermiere appesi alle morse e guardai fuori dalla finestra. Non potevo vedere altro che buio e la pioggia che cadeva attra-

verso la luce della finestra. Così era andata. Il bambino era morto. Per questo il dottore aveva quell'aria
stanca. Ma perché si erano comportati in quel modo
in quella stanza? Probabilmente credevano che avrebbe incominciato a respirare. Non avevo religione ma
sapevo che avrebbe dovuto venir battezzato. Ma se
non aveva neanche respirato. Non aveva respirato.
Non era mai stato vivo. Tranne in Catherine. Lo avevo sentito spesso dare dei calci. Ma non più da una
settimana. Forse era stato soffocato tutto quel tempo.
Povero piccolo. Provai un desiderio del diavolo di
esser io a quel modo. No, non è vero. Però non avrebbe dovuto esserci tutto questo morire da dover passare. Ora Catherine sarebbe morta. Questo si faceva. Si moriva. Non si sapeva di cosa si trattasse. Non
si aveva mai il tempo di imparare. Si veniva gettati
dentro e si sentivano le regole e la prima volta che vi
acchiappavano in fallo vi uccidevano. Oppure vi uccidevano gratuitamente come Ajmo. O vi davano la
sifilide come a Rinaldi. Ma alla fine vi uccidevano.
Ci si poteva contare. Girateci intorno e vi uccidono.

Una volta al campo avevo messo sul fuoco un ceppo pieno di formiche. Quando incominciò a bruciare,
le formiche sciamarono fuori e prima corsero verso il
centro dove c'era il fuoco; poi si voltarono e corsero
verso l'estremità. Quando sull'estremità ce ne furono
abbastanza, caddero fuori nel fuoco. Alcune uscirono
col corpo bruciato e appiattito, e se ne andarono senza sapere dove stessero andando. Ma quasi tutte andarono verso il fuoco e poi ritornarono verso l'estremità e sciamarono sull'estremità fresca e alla fine caddero nel fuoco. Ricordo che quella volta pensai che
era la fine del mondo ed un'occasione splendida per
essere un Messia e togliere il ceppo dal fuoco e get-
tarlo dove le formiche potessero scendere a terra. Ma
non feci altro che gettare una tazza di latta piena d'acqua sul ceppo per avere la tazza vuota da metterci

il whisky prima di aggiungere l'acqua. Credo che la
tazza d'acqua sul ceppo che bruciava abbia soltanto
affumicato le formiche.

Così adesso ero fuori in corridoio e aspettavo di
sentire come stava Catherine. L'infermiera non usciva,
così dopo un po' mi avvicinai alla porta e l'aprii piano e guardai dentro. Dapprima non vidi niente perché
in corridoio c'era la luce viva e nella stanza era buio.
Poi vidi l'infermiera seduta accanto al letto e la testa
di Catherine sul guanciale e lei tutta piatta sotto il
lenzuolo. L'infermiera alzò un dito alle labbra poi si
alzò e si avvicinò alla porta.

« Come sta? » chiesi.

« Bene » disse l'infermiera. « Dovrebbe andare a
cena, e poi tornare, se vuole. »

Scesi il corridoio e poi le scale e poi uscii dalla
porta dell'ospedale giù per la strada buia nella pioggia verso il caffè. Dentro era molto illuminato e c'era
molta gente ai tavoli. Non vidi un posto dove sedere
e un cameriere mi venne incontro e mi prese il sopra-
bito bagnato e il cappello e mi portò a un posto a un
tavolo davanti a un vecchio che beveva birra e leggeva
il giornale della sera. Sedetti e chiesi al cameriere qual
era il *plat du jour*.

« Stufato di vitello, ma è finito. »

« Che cosa potrei mangiare? »

« Prosciutto e uova, uova al formaggio, o *choucroute*. »

« Ho già mangiato la *choucroute* questa mattina »
dissi.

« È vero » disse. « È vero, ha mangiato la *choucroute* stamane. » Era un uomo anziano con una chie-
rica sulla testa e i capelli appiccicati sopra. Aveva
una faccia gentile.

« Che cosa vuole? Prosciutto e uova o uova al formaggio? »

« Prosciutto e uova e birra. »

« Mezza chiara? »

« Sì » dissi.

« Me lo ricordavo » disse. « Ha preso una mezza chiara, stamane. »

Mangiai il prosciutto e le uova e bevvi la birra. Il prosciutto e le uova erano in un piatto rotondo. Il prosciutto sotto e le uova sopra. Era molto caldo e al primo boccone dovetti bere un sorso di birra per rinfrescarmi la bocca. Avevo fame e chiesi al cameriere un'altra porzione. Bevvi parecchi bicchieri di birra. Non pensavo a niente ma leggevo il giornale dell'uomo che mi era di fronte. Parlava dello sfondamento sul fronte britannico. Quando capì che stavo leggendo il rovescio del suo giornale lo piegò. Pensai di chiedere al cameriere un giornale ma non riuscivo a concentrarmi. Nel caffè faceva caldo e l'aria era viziata. Quasi tutti ai tavoli si conoscevano tra loro. C'erano parecchie partite alle carte in corso. I camerieri erano affaccendati a portar bibite dal bar ai tavoli. Due uomini entrarono e non trovarono posto dove sedere. Rimasero in piedi davanti al tavolo dov'ero io. Ordinai un'altra birra. Non ero ancora pronto ad andare. Era troppo presto per ritornare in ospedale. Cercai di non pensare e di essere perfettamente calmo. I due uomini girarono un po' ma nessuno se ne andava, così uscirono. Bevvi un'altra birra. Ora c'era un mucchio di piattini sulla tavola davanti a me. L'uomo di fronte a me si era tolto gli occhiali, li aveva messi via nell'astuccio, aveva piegato il giornale, e se l'era messo in tasca e ora stava seduto col bicchierino del liquore in mano e guardava in giro per la stanza. Improvvisamente sentii che dovevo tornare. Chiamai il cameriere, pagai il conto, mi infilai il cappotto, misi il cappello e mi avviai verso la porta. Ritornai a piedi nella pioggia in ospedale. Di sopra incontrai l'infermiera in corridoio.

« Le ho telefonato proprio adesso in albergo » disse. Qualcosa cadde dentro di me.

« Cosa c'è che non va? »

« Madame Henry ha avuto un'emorragia. »

« Posso entrare? »

« No, non ancora. C'è il dottore da lei. »

« Pericolo? »

« Molto. » L'infermiera entrò nella stanza e chiuse la porta. Sedetti fuori in corridoio. Tutto era finito dentro di me. Non pensavo a niente. Non potevo pensare. Sapevo che sarebbe morta e pregavo che non morisse. Non lasciarla morire. Oh Dio, per favore non lasciarla morire. Farò tutto quello che vuoi se non la lasci morire. Ti prego, ti prego, ti prego, Dio caro, non lasciarla morire. Dio caro, non lasciarla morire. Ti prego, ti prego, ti prego, non lasciarla morire. Dio, ti prego, non farla morire. Farò tutto quello che vuoi se non la lasci morire. Hai preso il bambino ma non lasciarla morire. Hai fatto bene ma non lasciarla morire. Ti prego, ti prego, Dio caro, non lasciarla morire.

L'infermiera aprì la porta e mi fece cenno col dito di avvicinarmi. La seguii nella stanza. Catherine non alzò lo sguardo quando entrai. Mi avvicinai al capezzale del letto. Il dottore era in piedi dall'altra parte del letto. Catherine mi guardò e sorrise. Mi curvai sul letto e incominciai a piangere.

« Povero caro » disse Catherine, sottovoce. Era grigia.

« Stai bene, Cat » dissi. « Starai benissimo. »

« Sto per morire » disse, poi aspettò e disse: « Non voglio ».

Le presi la mano.

« Non toccarmi » disse. Le lasciai la mano. Sorrise. « Povero caro. Toccami finché vuoi. »

« Starai bene, Cat. So che starai bene. »

« Volevo scriverti una lettera che tu conservassi se succedeva qualcosa, ma non l'ho scritta. »

« Vuoi che ti chiami un prete o qualcuno che venga a vederti? »

« Solo te » disse. Poi, poco dopo: « Non ho paura. È solo che non voglio ».

« Non deve parlare tanto » disse il dottore.

« Va bene » disse Catherine.

« Vuoi che faccia qualcosa, Cat? Posso darti qualcosa? »

Catherine sorrise: « No ». Poi, poco dopo: « Non farai con un'altra quello che facevamo noi, e non dirai le stesse cose, vero? ».

« Mai. »

« Però voglio che tu vada con le ragazze. »

« Non voglio andarci. »

« Lei parla troppo » disse il dottore. « Il signor Henry deve uscire. Può ritornare più tardi. Lei non sta per morire. Non deve fare la sciocca. »

« Va bene » disse Catherine. « Verrò con te di notte » disse. Le riusciva molto difficile parlare.

« Per favore, vada fuori della stanza » disse il dottore. « Lei non può parlare. »

Catherine mi sbatté gli occhi, col viso grigio. « Sarò qui fuori » dissi.

« Non preoccuparti, caro » disse Catherine. « Non ho affatto paura. È solo un trucco sporco. »

« Tesoro caro, così coraggiosa. »

Aspettai fuori in corridoio. Aspettai a lungo. L'infermiera venne alla porta e mi si avvicinò. « Temo che Madame Henry stia molto male » disse. « Temo per lei. »

« È morta? »

« No, ma è uscita di coscienza. »

Pare che avesse un'emorragia dietro l'altra. Non riuscirono a fermarle. Entrai nella stanza e restai con

Catherine finché morì. Non riprese mai conoscenza e non impiegò molto tempo a morire.

Fuori della stanza, in corridoio, dissi al dottore: « C'è qualcosa che possa fare stanotte? ».

« No. Non c'è niente da fare. Posso accompagnarla in albergo? »

« No, grazie. Rimarrò qui un momento. »

« So che non c'è niente da dire. Non so dirle... »

« No » dissi. « Non c'è niente da dire. »

« Buona notte » disse. « Non posso accompagnarla in albergo? »

« No, grazie. »

« Era l'unica cosa da fare » disse. « L'operazione si è dimostrata... »

« Non voglio parlarne » dissi.

« Vorrei accompagnarla in albergo. »

« No, grazie. »

Si avviò in corridoio. Mi avvicinai alla porta della stanza.

« Non può entrare, adesso » disse un'infermiera.

« Sì, posso » dissi.

« Non può ancora entrare. »

« Vada via » dissi. « Anche quell'altra. »

Ma quando le ebbi fatte uscire ed ebbi chiusa la porta e spenta la luce non servì a niente. Fu come salutare una statua. Dopo un po' me ne andai e uscii dall'ospedale e ritornai a piedi in albergo nella pioggia.

NOTE

p. 13
[1] Il Pidgin English è il miscuglio d'inglese e cinese mediante il quale i cinesi si fanno capire, in Cina, dai turisti inglesi. Il Pidgin Italian corrisponde press'a poco all'italiano dei « piccoli negri »: verbi all'infinito, ecc.

p. 28
[1] Sic.
[2] Sic.

p. 55
[1] Erano i reparti d'assalto esistenti prima della formazione degli Arditi (avvenuta dopo Caporetto). Si contraddistinguevano con le iniziali del Re, V.E., cucite sulle maniche (come gli Arditi si sarebbero contraddistinti con le celebri Fiamme Nere).

p. 73
[1] *Dago* e *wop* sono espressioni ingiuriose con cui vengono designati gli italo-americani negli Stati Uniti.

p. 82
[1] *Turkey* significa Turchia e tacchino.

p. 144
[1] Nel baseball, il giocatore che getta la palla al battitore (*batman*) o al raccoglitore (*catcher*).

p. 176
[1] Il testo dice: *Then we'll go get the ashes dragged*. L'allusione è troppo chiara per forzare la traduzione.

p. 305
[1] È la linea Montreux-Oberland Bernois alla quale il protagonista ha già accennato.

Indice

OSCAR SCRITTORI DEL NOVECENTO

Pratolini, Il Quartiere

Chiara, Le corna del diavolo

Buzzati, Le notti difficili

D'Annunzio, Giovanni Episcopo

Hemingway, Avere e non avere

Santucci, Il velocifero

Kafka, Tutti i racconti

Steinbeck, Al Dio sconosciuto

Chiara, Il balordo

Kerouac, I vagabondi del Dharma

Pratolini, Metello

Hesse, Demian

Chiara, La spartizione

Kafka, Il Castello

Deledda, Elias Portolu

Vittorini, Piccola borghesia

Mann Th., L'eletto

Hesse, Knulp - Klein e Wagner - L'ultima estate di Klingsor

Deledda, La madre

Steinbeck, Quel fantastico giovedì

Pratolini, Cronache di poveri amanti

Chiara, Tre racconti

Chiara, L'uovo al cianuro e altre storie

Silone, Il seme sotto la neve

Mauriac, Groviglio di vipere

Pratolini, Le ragazze di Sanfrediano

Chiara, I giovedì della signora Giulia

Dessì, Paese d'ombre

Chiara, Il pretore di Cuvio

Kerouac, Il dottor Sax

Mann Th., Le teste scambiate - La legge - L'inganno

Hesse, Il lupo della steppa

Silone, La volpe e le camelie

Silone, La scuola dei dittatori

Chiara, La stanza del Vescovo

Hemingway, Per chi suona la campana

Lawrence, La vergine e lo zingaro

Hemingway, Di là dal fiume e tra gli alberi

Silone, Una manciata di more

Kerouac, Big Sur

Steinbeck, La luna è tramontata

45105
2004